剑气笳声

民国武侠小说典藏文库·顾明道卷

顾明道◎著

中国文史出版社

顾明道和他的小说（代序）

张赣生

在本世纪（指二十世纪）二十年代末，能与"南向北赵"并称的武侠小说作家只有顾明道。

顾明道（1897—1944），原名景程，江苏苏州人。他八岁丧父，自幼体弱，上学时膝部患骨结核（中医所谓骨痨）致残，行动依赖拄拐。他毕业于教会所办的振声中学，因学习成绩优秀，即留在该校任教，并受洗为基督教徒。1922年，范烟桥移居苏州，范氏在辛亥革命的时候就曾与友人组织"同南社"，诗酒唱和；这时又于七夕会同赵眠云、郑逸梅、顾明道等九人组织"星社"，以文会友。顾氏由此结识了一批文友，他一生的文学活动大体未超出这个小团体的范围。顾明道因一直希望医好腿疾，所以结婚较迟，抗战爆发后，他和母亲、妻子全家移居上海，苏州的家产毁于战火，从此落入贫病交加的处境中。他一生以教书为业，战前一直在苏州振声中学执教，迁居上海后一面写作，一面仍自办补习学校，招生授课，直至肺结核把他折磨得卧床不起才停办。病重时生活无着落，全靠朋友周济，终年只有四十八岁，身后凄凉。

了解了顾明道一生的经历，有助于我们客观地认识和评价他的小说。

从顾明道一生经历来看，腿残、留校执教、参加星社，这三件事深刻影响着他一生的文学事业。民国初年的上海，盛行哀情小说，即文学史上称之为"淫啼浪哭"的时期。1912年，徐枕亚的《玉梨魂》和吴双热的《孽冤镜》在《民权报》同时连载，随即又连载李定夷的《霣玉怨》，流风所被，一片哀音。顾明道就在这种风气的影响下，开始试写小说，那时他只有十七岁，尚未成年。他的处女作是短篇言情小说，发表在高剑华主编的《眉语》月刊上，这是一份以知识妇女为读者对象的刊物，脂粉气很重，在该刊的创刊号上发表了一篇阐明办刊宗旨的《宣言》，其中说："花前扑蝶宜于春；槛畔招凉宜于夏；倚帏望月宜于秋；围炉品茗宜于冬。璇闺姐妹以职业之暇，聚钗光鬓影能及时行乐者，亦解人也。然而踏青纳凉赏月话雪，寂寂相对，是亦不可以无伴。本社乃集多数才媛，辑此杂志，而以许啸天君夫人高剑华女士主笔政。锦心绣口，句香意雅，虽曰游戏文章、荒唐演述，然谲谏微讽，潜移转化于消闲之余，亦未始无感化之功也。每当月子弯时，是本杂志诞生之期，爰名之曰《眉语》，亦雅人韵士花前月下之良伴也。"看了这篇《宣言》，读者当能了解此刊物的性质。顾明道在1914年左右开始写小说时，选中这样一个刊物投稿，也就表明顾氏本人的性格难免有些多愁善感的脂粉气。

　　我指出顾氏性格中的脂粉气，因为这决定着他文学作品的基调，丝毫也没有嘲讽顾氏之意，每个人都在一定的环境下养成他的性格，这没有什么可嘲讽的，我们要研究的只是事实。郑逸梅在《悼顾明道兄》一文中提到两件事，其一为："明道最初的作品，刊登在许啸天所辑的《眉语》杂志上，该杂志多载女作家的文字，他就化名梅倩女史，撰着短篇小说。有一位读者，是登徒子之流，写信追求他，缱绻缠绵，大有甘伺眼波之意。明道接到了信，大笑之下，用梅倩具名答复他。那个登徒子欣喜欲狂，寄给他一帧照片，请他交换'芳影'，并约他会晤某园。明道到这时，才用真姓名自行揭破。这一段趣史，明道时常讲给人听的。"其二为："《江上流莺》稿成，我曾为他写一小序，有云：'江山摇落，风雨鸡鸣，我侪丁斯乱世，应变无方，干禄乏术，臣朔饥欲死，乃不得不乞灵于不律，红茧缫愁，绿蕉写恨，借以博稿资而活妻孥。社友顾子明道固与予相怜同病者也。'明道读了，亦为之感喟百端，不能自已。"当时正值日寇侵华，人民生活困苦，对此局面"感喟百端"也是情理中的事，我们不必咬文嚼字，过分挑剔；但达到"不能自已"的程度，就难免少些丈夫气了。以上两件事都可证明顾氏确有些多愁善感的脂粉气。

顾明道养成这样一种性格，固然与前述民初上海文坛的时尚有关，在当时一些人的心目中，唯其如此才配称为"才子"，少了贾宝玉味道就被视为粗俗；但是就顾氏本身的内因而言，腿残对他心理上的影响，恐也不容忽视。肢体的残疾不仅影响着顾明道的性格，也限制着他的行动。郑逸梅《悼顾明道兄》一文说："这时他在吴门振声中学担任教务，因不良于行，往返不便，所以他住在校中。"顾氏是一位多半生未离他那中学小天地的人，缺少广泛的社会生活经历，在这方面，他既不能与同时的"南向北赵"相比，更不能与后来的"北派四大家"同日而语。对于这样一位学生出身，生活面狭窄，又多愁善感的作家来说，写言情小说自然是最方便的，他可以坐在家里凭自己的情感体验来打动读者，只要情感诚挚，哪怕写的只是他个人的小天地，也总会有其可取之处。但自向恺然《江湖奇侠传》引起轰动之后，报刊编者和出版商均热心于武侠一途，顾明道为适应这一潮流，便也改弦易辙，于 1923 年至 1924 年在《侦探世界》杂志发表武侠小说。1929 年，他由杭返苏，途经上海，与当时主编《新闻报》副刊《快活林》的星社文友严独鹤相会，恰逢《快活林》需要连载长篇武侠小说，严约顾撰写，这就促成了他一生的代表作《荒江女侠》的问世。

《荒江女侠》刊出后竟大受欢迎，同年冬，上海三星图书局向新闻报馆购买版权出版单行本，至 1930 年 8 月已翻印四版，1934 年 11 月更达到十四版，这在当时是很可观的销行数。可见其轰动的程度。由于此书畅销，顾氏也就续写下去，共出版了六集，并被友联公司改编为十三集连续影片，上海大舞台、更新舞台也改编为京剧连台本戏，风靡一时，大有凌驾《江湖奇侠传》之上的势头。这部小说之所以能取得如此出人意料的效果，今天的读者或许很难理解。当时最著名的武侠小说，是"南向北赵"的作品，向恺然连缀民间传说，自有其吸引人的一面，但却少了点爱情纠葛、哀感顽艳；赵焕亭的《奇侠精忠传》据说原有不少狎媟的描写，因而触犯禁例，出版时经过删削。顾明道于此际把武侠、恋爱、探险等成分捏在一起，就给读者一种新鲜感，满足了十里洋场那特定读者群追求新奇、热闹的要求，正如严独鹤在《荒江女侠序》中所说："以武侠为经，以儿女情事为纬，铁马金戈之中，时有脂香粉腻之致，能使读者时时转换眼光，而不假非僻之途，不赘芜秽之词。是以爱读者驰函交誉。"

顾明道用以吸引读者的另一个办法是写"冒险"，他在谈及自己的作品时说："余喜作武侠而兼冒险体，以壮国人之气。曾在《侦探世界》中作《秘密之国》《海盗之王》《海岛鏖兵记》诸篇，皆写我国同胞冒险海洋之事，与外人坚拒，为祖国争光者。余又著有《金龙山下》一篇，可万余言，则完全为理想之武侠小说也，刊入《联益之友》旬刊中。又曾写《黄袍国王》长篇

4

说部，记叙郑昭王暹罗之事，曾刊《大上海报》，后该报停版，余亦中止，他日拟出单行本以飨读者矣。又新著《龙山争王记》，则方刊于《湖心》周刊中，该刊为西湖小说研究社出版者也。曩年余为《新闻报·快活林》撰《荒江女侠》初续集，尚得读者欢迎，今由三星书局出单行本，三集亦在付梓中矣；又为《小日报》撰《海上英雄》初续集，则以郑成功起义海上之事为经，以海岛英雄为纬，以上两种皆由友联公司摄制影片。又尝作《草莽奇人传》，则以台湾之割让，与庚子之乱为背景也。"（转引自郑逸梅《悼顾明道兄》）所谓"冒险体"或"理想小说"，显然是接受了西方的小说观念，是指类似斯蒂文生《宝岛》或斯威夫特《格列佛游记》的体裁，譬如他所著的《怪侠》，写一个身负绝技的革命者，失败后率党徒逃亡海外，去非洲探险，与当地土著争斗，称雄异域，即是一例。

就顾氏的为人来说，他是一个正直、爱国的书生。"一·二八"日寇进犯上海，顾氏写了《国难家仇》《为谁牺牲》等小说，表示了他作为中国人的同仇敌忾之心。顾氏一生写过五十多部小说，以武侠和言情为主，也有社会、历史、侦探等作，他临终前，春明书店出版了他的最后一部作品《江南花雨》，这本小说具有自述的性质。

目　录

1

第一回

渺渺诗情楼头赏皓月
森森剑气泽畔遇奇人

剑气横秋老，笳声倚酒醒。

斜月一梳白，烟螺两岸青。

重阳节边，秋光已老，平原上芳草转黄，木叶渐脱，充满着凄清之象，尚幸有那红枫白苹，略为点缀，但总觉得美人迟暮，黯然可怜。日间下了一阵细雨，道上虽未湿透，而天空里阳乌敛影，云气幂幂，使人对之更觉秋雨秋风愁煞人也。然而一到晚上，愁云卷开，碧海青天中露出皓月一轮，清辉四照，却又振起人们的精神来。

这时候姑苏城外阊门、胥门一带，郊野里扎下许多营寨，战马嘶风，胡笳鸣月，一派肃杀之气，与时相应。而城头上也是旌旗飘展，刁斗频传，可知挽枪不息，正在战争之秋。而虎阜山巅，雅歌楼上，正有济济群英，开筵赏月。其中戎装趄趄者居多数，儒衣儒冠的较少。正中坐着的一人，面貌清癯，仪态严肃，望之俨然，颔下微有短须，衣饰甚是富丽，雍容华贵，大似王侯。托着酒杯，很慷慨地对众人说道："我等南北征战，东西奔

1

驰，经历许多惊风骇涛，侥幸不死，至今尚能为天王效力，尽其忠贞，但可惜目前我们太平天国的声势日渐凌夷，诸同袍捐躯于外的很多，各路军队不能联络一气，力抗清兵，以致清军气焰愈盛，不可向迩，金陵被围，未能解除，这尤其是我们心腹之患。我们若不能并力对付，杀开一条血路，那么我们的太平天国，岌岌可危了！想当初天王、东王等在金田起义，举旗北指，一时如火如荼，所当者破，所击者服。出洞庭，下武汉，趋九江，顺流而下，直捣南京，清兵哪里是我们的敌手？假使在那时一鼓作气，北取幽燕，清廷早已覆亡，天下早为我有。无奈戈操同室，坐失良机，一转瞬间湘军蹑我之后，占长江之上游，兵力分散，形势已非，真使志士痛哭流涕长太息的。然而胜负乃军家之常事，及今图之，犹为未晚。所以我们务要上下一德，敌忾同仇，内则效忠天王，外则苦斗胡虏，好挽回颓势，收拾山河。马革裹尸，正是大丈夫的素志，所谓求仁而得仁，又何怨焉？"他说到这里，一手指着楼外天空里的冰轮，顾谓众人道："今夜月色皎洁，秋风凉爽，对酒当歌，人生几何！吾辈在此戎马倥偬之际，尚能忙里偷闲，在此名山，饮酒赏月，不可谓非幸事。但愿诸君各自奋勉，努力杀敌，重兴天国，将来直捣黄龙，会当与诸君在庆功宴上痛饮极醉，不亦快哉！"两旁席上众人齐声说道："所不与忠王同心戮力者有如明月！"

原来正中坐的那人就是太平天国的忠王李秀成。当有清中叶，太平军起义师于桂省，驱除异族，北伐中原，确是在中国革命史上放一异彩。当时声势可称雄厚，清廷震撼，几成大业，经营不利，卒归失败，这是很足惋惜的！即以太平天国的人才而论，如石达开、陈玉成、冯云山、萧朝贵等，都是一时英俊，而以李秀成尤为个中翘楚，文武全才，不可多得。他治军尤严，约

2

束部下不得妄杀良民。太平军诸王大都残杀不仁，因此大失民心，而李秀成独能爱民如子，所过之处，罕有骚扰。民众闻忠王兵至，箪食壶浆，纷纷来迎，军民亲如一家，口碑载道。设使太平诸将都能如忠王那样仁而爱人、智而善谋，何忧天下不得？虽有曾、左、彭、李，恐也无能为力了。

那时忠王正驻军苏州，仆仆风尘，勤劳王室。他一方面深以金陵被围为虑，一方面又知太平军诸将各有猜忌，军令颇难统一，自己若不在外，恐难收指挥统一之效。只恨一个身体不能化而为二，一边辅助天王治理内政；一边统率诸将，掌揽军务，真忙得他夙兴夜寐、席不暇暖。但他的部下以为忠王如此劳于王事，也当在春秋佳日寻些娱乐，大家便集资在虎丘山的上面建起一座高楼，以便忠王在军书之暇，偶一登临，借此可以小憩。且为忠王纪念，四面栽着许多李树，落成之日，要请忠王赐名，忠王便题了"雅歌"两字，可知他颇以儒将自许，希望步武古时郤縠祭遵的后尘，所以他常要至此引杯觅句、俯仰兴慨。重九佳节，古人有登高之举，恰好嘉兴方面自己的部下屡获胜利，因此他特地设宴，请诸将月夜登高，饮酒赋诗。虎丘山下车马如云，剑戟耀月，人民都呼忠王千岁。李秀成和诸将说了一番话，酒酣耳热，遂命左右侍从，取过笔砚来，当着众人在筵前挥毫吟咏，立成感事诗两律，传观左右，诗曰：

举觞对客且挥毫，逐鹿中原亦自豪。

湖上月明青箬笠，帐中霜冷赫连刀。

英雄自古披肝胆，志士何尝惜羽毛？

我欲乘风归去也，卿云横亘斗牛高。

鼙鼓轩轩动未休，关心楚尾与吴头。

3

岂知剑气升腾后，犹是胡尘扰攘秋。

万里江山多筑垒，百年身世独登楼。

匹夫自有兴亡责，肯把功名付水流。

诗情激昂慷慨，睥睨一世，诸人自然啧啧称美。绛灌无文之俦，也随声附和。李秀成连饮三大觥，微有醉意，席上杯盘狼藉，酒阑灯炮，诸将纷纷告辞。

李秀成送下楼来，望着天边明月，尚觉得恋恋名山，不肯便回，遂吩咐侍从驺卒先行退去，只留二三轻骑护从在侧。他独自徘徊于剑池之侧，仰观嫦娥高拥宝座，四围彩云环绕，仪态万方。俯视池水清寒，一轮空明，澄澈潭底，森森然如有剑气，逼人毛发。又看到山顶上的雅歌楼，只剩一二灯火，没有方才的热闹，千人石边也冷清清地浸着月影，不见一人，唯闻风声吹着树梢，落叶簌簌下坠。有数雁在天空掠过，发出清凄的鸣声。他不觉又歌着道："前不见古人，后不见来者，念天地之悠悠，独怆然而涕下。"侍从对他说道："夜深露重，千岁也宜早早回邸安歇，明日恐怕还有军事待千岁处理呢！"李秀成道："我今晚观着明月，心里头实在有无限感伤，况虎丘为古昔吴王阖闾墓地，千载之后，霸迹如烟，徒留遗冢为后人凭吊而已。我半生戎马，尚不能扶困济危，佐成王业，他日更无足道了。"李秀成说毕，唏嘘不已。左右也有少解事者流，对于他的说话自未能领会。李秀成在剑池之畔徘徊良久，方和二三侍从，跨上雕鞍，告别山灵，缓缓地踏月归去。

当他们走至山塘桥的时候，李秀成一骑当先，踏上桥背，垂着马鞭，左右顾盼。月色甚明，照得上下塘岸许多田地屋舍，一片通明，清清楚楚，映入人家眼帘。李秀成偶一回首，瞥见下塘西首数株老柳之下，罩着一家水边人家，竹篱衡门，朴而不华，门外远张着一个大渔网。在那竹篱之内，忽然有白光一道，闪闪霍霍，若银龙般上下飞舞。李秀成不觉骇异道："这地方哪里来的剑气刀光？定非偶然，必有非常之人在那里隐藏着。我既然见到，一定不肯放过。"左右道："那边平常都住着些渔户和养猪的，何来非常之人？"这时候剑光还在那里闪烁，不过没有起初瞧见时的奔放夭矫了。李秀成摇摇头道："你们哪里晓得？"说着话，把手向西边竹篱内一指道："你们看不见那边的白光吗？"众人正要看时，刹那间已没有了。李秀成是好贤下士之人，怎肯默尔而息？所以他就带了侍从，重又下桥。无奈上下塘夹着一河，不能跃马飞渡，只好远远地绕道过去。

到得那地方，李秀成立马篱畔，凝神向里注视。只见篱内是个旷场，有几株梧桐，梧桐树下有一张小小的方桌，桌上放着些酒肴，有两个人面对面地正坐着饮酒。一人年近五旬，头上挽个短髻，身披短褐，足踏草履，像个渔翁模样。又一个也有四十多岁的年纪，黑布缠头，双目炯炯如电，身穿一件蓝布夹袍，足登薄底快靴，手里托着酒杯。在那人身边的梧桐树上却悬着一柄宝剑，绿鲨鱼皮鞘，杏黄流苏。李秀成瞧着，暗暗点头，自言自语道："对了。我岂可失之交臂？"遂命侍从上前叩门。

这时已有三更了，里面的人正挟着独往之兴，还在那里飞觞醉月，忽听门上咚咚的有叩门之声，惊起邻犬的狂吠。那个渔翁模样的人脸上立刻露出惊异的神情，向对面的人说道："半夜三更还有谁来敲门呢？"一边说话，一边借着月光，也已瞧见篱外的骑影，不免更是疑异。遂和那人一齐立起身来。那人便摘下树上的宝剑，挂在腰下，一同走到外边来开门。呀的一声，双扉已开。李秀成的侍从不待屋里人开口询问，早大声说道："我们忠王千岁爷在此，你们快快出见。"那渔翁模样的人听了这话，走出门来，向门前马上的李秀成端视了一下，连忙说道："王爷如何来此？小人拜见。"便在马前拜倒。忠王慌忙跳下马鞍，扶起他来说道："不要多礼，你们喝酒好不快活？我不免来惊动你们了。"那渔人道："我等不知王爷到来，有失迎迓，死罪死罪。"李秀成道："我是专程踵门奉访的，何罪之有？"那人听忠王说特来访晤，不由一愣，便说："乡野渔夫，不识不知，敢劳王爷宠临，所为何事？"李秀成手抚短须，哈哈笑道："今夜明月正好，我在虎阜雅歌楼上开筵赏月，兴致尚佳。散席后，我独自踏月归去，适才在半塘桥上忽见此地剑光，料想必有异人隐居这里，所以不揣冒昧，亲自造见，还请贤士不吝指教。"渔人听了这话，忙道："哎哟！王爷说我们是异人，称我们为贤士，这是万万不敢当的。小人姓孟名吉，朝晚打鱼为活，无才无能。今夜来了小人的朋友，一同饮酒赏月，我那朋友善舞宝剑，小人性喜武艺，一时兴至，请他舞了一会儿剑，不料惊动了王爷，劳驾前来，多多有罪。"李秀成道："贤士不必客气，考诸史乘，渔樵之中不乏奇才异能之士。你那朋友在此吗？姓甚名谁？极愿一见。"孟吉答道："此人姓董名祥，本居西山，现在这里。"说着话，连忙去门内引导那位黑布缠头腰佩宝剑的客人上前相见。李秀成谦恭答礼，便称："董贤士，方才瞧见你的剑光，十分夭矫，必是一位草莽英雄，不肯当面错过，所以来此访问。"董祥道："辱蒙千岁爷过誉，愧汗交并。实在小人略习得一二武艺，不堪污目的。"李秀成道："不要谦虚，我很要你再舞一回，给孤家细赏，好不好？"董祥道："王爷有命，安敢不遵。"于是孟吉、董祥恭恭敬敬地把忠王李秀成招接入内，仍到那地方，端过一张椅子，请李秀成在正中坐了。一个侍从在门外带着马，其余两个都佩刀荷弓，站在李秀成身边护卫。

董祥对秀成说一声"放肆了"，便将外边长衣脱下，拔出宝剑，寒光耀目。走至桐树之东，将剑一挥，从容起舞。初起时上下左右，好似落英缤纷。舞至后来，但见一团白光，兔起鹘落，不睹人影。李秀成拊掌称好。忽然白光如车轮般直滚至东边墙侧，突又飞回来，则如白练绕树，在桐树下旋转三四，方才止住，人影复现，向李秀成拜倒。秀成侍从莫不惊奇。秀成过去亲自扶起，说道："董贤士剑术高明，如何屈服草莽？若使杞梓偃塞于空山，珠玉沉埋于大泽，岂不可惜？现正值中原用武之秋，天国需才孔亟，尚乞董贤士不弃孤陋，共侍天王，驰骋疆场以立功，那么不负我今夕拜访之意了。"董祥连忙说道："小人何人，焉敢攀龙附凤？况且忠王千岁爷麾下不乏冲锋陷阵、斩将刈旗的忠勇之士。小人不谙军旅之事，安能效力？尚请王爷鉴宥。"李秀成听了，点点头道："仓促之间，我又怎能强夺人志？想二位一定抱着不事王侯、高尚其志的冲淡胸襟，焉敢以利禄相浼？现在且先一结布衣之交，想必能不我遐弃的了。"孟吉、董祥都说道："王爷如此谦恭下士，古今罕有。我等虽草野匹夫，敢不拜随辇毂。"

李秀成遂请他们二人一同坐下，又向孟吉说道："这位董贤士的剑术果然不凡，想孟贤士也必身怀绝技。倘蒙二位不以外人相待，敢请将二位的身世垂告，俾得畅聆一切。"孟吉道："董祥兄夙谙武艺，确是俊杰之士。但小人却老朽无能，结庐于此，终日捕鱼，不问外事，只求安乐地做一湖上渔翁，以老天年罢了。家中有一老妻，既无儿女，又无昆仲，打得鱼归，换来美酒，借此浇愁，且以嬉乐，所以生平唯有麹蘖与小人最亲了。前二年钓鱼湖上，得遇这位董祥兄。他隐居湖滨，足迹罕入城市，性亦喜酒。我常常送鱼给他吃，他请我喝酒，二人遂为知交。今日他因我数日未至他家，故来探望，小人遂请他痛饮浊醪，夜深不辍，尚举杯邀明月，遂舞剑助清兴，敢劳王爷下降，这是小人所梦想不到之事，尚祈王爷明察。"

孟吉说毕，李秀成点头说一声："好，请董贤士语我以详。"时董祥早已插剑入鞘，叉手说道："小人自少流落江湖，往事如尘，不堪回首。前数年也曾一度入东王麾下，其后因东王在金陵逆迹昭彰，屡谏不从，故毅然离去。不幸东王伏诛，戈操同室，这件事最足使志士寒心的。小人今晚在王爷面前大胆提起，罪该万死。"李秀成听了董祥之言，叹口气道："这就是我们天国大大的致命伤，固毋庸讳言的。假使那时候诸王能够消泯猜忌、和衷共济，那么太平军恐怕早已长驱而入燕郊，不至于今日之下，还困守在石头城下了。"董祥又接下去说道："小人自离东王以后，立即来至这里洞庭西山太湖之滨，买得茅屋三椽，隐居在青山绿水中，从此雄心顿戢，不做出山之想，种竹栽花，以终吾生。膝下只有一个女儿，名唤小翠，且喜天性颖慧，如娇鸟依人，足使小人忘忧解愁。伊性喜学习武术，小人遂把自己所得的教授伊一二，又令伊入邻家一个私塾里去读些四书五经，因为小人唯一的希望也就只有在我女儿身上了。其他时候常棹一叶扁舟，在太湖中徜徉自乐。孟吉老渔翁能饮一石不醉，不慕荣利，垂钓湖滨，小人认为是个高尚之士，志同道合，所以常相往来。今宵贪赏月色，狂饮酣舞，却不料惊动了王爷，谬蒙赞许，弥觉汗颜。"

董祥说毕，李秀成又说道："二位都是异人，自幸吾目未盲，得识贤者，今夕我在虎阜雅歌楼上赏秋月，饮绿醪，赋得小诗二律，聊吐吾怀。尊处如借笔墨，当录呈二位粲政。"孟吉忙道："有的。"遂跑至里边房中去取了笔墨纸砚过来，请忠王挥写。忠王在月下搦管，把适才所作的二诗，立刻写了出来，孟吉和董祥二人捧诵一过，无不钦佩。孟吉道："王爷这诗将胸襟完全披露出来，何等浩大？何等明光？尤有搔首向天、拔剑斫地之概。小人愿祝王爷前途胜利、早奏凯歌。"李秀成叹道："此非我一人之力，全赖同志齐心协力，扫荡中原，方克早奏肤功。"董祥道："小人是一介武夫，粗识之无，然也知这两首诗非常高超，非王爷之才不能为此的。"李秀成哈哈笑道："芜杂之作，不为大雅所笑，反蒙二位夸奖，这真是不虞之誉了。我对于二位十分契合，既承允缔布衣之交，明日当遣左右来此迎迓，请二位至敝邸小聚，借致拳拳之诚，务请二位勿却。"董祥道："这是万万不敢当的。我等蒙王爷不耻下交，理应趋谒崇阶，何劳车骑下临呢？"李秀成道："不如此不足以见区区礼贤之意。二位不闻信陵君自迎侯生的故事吗？我虽不才，窃愿如此，请二位有以教我。今晚已是夜深，不敢多扰，便要告辞了。"李秀成说罢，站起身来，二人也不多留，便送他出门，只说虎驾贲临，诸多简慢。于是李秀成带了侍从，跨马而去。月影已渐渐移西了。

次日李秀成在上午忙着治军书，接见部下，处理军机。到了下午，他在内书房休坐的时候，想起昨夕所见二位异人，和自己订的约，遂打发王邸内差官，预备旌旗车马，速去半塘迎接孟、董二人入城。自有昨夜跟随一起的侍从陪同引路。到日落时，已把孟吉、董祥二人请到。李秀成大开正门，迎接入内，至集思堂坐定。只见孟、董二人一个仍是渔翁装束，一个仍是野人衣着，不由更为钦佩。二人见了忠王，谦辞再三，左右献上香茗，李秀成陪着他们闲谈一切。天黑时特排盛筵于退思厅，请众将相陪。先后到来的，有忠王的胞弟李世贤，以及谭绍洸、陈炳文、郜永宽等诸将。李秀成特让孟吉、董祥二人上坐，二人哪里肯答应，先让忠王坐了，然后在第二位上挨次坐下。李秀成便代二人向诸将介绍，诸将无不惊异。李秀成斟过酒，又将昨夜月下见到剑光，邂逅二人之事，告诉众将听。且说："丰城剑气，事非偶然，这二位都是草莽异人，有贤士而不能用，有国者之耻也。所以特地请至邸中，和诸位一聚。现在天国芟夷大难，正需人才，想二位鉴我的至诚，决能不吝指助，匡我不逮的。"孟吉和董祥听了忠王之言，知道忠王一定不肯放过他们，故如此说。孟吉还说道："泽边渔父，岂知国家大事？蒙王爷如此抬举，汗出沾衣，但愿王爷施展鸿猷，早定江山，使我等做个升平时的小民，便是大幸了。"董祥也慨然说道："山野武夫，腹无经纶，此心已如槁木，王爷如此优待，何以克当？"李秀成举杯带笑说道："二位贤士休如此说，欲成大业，全赖众擎，正要二位相助呢。幸勿遐弃，今夕且请畅饮，借此为订交之券，可好吗？"于是大家一起说道："忠王忧国忧民，真是天国柱石，我们无不拥护，愿听驱遣，今夜更为千岁得贤才而贺。"大家遂各个欢饮，肴馔非常丰富，这是忠王特别吩咐的，直至三更时方才散席。诸王诸将纷纷告辞归去。忠王已为二人辟一优美的客室，请二人下榻邸中，二人也就暂宿一宵。

次日二人见了忠王，便要告辞。李秀成哪里肯放他们回去，又坚留二人在邸中欢宴，一连三日无倦容。二人仍要告辞，李秀成道："既来之，则安之，二位不嫌简慢，请常居于此，以便随时请教。"孟吉知道忠王的意思，便道："小人此身已如野鹤闲云，不受拘束，虽蒙王爷破格优渥，使之醉饱，然若数日不往湖上捕鱼，反要闷闷成疾，请王爷准许小人归去，随时可供刍荛。"董祥也说道："小人此次前来，家中小女还没有知道，尚请王爷容我归去，异日再当来侍王爷左右。"李秀成知道不可坚留，遂说道："二位既必欲回府，我也不便强留，但请二位鉴我的一片诚意，给我一个再来之期。"董祥很爽快地说道："很好，三日后当再趋谒。"李秀成大喜道："贤士之言，必不我欺，三天之期，千乞勿辞。"于是唤左右取出许多金银彩帛，赠送与二人，孟吉、董祥都是一介勿取之士，哪里肯受？经忠王再三致意，勉强拿了一半，告辞出邸。李秀成又命左右备车马相送，忠王好贤若渴之心，可见一斑了。

过得三天，果然孟吉、董祥联翩而至。李秀成大喜道："贤士果不相欺。"又叫左右预备酒肴，晚上在听雨轩中陪同二人饮酒谈心。酒至半酣，李秀成仍提起天国大事，且说出师未遂，金陵被困，自己一身难以兼顾两处，此真危急存亡之秋，未能解天王宵旰之忧，深以为憾，而苏浙形势亦复岌岌可危，清廷以左宗棠窥伺杭州，杭嘉若失，苏杭可虑，东南半壁，非我有矣。自己欲进京和曾国荃等抗拒，可是又虑外面乏人主持，左右为难，中心焦灼。李秀成说了这话，孟吉道："王爷的顾虑未尝不是，小人却有一个愚见，只是不敢胡说。"李秀成大喜道："孟贤士有何良策？尚请见告。"于是孟吉伸着两个指头，说出一番话来。

第二回

故国去勤王厉兵秣马
名湖来潜影赏菊持鳌

　　孟吉于是向忠王开口说道："京师是发政施令的中枢，倘然四处要道被截，譬如人身上的血脉不能流通，安得不危？现在金陵被围已久，坐而待毙，终非长久之计，王爷又在外边，东南数郡全赖支持。一旦移兵入京，倘然相持不下，那么外边指挥无人，若有动摇，京师又岂能安呢？依小人愚见，不如王爷进京去力说大王御驾亲征鄂赣，握上游以号令天下，襟带苏浙以利饷源。即使金陵有失，犹得拥兵数十万，尚足并驱中原，以争最后之胜利，这是上策。曾国荃厚集兵力为久困都城之计，我势日蹙，利于速战，复有长江以济粮饷，而我无战舰之利，敌垒坚固，猝不易拔。王爷不如发苏松之师，先图宁国太平，断其后路，我军势既振，敌乃可破，这是次策。若王爷领兵入京，助天王死守京都，予敌人廓清夹击之机会，这是下策。智如王爷，谅也不肯出此的吧。"李秀成听了孟吉的话，不由点点头道："孟贤士，你说的话实获我心，我当然愿意使用这上策，重振天国声势，但恐天王耽于逸乐，为群小包围，自恃金城之固，不肯采纳而已。"孟吉道："上策不用，那么还是请用次策，这也须王爷自

12

己出马，方克有济。"李秀成道："当然我是不惮汗马之劳的，这几年来东征西战，哪一处不是我自己阵临指挥，但可惜英王陈玉成兵败捐躯以后，使我失去一大臂助，突将无前，也是天国的不幸啊。"

李秀成说时，双目注视着董祥，二人如何不明白他的意思？孟吉又说道："王爷忧国之心，昭然如见，假使天国诸王都能如王爷这样勠力尽忠，天下何愁不得，满奴何忧不破呢？进攻宁国太平之举，请王爷早定吧。"李秀成道："孤计已定，明日上午便可调集兵马出发，愿二位随孤同行，可以时常请教。"董祥、孟吉见忠王态度非常诚恳，都道："辱荷不弃，自当追随骥尾，尽其刍荛之微。"于是又谈了一些别的话，方才散席。

董祥已喝得微醺，和孟吉告退出轩，自至客房中休息。忠王便和幕府中人预备明日出兵的事宜，但是黄昏时天王遣使告急之书又至，促忠王火速返旆入援。李秀成接到诏书，犹豫不定。谁料次日清晨，金陵之使接踵而来，诏书切迫，急如星火。李秀成仰天叹道："我今不得不用下策了！"遂罢进攻宁国太平之谋，又招孟吉、董祥二人入室商谈。二人见过忠王，侍坐在侧，李秀成便将天王告急命授、诏书叠至的消息告诉二人听，且说道："现在次策也不由人用了，我今便要率师进京，相助天王支撑孤城，但孟贤士所说的上策，得间仍要献计于天王，劝天王出外来苦斗一番，以挽颓势，否则我也有成败利钝，置之不顾，竭我忠贞，其济则天也，不济则以死继之而已。二位虽是才智勇健之士，但我也不敢说二位同入围城，去做釜中之鱼。他日我若能回至苏州，再当相聚一处。"

二人听了忠王之言，也觉黯然不乐。李秀成又对董祥说道："此次我回京，准备挈眷同行，万一他日再到外边统军，也拟将家眷长留京师，以祛天王之疑，而间执悠悠者之口。我生平最宠三姬薄氏，生有一子，名仁霖，今年已有一十六岁，读书之外，尤喜练习武事。在我麾下虽然有几个擅于此道的，但是忽东忽西，十寒一暴，进步得很慢，缺乏名师传授，故拟命他拜了董贤士为师，使此子可以有登峰造极的一日。且我此番入京，亦欲与曾国荃等决一死战，存亡安危，尚不可必。此子年龄最稚，尤为我心爱的幼子，所以不欲带他入京，便想把他托付与董贤士，带他至太湖之滨，隐居水云乡中，勿使外人得知，朝夕指导他武艺。将来天国幸而得成大业，当然不必说了，万一我们天国不幸而遭覆亡，我当然以身殉国，求仁得仁。那么留得此子在外边，或不致受清廷的瓜蔓之抄，将来李氏得传一脉，都是董贤士所赐了。古有杵臼、程婴，生死可托，望董贤士勉为程婴之难，勿予峻拒。这就是我的大幸了。"董祥连忙说道："小人无能，承王爷托以爱子，敢不尽其拳拳之忠，辅之翼之，使其将来成为栋梁之材，以供天国之用。万一不幸有如王爷顾虑所及的时候，小人誓为程婴，勿负王爷之托。"李秀成闻言大喜道："能蒙季布一诺，我心安慰多多了。"遂对室外唤了一声"来"字，便有一个亲随入见，垂着双手，问王爷有何吩咐，李秀成道："你快到后边上房门口去唤小公子出来见我。"亲随答应一声，立刻退去。

这里忠王又和孟吉、董祥谈了几句话，方见门帘一掀，步入一少年来，身上穿得很是华丽，头发分开两旁，戴着一顶绣花冠，生得眉清目秀、唇红齿白，颇有几分状态和忠王相像，身材不大不小，虽在终军年华，尚有些稚气未脱，而英风凛凛，一望而知是天潢遗胄、将门之子。向忠王行过礼后，便问父亲召唤何事。李秀成瞧着自己的爱子，手抚颔下短髭，把手指着孟吉、董祥二人说道："这两位一则以智，一则以勇，虽然隐身草莽，却

14

都是豪杰之士，我新近结识的。而这位董祥贤士，剑术精通，世不多觏，你一向喜欢学习剑术，而苦没有名师传授，现在这位董贤士足堪为你的师资，所以我要命你拜他为师。因我此次进京拱卫天王，勠力杀敌，置一己生命的安危于不顾，事之不成，举家殉国。你是我最爱的幼子，不忍使你同罹此祸，顺便托给这位董贤士带你到湖滨去易服隐名，不与世见。倘然我能够侥天之幸，杀退清兵，转危为安，将来自有父子相见之日。否则你只要珍重此身，韬晦山林，他日倘有机会，自可投袂而起，不忘天国，不忘你为父的抚养之恩，也不要忘却了董贤士教导爱护的盛情。又有这位孟吉贤士，性情恬淡，智虑高深，你也要随时向他求教，他决能辅导你得益的。明天我便要率师遄赴金陵，军务猬集，不暇多顾私人的事，我和你应说的话，也言尽于此了，你切须自勉自警，自爱自重，不愧我家李氏的子孙才是，你且过来拜见二位贤士。"

李仁霖听了他父亲的吩咐，连忙恭恭敬敬地走至孟吉、董祥二人，扑地拜倒在地。孟吉、董祥忙答拜如礼，且扶李仁霖起来，又对忠王说道："这样真是折杀小人了。王爷的吩咐，自当记之心版，敢不竭肝脑以辅导小主者有如皦日。"李秀成点首道："多蒙贤士慨许，我心大安，贤士请坐。"一摆手请孟、董二人仍在椅子里坐下，又从他自己腰际解下一柄龙泉宝剑来，授与仁霖，说道："此剑乃数年前太平军攻陷九江时从清将那边夺来的，削铁如泥，吹毛能断，堪与干将莫邪相伯仲，天王特地赐给我佩挂的。今天我把宝剑留付于你，望你精心上进，他日摩挲此剑，犹如见老父之面，勿堕志节，便是李氏之幸了。"仁霖接过宝剑说道："谢父亲的赏赐，父亲的金玉良言，敢不佩诸弦韦，永矢勿忘。但愿父亲军事胜利，早奏大功。"李秀成点点头道："很好，你且退去收拾一切，明天便可跟随二位贤士前去，至于你母亲面前，我自有话向伊劝慰，你好好自藏此身，莫念我们。"李仁霖答应一声"是"，方才行礼退去。李秀成又微微叹了一口气，向二人说道："二位贤士，我把犬子托付于你们了，其他的话我也不必多说，此身虽在姑苏，而此心已如在石头城下了。二位且请稍息，明天再带同犬子回去。"孟吉、董祥道："王爷一切宽心，明日准送王爷车骑开拔以后，方才陪同公子隐居太湖，以后荣戢重临时，小人当随时再来拜谒。"李秀成又点点头，于是孟吉、董祥二人退出去了。天王将私事安排停当，便部署一切，预备明日回师去援金陵，又把保守杭州之事托给听王陈炳文和天将汪海洋。

次日上午李秀成在阊门外校场上点齐六万人马、许多大将，开拔赴京，而把苏州的防务托给部将郜永宽、谭绍洸，叫他们好好留守，抚恤流亡，充实军备。南和嘉兴、松江诸城，北和常锡一带，常常互相联络，以通声气，毋为敌所乘。谭绍洸、郜永宽自然唯唯遵命。李秀成遂跨上自己所骑的黄骠马，亲自把三军校阅一遍。孟吉、董祥二人也在一旁参观。只见众军士气象严肃，戈矛灿烂，很似堂堂之师。如此看来，太平天国也未尝没有希望咧。忠王校阅一遍，又登将坛，发出号令，命三军开拔。众兵士齐声大呼天国万岁，慢慢移动队伍，马上步下，一齐向北开拔而去。左右护从保卫着忠王，也随后进行，谭绍洸、郜永宽等都送至十里长亭，把酒饯别，李秀成又勖勉了一番。孟吉、董祥也在其中，恭送如仪。李秀成也和他们叮咛数语，方才随着大军回奔金陵，去和曾国荃等对垒，以卫京都，勠力王室。

孟吉、董祥二人送别了忠王，从十里亭边回至枫桥，见岸上有一二株枫树，已是叶红如醉，十分可人，想起寒山寺，便又到寒山寺中去徘徊一番，听听钟声，不胜感慨。晚上回至王府，此时李秀成眷属已去，只留仁霖一人在内，谭绍洸已奉忠王之令移节府中，坐镇一切。谭绍洸知道孟、董二人是忠王器重的贤士，不敢怠慢，对他们殷勤款待。夜间李仁霖来拜见二人，董祥便对他说，明日便要带他到太湖边上去隐居了，叫他预备应带的什物。李仁霖唯唯遵命，且说孺子无知，还请二位仁丈看在我父亲的面上，时常赐以教诲。二人也谦谢了数语，仁霖方才辞退。

　　次日上午李仁霖带了行李箱箧来见孟吉、董祥，要跟从董祥到湖中去。董祥遂和孟吉去辞别谭绍洸，即刻返乡。谭绍洸要派人相送，孟、董二人力辞，只得预备数匹马载送他们三人和行李，先至半塘桥孟吉家中。孟吉留董祥、李仁霖二人在他家中用了午饭，便把自己的渔舟，载送董、李二人还太湖。渔舟一叶，驶入万顷烟涛，湖光山色，上下一碧，真是好看煞人。芦苇中时有渔舟出没，一群群的野鹜回旋飞翔，又有许多网船鱼贯而驶，船上都是些跣足袒胸的渔人，唱出很好听的渔歌。大好水云乡中，别有风景，使人心旷神怡、宠辱皆忘。

　　在红日西坠时，孟吉渔船已驶至一个小小的湾中，湖水渐浅，而清涟可以照影。董祥回转头来，见李仁霖正一手支颐，向远处游目而观。他就笑嘻嘻地对李仁霖说道："小王子，你坐了半天的船，觉得厌气吗？到了到了。"说着话，一手指着岸上竹篱东边三四间矮屋，脸上满面的笑容。李仁霖跟着瞧时，见那三间瓦屋，墙上都有绿色的薜荔，随风荡漾，如碧浪一般。墙里面有翠柏一株，亭亭如盖，又有修竹数竿，甚是清幽。门外两扇柴扉悄悄地闭着，篱边还有数丛黄菊，真是个隐士之家，远离尘器。岸边有两株柳树，可是时已三秋，柳丝已谢，只是稀朗朗地剩着数条枯黄的垂丝。水边正有一群鸭子在那里戏水逐波，嘎嘎地叫着。

　　渔舟撑到岸边，徐徐泊下，湖水很高，和陆地相去无多，水边且有很平正的石磴，所以三个人很不费事地走到了岸上。孟吉又把舟上的缆在水边一根木桩上系住了，董祥已去叩动柴扉，只听门里有人问一声"是谁？"这声音清脆而婉媚，传入耳鼓，如听黄鹂枝头弄音。李仁霖定睛看去，呀的一声，柴门开了，走出一个小女子来，年可十六七许，桃脸含霞柳眉映翠，生得非常清丽。穿着一件浅紫色的短褂，淡绿色的裤儿，足下却是一双天然脚，踏着黑缎绣红花的大鞋儿，怪触目的。头上梳着两条小辫儿，用紫色丝线扎着，飘在两肩，甚是好看。一见董祥，便扑到他身边去说道："爹爹，你怎么又去了多日，在外边忙些什么？丢下我一个人在家里，好不冷冷清清。"说着话又向孟吉叫一声："孟老伯，你也同来吗？"一眼又瞧见李仁霖站在二人背后，不由一呆，四目相视，各人都觉得眼前十分光亮。董祥一手摸着他女儿的小发辫，哈哈笑道："丑丫头不伴你游玩吗？你只要好好读书，好好玩耍，在此地怕有老虎来衔掉你吗？我自有我的事，不得不向外边走走。今天我和孟老伯还带得一位小朋友来此，和你见见。他姓李，名仁霖，是个很有志气的少年，至于他的来历，少停再行详细告你。"一边说，一边将手向李仁霖一招道："这就是小女小翠，将来你们要在一块儿玩耍，一块儿学剑，不可不见见的。"李仁霖知是董祥的女儿，忙上前磬折为礼。小翠也福了一福，却躲在伊父亲背后咯咯地笑。于是董祥和孟吉又去渔舟中帮着李仁霖将行李搬出船舱，带到董祥家中去。小翠在旁瞧着，伊不知来的少年究竟是何许人，像要住在伊家中的模样了，心里十分奇异。但看李仁霖的相貌、态度，雍容英华，绝不是寻常市井小民呢。

孟吉、董祥等一众人走入里面，庭院很是宽敞，种着许多花木，那亭亭如盖的翠柏即挺立在东墙之前，正中三间屋子，左面是一客堂，右面便是卧闼，中间却是客堂。有一个蓬头麻面的小丫鬟从客堂里跑出来，向董祥叫一声："老主人回来了，翠小姐天天盼望你归家呢！"说着话，伊见主人手里拿着东西，便过来接在手中。又到孟吉、仁霖身边，把行李都接了过去，双手夹着箱箧，好似一些儿不费气力似的，飞步走入客堂中去了。仁霖瞧着，觉得这丑丫头的气力也着实不小了，他随着董祥步入客堂，见客堂中的陈设甚为简朴洁净。正中悬着松竹梅岁寒三友的中堂，旁边挂着一幅张旭草书的堂联，不知是真是赝。董祥早一拉手请仁霖、孟吉到客堂中去坐。孟吉是常来的，也不用客气，他握着仁霖的手，踏进室中，便让仁霖在靠里的大椅子里坐。仁霖见二人没坐，他也不肯就座，只是负着手在室里蹀躞端详。室中陈设也很简单，供着数盆盆景。

董祥请孟吉、仁霖二人上坐，自己和小翠坐在下首相陪，此时丑丫头已放下仁霖的行李，端上茶来。董祥举起茶杯，说声"请"，又对仁霖说道："小王子，这里僻处湖中，一切都是简陋得很的，小王子一向养尊处优，不知骤然间到了蜗居，可过得惯这种寂寞生活吗？"董祥说这句话，无非是表示谦逊，仁霖却开口说道："董老丈，小子随仁丈到此，是奉着家父之命，一则预防不测；二则跟从名师习艺，并非贪图逸乐。方今中原板荡，夷狄猾夏，天国岌岌可危，我汉族尚在水深火热、怒海沉沉之中。家父南征北讨，仆仆风尘，王事靡盬，不遑宁息。为人子的不能枕戈磨剑，代父分忧，已是十二分抱憾。又劳家父殷殷顾虑，将小子嘱托于老丈，为未雨绸缪之计。蒙老丈盛情许可，不以异乡童子见弃，收诸门墙，中心铭感，何日忘之？故小子今日在此一心学艺，以图将来，不负家父所嘱，不知有他，安敢耽于安乐，自误前程？况且小子曾听师长训诲，管子有言，'晏安鸩毒，不可怀也。'孟子亦云，'生于忧患而死于安乐。'小子能不格外自勉呢？务请仁丈把我如个小孩子看待，耳提面命，一切不用客气，这才是小子的大幸了。又仁丈每以'小王子'相称，这个名词，小子也愧不敢当。在仁丈家中，愿仁丈把我看作一个平民，我心方安，且为避耳目计，仁丈千万不要再如此称呼，只唤我的名字便了。小子狂瞽之言，不知有当与否，还请两位仁丈赐教。"

董祥和孟吉不防仁霖小小年纪竟会说出这种话来，真是深明大义，少年老成，麟角凤毛，不可多得。孟吉只是点头，连在旁边的小翠听了仁霖的话，只把一双曼妙的目光射向仁霖的脸上去，觉得他的话不比寻常少年所说的。董祥说道："小……"说到"小"字又缩住了口，改说道："那么我就遵命，大胆唤你的大名了。你所说的话，句句打入我的心坎，足见你的胸襟有志，使我们十分佩服，只恐我们才疏学浅，不足辅导呢。以后我们都要像自家人一般。你住在这里，如嫌寂寞，我女小翠也随我学习武技，自可一同练习，有个伴侣便可活泼一些。只是我女生长草野之中，性情虽然直爽，而恐伊不知礼仪。如有冒犯之处，请你不要和伊一般见识。"仁霖道："仁丈又要客气了，小子既得仁丈指点武术，又蒙视同家人一般，叫令爱和我一起练习，如此优渥，五中感激，只恐小子有什么不当之处，还请仁丈也要原宥。"

小翠听他们说话，只是嘻开着嘴笑，忽然伊好似想起了一件要紧事情的，跳起身来，对伊父亲说道："哎哟！我几乎完全忘怀了！今天早晨绿树村的贺矍送来一篓子阳澄湖的大蟹，说是他的亲戚从唯亭带来的。他因爹爹喜欢吃蟹，所以不欲自尝，特地送来给爹爹吃的。我因爹爹不在家，不知何日回来，要想退回他，但他一家不肯带回去。他叫我待到晚上，父亲再不回家时，可以把蟹乾放在瓮中，饲以米粒，可以隔二三天不死的。我只得受了他的，恰恰爹爹和孟老伯等回来了，家中没有佳肴，这蟹正好享客，爹爹要不要立刻煮来吃呢？"董祥一听有蟹，便笑起来道："妙极了，我正想吃这个东西，阳澄湖蟹又大又结实，今晚可以大家饱啖一番了。"小翠道："我去拿给爹爹看。"说着话，早已跑出去了。一会儿手中提着一个大篓子，放到董祥的脚前，说道："爹爹，你看这蟹大不大！"董祥、孟吉、李仁霖三个人一齐走近看时，见那篓子外面是用一根根竹篾攀住的，空着很方的格子隙儿，瞧到里面约莫有二三十只大蟹，重重叠叠地伏在其中，金爪铁壳，欱吐成珠，果然不是平常河里的小蟹。煮熟时金膏玉质，其味无穷。董祥说一声"好大蟹"，便叫一声阿菊，那丑丫头便跑了进来。董祥吩咐伊道："这一篓子的大蟹，你快拿去一一洗了，放在锅中去煮，我们今晚要吃大闸蟹咧。"丑丫头答应一声，拿了蟹篓便走。

此时天色已黑，小翠便去掌上灯来，对董祥说道："这许多蟹恐怕丑丫头对付不下，待我去帮伊的忙。"董祥点点头道："很好，你去端整些醋和姜，再把那半脚火腿切了，煮些汤喝喝。并预备几样吃饭的菜，后面菜畦上的大菜摘几棵，把虾米一同烧。腌的鱼也可煎一段，再把瓮中的酒舀起四五斤来，烫热了一齐拿上来。"孟吉把手摇摇道："我们都是自己人，不必多劳令爱，随便吃什么是了。"李仁霖也道："今晚有紫蟹足供大嚼，仁丈不要多忙。"董祥哈哈笑道："这算什么呢？"小翠退到外面去，董祥却脱去了长衣，先到外面客堂里，把两张桌子并在一起。又去点亮了正中悬着的一盏玻璃灯儿，走至庭中，把篱边陈列着的十多盆菊花陆续搬进来，放在桌上。仁霖立即帮着同搬，菊花已是盛放，紫的、黄的、白的、红的，各色各样，清香扑鼻。董祥错综地把菊花放好了，向孟吉微微笑道："今晚我们可以效古人持螯赏菊了，这都是贺鸾所赐的，但这一篓子的大蟹确乎也是不容易吃的，其中尚有一段曲折的经过，至今思之，尚有余悸。现在趁蟹还没有煮熟的时候，你们请稍坐，待我讲出来给你们听听吧。"于是孟吉和李仁霖立刻坐下，欣然听董祥的叙述。

第三回

霜锋慑胆水上退狂徒
纤足销魂树头惊少女

　　这是一年以前的事了，汪洋三万六千顷的太湖，灵秀缥缈的
七十二峰，沉浸其间。不但风景的伟大足以荡涤人们的俗虑，而
在这个水云乡中所居的许多人民，都有他们特异的风俗，和外间
又是不同。因此自有不少可喜可骇的事情搬演出来了。

　　董祥父女俩和丑丫头隐居在西山翠云村中后，起先时候乡民
对于他们不甚熟悉，自然有些歧视，可是后来董祥和他们相交得
熟了，大家都佩服董祥的武术和他豪爽而有礼的性情。一村之中
凡有大小疑难之事，常要到董祥处来取决，所以董祥在翠云村中
俨然为一巨擘。然董祥并没有别的心思，对众乡民甚是谦恭。他
自己的生活也十分清闲，有时和老渔翁孟吉饮酒谈天，有时教他
的女儿小翠学习剑术。其他时候每每喜欢独自一个人驾着扁舟到
太湖中去随处遨游，竟日而归。这一天正在清晨，他是一天亮就
要起来的。在家里吃了一些东西，立刻坐了一只小船，想出去游
湖。因其时天高气爽，正是中秋已过，重九将临之时，太湖里秋
色大有可观，董祥遂一清早便要出去了。小翠知道伊父亲的脾
气，说什么就要做什么的。只对伊父亲一笑，说道："爹爹早去

23

早来。"董祥答应一声，到湖边去下了船，鼓动双桨，驶出翠云湾，便到了万顷碧浪之中。

太湖里的村子很多，大都是聚族而居，民风质朴，而又有些粗野横暴。男女之间，桑中濮上之风也很盛行。这时正值乡民大捕野鸭的当儿。野鸭在太湖里最多，要算是湖中的特产，每值秋季，浅汀芦荡之旁，一簇一簇地成群而飞，黄嘴翠羽，四处觅食。因为野鸭的肉味酥而且香，是野味中的上品，尤为吴人酷嗜。乡人遂在此时争捕野鸭，一对对地拿到城里去卖。他们捕野鸭的方法，有些男子往往持着火枪悄悄地潜伏在芦苇丛中，等鸭子们起飞的时候，便迅速地开枪射击。一枪放出时有许多很小很小的弹丸，野鸭纷纷下坠。但这个不是最良好的方法，大多数的乡民在晚上到湖边去安排下捕野鸭的网，专待野鸭觅食时自投罗网的。到了早晨，乡民便叫他们家里的女儿或是童养媳到水中去取已入网的野鸭。这些女子大都是十七八岁的少女，身体很是康健，泅水术也熟谙，身上都脱得赤条条的，只穿着一件入水的肚兜；用几根带子上下束着，掩护了她们的私处和胸前的双峰。她们很天真地一个个奋勇跳下水去，泅到他们的捕鸭网所在。见了网中满满的野鸭，好不欢喜，一齐负着网，连网带鸭从水里拖回家去献俘。口里还唱着很好听的渔歌，这真是水云乡中模特儿展览会了。

董祥出来的时候正遇见这些捕鸭的少女，他瞧着很觉好玩。又遇见许多网船是往湖心里去捕鱼的，成群结队去赶着水上生涯。董祥划了一回，稍觉力乏。遥见东边有一座小山，山下有一个村落，许多红树点染着大好秋光。董祥便想到那边村子里去玩玩，所以将小舟划进湾去。

正要泊了舟，上岸去小酒店里喝些酒，休息一会儿，再往别

24

的地方去遨游。忽见岸边有一个年轻的汉子，形色败坏，脚步匆忙地跑向河边来，背后有一伙人紧紧地追赶。那汉子跑到水边，满头是汗，见了董祥，便呼救命。董祥虽不知是怎么一回事，但见着许多人紧追一个人，而这人又向自己乞救，他本是一个侠义之辈，怎肯袖手旁观呢？遂将小船靠近了岸，向那汉子一招手道："下来吧。"那汉子跳到船里，气喘吁吁地向董祥说道："仁丈，可怜我的，快快把我摇开去。岸上那些追赶的人要将我置于死地呢。"董祥因为事机急迫，也来不及向他细问根由，立即把船划向湾外去。划到一箭之遥，岸上追赶的人已到水滨，高声大喝："你这小子逃到哪里去？谁敢把他救去，谁就要和他一同处死。还不将船划回来吗？"董祥不去理睬他们，只顾将小舟划向外边去，要脱离他们的威胁。又听岸上人喊道："哼哼，凭你们逃到什么地方去，老子一定不肯轻易饶过的。天下有这种便宜事吗？减损了鲍家的威风。"

董祥出了村湾，已望不见岸上的人了。瞧这汉子年纪还不满二十岁，面貌生得还好，但略有些傻态，身穿一件青布夹袍，并不像农家之子。此时跪伏在船中，满露着惊惶的形态，似乎十分可怜。董祥一面划桨，一面细察这人，既不像盗匪之类，为什么岸上那些人紧追不舍，一定要把他处死呢？忍不住向他问道："你姓什么？是不是这村上人？他们何以要害死你？究竟为着何事？你要告诉我知道。"董祥问时，只见他脸上一红，嗫嚅着说不出话来，只说："小子姓贺，名天福，但人家都唤我贺戆的。并非这里村上人，是住在邻近绿树村。小子实在做事太荒唐了，以致闹出这个乱子来。他们定要杀死我，但小子实是三房合一子的，请仁丈援救我出险，当结草衔环以报。"董祥听贺戆说话倒还斯文，像念些书的。他自己虽是个武夫，平日却很敬爱读书种子，所以他更是不忍眼瞧着贺蠡被那些人相害了。又对贺蠡点点头道："你不要害怕，我必救你出险。"贺蠡却把手向背后一指道："哎哟，不好了！仁丈，你看他们追来了。"

董祥回头一看，见背后有五六条浪里钻小船如飞鱼一般向自己的船追来。每只船上立着三四个人，手中都高高举起棍棒钢叉等武器，又有二人划着桨，如火如荼，好似遇到了湖匪。董祥虽把自己的船向前紧划，但速率却相去太远，一刹那间，背后浪里钻小船越追越近，便有人高声喝道："你这人好生大胆，是从哪里来的？载得这小子逃生，莫非你和他是同党吗？好，待老子来收拾你们一同去见阎王。"贺蠡指着背后当先一条船上握着铁棍，站在船头的一个中年汉子，说道："仁丈，这人就是此间丹枫村里的鲍老四，别号'赤练蛇'，设着拳社，招收徒弟，听说他的本领很好的。仁丈，我们看来难以逃走了。他们追得渐近，仁丈也能够把我送到绿树村吗？到了那边，我们村中人也好出来相助了。"董祥摇摇头道："一则我不认得往你们绿树村的水路，怎样走呢？二则时间也不容许了。你不瞧他们已是追近了吗？"贺蠡哭丧着脸说道："那么怎样办呢？小子不是又害了仁丈吗？"董祥哈哈笑道："你虽年纪轻，却为何这般不中用？凭着我一人之力，包管击退他们便了。你会划桨吗？你快坐到船艄来代我打桨，我自至船头上去对付他们。"说着话，便将手中的桨交给贺蠡。贺蠡有些似信不信地说道："打桨我是会的，但仁丈手中没有兵器，又是一个人，怎敌得过他们十数个少壮男子呢？"董祥道："这个你莫要管，我自有能力。你只要好好儿地打着桨，心里千万不要惊慌，把船划得稳定，就是你的责任。其他天大的事有我一人担当。不要说这些十来个胎毛未干、初出茅庐的小子，便是有千百兵马在前面，我也视若无物哩。"遂把他自己身上的长衣脱去，走至船头喝令贺戆把船掉转身去。贺戆此时也只得硬着头皮，掉转小舟，由董祥去拦挡一阵，听天由命吧。

当董祥的船掉转身来时，丹枫村上的追船已相隔一丈路了。那个鲍老四恶狠狠地举起铁棍，向董祥说道："你叫这小子快快束手就缚，免得我们动手。谁叫他跑到我们村子里做歹事？我若饶了他，也不再姓鲍了。"董祥抱着双拳，很镇静地立着，不动声色，等鲍老四的船近时，方才开口说道："凡事有理可讲，何必要如此蛮干？姓贺的究竟犯了何罪，你们把他看作盗贼一般呢？倘是好好地讲话，我愿意为仲连第二，代你们排难解纷，消怨释嫌，岂不是好？"鲍老四道："嘿，你既然不知情的，用不着你来多管闲事，只要交出这小子来，我们也不来伤害你的。你若要包庇这小子，强欲出头，哼哼，那就要请你尝尝你家鲍爷的棍子了。"董祥闻言，冷笑一声道："姓鲍的不要自恃技高。你有棍子，我有双拳，谁惧你厉害呢？"鲍老四闻言，气往上冲，说道："你这人有多大本领，敢是吃了豹子胆，来此撩拨人家吗？"旁边又有一个拿着短刀的少年，说道："四哥，你和他多说什么？一齐送他们到了水晶宫里去，岂不省事？"

鲍老四的船这时已和董祥的船接近，瞧着董祥赤手空拳，更不放在心上。他把手中的棍子紧一紧，直向董祥胸口捣来。董祥哪里在意，等到棍子贴胸时，身子向左边一侧，疾伸右手，乘势向前只一抓，早将那根齐眉棍抢住。鲍老四第一下未免太大意一些，故被董祥抓住。他心里一焦急，连忙用力要把棍子收回去。但是董祥何等敏捷，怎肯放过这机会，早运用神力，向里只一拖。鲍老四没有董祥力气大，立足不稳，身子向前直倒，口里说声"不好"，连忙将手一松，身子跌到船头上，两手撑住。若不松手时，早跌入湖中去了。董祥的身躯只是望后略侧一侧，一根齐眉棍早已抢到手里来。此时的董祥真是如虎添翼，挺着这根棍子，嗔目大呼道："哪个来尝试尝试这棍儿？"船后的贺戆瞧着，也不由皱眉顿开，嘴也张开来了。鲍老四跌得快，爬得快，站起身子，见自己的棍子已落于他人之手，左右都是他的朋友和门下，平日夜郎自大、目空一切，常在他们面前夸口，今日竟然当众出丑，怎不羞愧？脸上立刻涨得红红的如猪肺一样，便从他的同伴手里取一柄朴刀，咬牙切齿地对董祥说道："你趁我不防，夺我棍子，何足道哉？须吃吾一刀。"说着话，恶狠狠地一刀照准董祥头上砍来。董祥有了棍子，便把齐眉棍去拦开鲍老四的刀，还手一棍，向鲍老四下三路扫去。鲍老四急忙跳过，险些儿着了一棍，便又觑准董祥喉间疾刺一刀。董祥收转棍格住。两人斗得不到五六合，鲍老四一刀方向董祥腰间刺去，却被董祥将棍子使个旋风扫落叶，和刀背碰个正着，鲍老四手中那柄朴刀，早已飞到一丈外的水面上去了。

众人见董祥厉害，呼哨一声，四面拥上来，想要以多取胜。董祥不慌不忙，将棍子从容舞开，只见上下左右都是棍影，宛如一条匹练，忽东忽西。众人哪里是他的对手，碰着棍子的不是头青脸肿，便是打落下水。董祥一连打落了四五人，一心要把他们击退，救出贺戆。

忽然听得贺戆在背后说声"不好"，回转头来看时，瞥见船艄水里有一个汉子，揪住贺戆衣襟，喝一声"下去"，扑通一声响，戆贺早已翻跌入水中去了。接着水里又伸出两条手臂，来扳住船舷，自己那只小船便滴溜溜地打起转来。董祥知道不妙，忙将棍子去船舷边一扫，手便缩下去，船也不转了。但又见水里探出几个人头来，向他窥探。又有一个汉子浮出水面，手里挟着贺戆，湿淋淋地拖上对面一条小船上去了。此时董祥方知被他击落下去的人都会水性的，他们不能以力取胜，便来水底暗算自己了。贺懋已被他们捉去，船上无人划桨，自己一个人既要力战船上的人，又要对付水里的人，真是孤掌难鸣，不免要吃他们的亏呢。他一面手里酣斗，一面眼睛带望着水波之中，他们可再要来扳船，倘然自己的船倾覆后，那么自己虽勇，而不谙水性，便要逢到大大的危险。他正在踌躇之际，水底里果然又有几条手臂来攀他的坐船。他又将棍子去扫时，手又缩下去了。一会儿船艄已被人扳住，这船又滴溜溜地打起转来。

　　董祥知道这个样子是终究要吃亏的，顾了前不能顾后，如何能够防护好自己的船呢？于是他耸身一跃，早跳到了鲍老四的船上。鲍老四刚才手中的棍被董祥夺去，刀被董祥磕去。他手里又换了一柄短剑，正在指挥同党，包围董祥。不防董祥勇气无双，蓦地跳至自己的船上，不由心里吓了一跳。董祥直奔到他的面前，喝一声"小子不要以多为胜，看你家董爷来捕你，犹如反掌之易"，一棍打向鲍老四的肩头。鲍老四把短剑格住董祥的棍子，已识得董祥的厉害，心中胆怯，硬着头皮迎战。董祥觑个间隙，一棍击中鲍老四的大腿，栽倒船中。董祥夺去了鲍老四手中的短剑，插在自己的腰带里，右手握棍，左手揪住鲍老四的发辫，高高提将起来。众人见鲍老四被擒，蜂拥而前，尚欲来援救。董祥早向他们高声说道："姓鲍的小子已为我擒，难道你们的本领还比他高强吗？谁敢上前来救的，我就叫他剑下丧生。"说罢又把棍子放下，腰带上取下短剑，抵着鲍老四的后颈，说道："你快叫他们不得动手，否则我先杀死了你，再去对付他们。"

　　鲍老四这时性命已在他人掌握之下，股栗不已，连忙依着董祥的话，向众人说道："弟兄们快快住手，莫害了我的性命。"众人听鲍老四如此说，又见董祥威风凛凛、不可侵犯，只得呆呆地都停住。董祥见这个方法已是灵验，心中暗喜。遂又吩咐鲍老四道："你快叫水里的人一齐上来，不许在下面暗算，不然我就把你的头割下。"鲍老四道："我说我说，请你千万不要伤我。"他又对水里的人说道："水中的弟兄都上船来吧，不要动手。"水里的人也正在踌躇，听了鲍老四的话，果然一个个都跳了上来。董祥自己又对众人高声说道："你们如要我释放姓鲍的，快些先将姓贺的释放回船，要不然，我可先杀了姓鲍的，再和你们厮杀。"众人听了这话，犹豫不决。董祥又把短剑在鲍老四耳朵上触了一下，说道："你也吩咐他们一声。"鲍老四忙又说道："弟兄们快把姓贺的小子放了再说，今天我们算输了。"鲍老四说过这话，便有人放了贺蔼，让他扒回自己船中去。

董祥见贺蔼已回至自己船中，没有损伤，心中大为安定。鲍老四哀告道："我都依了你的说话，此刻你总可以把我放下来了。"董祥道："你别慌，只要你能顺从我，决不至于伤害你毫末的，但此时还要稍缓片刻呢。"他说完了这话，仍把鲍老四高高地举起，短剑插在腰里，提起棍子，一步步地走回自己船上。又对众人说道："你们若要我放回姓鲍的，那么你们只可留下一条船、两个人，随我的船再向前行，到了相当之处，我自然放下姓鲍的，让他坐船回去。其余的船都不许逗留，快快回去村上守候，大丈夫言出如山，决无更改，我决没有片言只语哄骗你们的。"众人听了，面面相觑，做不得主。董祥又和鲍老四说道："你快说吧。"鲍老四叹了一口气，只得对众人说道："弟兄们请留下一条船、两个人，随我同去，其余的人只好先请回去，等我回村再作道理。"众人听了鲍老四的吩咐，果然留下一条小船、两个健儿，余众垂头丧气地划船回去了。董祥见他们一一依了他的说话，便又对贺蔼说道："现在已是无事，你快快把船划回村里去。"贺戆答应一声，很兴奋地打着桨在碧浪中悠然而逝。鲍老四那边留下的一条船，跟着董祥的船而行。

过了一段水程，已隐隐望见前面陆地的影儿。董祥指着问贺戆道："前面可就是你家村庄吗？"贺戆点点头道："是的。"董祥便将鲍老四释放，说道："今天姑且警戒你一下，以后再不要恃强欺人，快快回船去吧。"鲍老四已吃了苦头，不敢再和董祥分辩，垂头丧气地走回他自己船上去。他的同伴接到船中，方才安了心，鼓棹如飞，回到他们村上去了。

董祥放走了鲍老四，又对贺戆说道："今天我救人救彻，索性把你送回村去吧。"贺戆道："仁丈真是金刚身手、菩萨心肠，使小子不胜感激。你若送我回去，家父知道了，一定要感激涕零，将来父子们要代你供个长生牌位，一辈子不忘你恩德的。"董祥听他说话，真不像是憨的，便又问他道："你究竟在那边和姓鲍的有什么过不去的事，他们要追捕你，加害你呢？这也太没有王法了。"贺戆复经董祥这一问，他的脸上不由一红，嗫嚅着说道："这事也是小子一时糊涂，自取之咎，本也不能深怪鲍老四的。但鲍老四等众人恶狠狠地必要杀死我，那也未免太残暴了。仁丈请恕我的荒唐，待我把其中事实真相告诉你听吧。"于是贺戆一边打桨，一边将他在丹枫村里所做的事奉告。

原来贺戆本是湖滨绿树村上的人，他的父亲贺寿山是村上的富翁，田地财产很富。伯叔都在苏城经商，三房只生他一子，所以不但他父亲爱如珍宝，一家一族都是喜欢他的。乡人最重后嗣，因贺寿山若没生贺天福，他们都要变作若敖氏不食之鬼了。自幼他父亲便请了一位老儒，在家教他诵读五经四书、诗赋文章，希望他可以做个读书种子，博取功名，光荣门楣。谁知他有些呆头呆脑，小处虽能了了，大处偏要糊涂，有时文章做得很

31

好，有时却又不知所云，不守格律起来。后来那位老儒因自己教他不好，便气愤告退。贺寿山无可奈何，只好让儿子在家自修，兼习些画，因此大家都称他贺懋，而不唤天福了。他父亲眼看着儿子渐渐长大，功名虽无成就，恰逢时世大乱，还是姑且养晦。不过贺懋既然是三房合一子的，不可不代他早早授室，自己也可含饴弄孙，慰桑榆之暮景。无奈贺懋性情十分固执，必要他自己眼里看得中的，方可联秦晋之好。虽有许多做媒的来说合，却都不能成功。他父亲几次劝他，责备他，把孟子不孝有三无后为大的话讲给他听，他总是不肯顺从父母的意思。贺寿山也奈何他不得。一年一年地蹉跎下来，他父母不知贺懋究竟要怎样一个女子做他的妻室。

这一天贺懋到丹枫村去赏红叶，游玩山景，住在姓陆的乡人家中。姓陆的是他的父执，因知贺懋是三房合一子的富家子弟，格外殷勤款待，留他一连住了数日，打发人到贺家去通知，留住他不放回去。谁知一段孽缘由是而生。

有一天下午，贺懋独自至山下散步徘徊，忽见东边小径上有个园林，树木甚多，有几株红枫，已是胭脂般红起来了。在西山许多村子里大多数人家种植果树，所以园子很多，而且不论什么过路客人都可以从树上去采取果实，肆意饱啖，绝不取值，毫无禁阻，只不许带回家去。这也因为洞庭东西山各处是著名出产水果的区域，有果树的人家出产得多，当然不计较他人吃一些了。

这时候橙子已黄，枣儿已大，贺懋是喜欢吃枣子的，遂信步走将进去。只见一丛丛的树，没有一个人影。他走至一株大枣树下，恰巧那边地下有一支竹竿横着。他就取在手里，抬起头来，觑准枣子多的地方一阵乱敲。那已熟的枣子便纷纷落到地下。贺懋见地上已有不少枣子，便丢下竹竿，且拾且啖，吃了一个畅快，不舍得离去。又从林子里走过去游玩一下。只听那边橙树上窸窸窣窣的声音，他仰首一看，忽见有一个绿衣女郎立在一条树枝上，正在摘取橙子。兜满了一衣襟，露出裙下一双金莲，红缎鞋儿，绣着黄色的花、绿色的叶。虽然没有三寸小，至多不过四寸，瘦瘦的很有样儿，这一喜真是非同小可！

原来贺戆之所以不肯娶妻，并非真的不要妻子，实在他读了古书，忽然有一种嗜好，便是喜欢女子的小足。他喜娶一个女子，最好要像宵娘一般的纤纤莲钩，瘦不盈握，那么帐中被底，格外销魂。因此他曾作了十首咏绣鞋的诗，寄托情怀，自誓非有小足的女子不与缔姻。可是乡间的女儿十有七八是天然足，她们都要工作，缠了小足，如何能耐劳苦，任艰阻？即使有几家大户人家，强迫女子缠足，也是有名无实，只有臃肿而不美观。貌美的虽有，足小的不多，因此他的婚姻便耽搁起来了。然而他父母哪里知道他的心事呢？否则早向城里女子去求亲了。贺戆物色多时，便觉莲瓣难得，痦寐思之。今天忽然瞧见了这一双小足，岂非蓦地里遇见了风流冤孽吗？不由轻轻咳嗽一声。树上的女郎听得下面有人，低头一看，乃是一个陌生的少年男子，不禁双颊红晕，回过脸去。贺戆先见双钩，已是魂销不禁，后见女子玉靥锋唇，风鬟雾鬓，不觉目眙神往，以为这般可喜娘罕曾见，呆呆地立在树下，默默无语。

绿衣女郎见树下有了男子，也不再摘取橙子，心慌意乱地要紧溜下树来。哪里知道小足一滑，竟从树上跌将下来，口里说声"不好"。这株橙树是很高的，伊又爬在最高处，倘然跌在地上，定要受到重伤。此时贺戆正在下面，也顾不得男女授受不亲，奔上前去，伸手将女郎一抱，女郎早跌在贺戆怀里。贺戆支撑不住扑地坐向草地，将女郎托住，丝毫没有受伤，在伊衣襟里的橙子却跌了个满地。但女郎受惊之余，面色变白，似乎已有些晕厥的模样。贺戆不知伊的芳名，只凑在伊的耳畔，低声唤道："姑娘醒来，姑娘醒来。"唤了二三声，女郎樱唇里嘤咛一声，睁开星眸，见自己的娇躯竟坐在这少年的怀里，如何不羞惭万分？忙伸双手掩住了伊的面庞说道："怎的怎的？"贺戆道："姑娘莫惊。刚才我走至树边，见你从树上坠下，倘然不救，必有死伤，所以不避嫌疑，赶上前将你抱住。幸喜姑娘并没有受伤，而虚惊却不免。请姑娘镇定心神，不妨事的，并乞恕吾孟浪。"女郎听了这话，闭目不语。贺戆见伊不开口，也不动身，他也坐着不动。软玉温香抱满怀，一阵阵的肌发之香，透入他的鼻管。他忘记了所以然，如入罗浮仙境，如游天台胜地。鸟声啁啾，上下飞鸣，好似伴他们的寂寞，然而这个样子寂寞，贺戆却是迷迷糊糊若将老焉。

隔了一歇，女郎又是嘤咛一声，立了起来。贺戆又向女郎一揖道："幸恕冒昧，愿闻姑娘芳名。"女郎回转头来，脸色已转红了，羞怯怯地答道："我姓邹，闺名馨姑，今日因为爱吃橙子，故到自己园里来采取，稍一不慎，失足而堕，幸君前来援救，感愧得很，但不知尊姓大名。"贺戆道："小子姓贺，名天福，是绿树村人，来此盘桓，巧遇姑娘，三生有幸。"说罢又是一揖。女郎听了"三生有幸"这句话，微微一笑。贺戆见四下静悄悄的别无他人，遂又向女郎说道："姑娘如何不叫用人上树采取，而自己不顾有损玉体的危险，攀登高树呢？"馨姑眼圈一红，说道："妾生十有九岁了。但因先父见背，在后母膝下过活，后母自己有了儿女，把妾时常虐待。妾孤苦伶仃，万分酸楚，一切操作都要动手的，哪里可以叫人做呢？"

贺戆听馨姑身世如此可怜，心中更是感动，发生了一种极浓厚的同情性。遂说道："原来姑娘遭逢这般不幸,使小子听了,万分扼腕。小子今年虚岁十九,正如姑娘同庚。不瞒姑娘说,家里父母屡次要代小子完婚,而小子因为不得心上中意的人,所以宁作鳏鱼,至今尚未如愿。"馨姑把一块手帕在唇边咬着,问道:"那么,贺君心上的人是谁呢?"贺懋走近两步,大着胆子,向馨姑又是一揖,轻轻说道:"姑娘,我的心上人儿就是你了。"贺懋说了这句话,馨姑却低着头不则一声。

贺懋见伊并不叱责,便知这事有数分可以成功,遂又说道:"姑娘不要恼我无礼,怪我轻薄,实因我自誓愿得足小的女子为配偶。今姑娘貌美如花,足小如菱,正是我所渴望的人,故斗胆向你说了。如蒙垂允,我回去就叫人来撮合,可缔丝萝,这也是天作之合,否则怎会有这样的巧呢?千乞姑娘可怜小子,切勿峻拒,那么此后一生幸福是姑娘之赐了。"贺懋这话说得甚是诚恳,以为可得玉人青睐。谁知馨姑把纤手摇摇道:"贺君,妾很感君美意,当愿侍奉巾栉,但是恐怕贺君忘记了这其间还有一个问题,使妾与君难以成就姻缘的,请君不要痴想吧。"贺懋一听这话,十分疑异,一时倒想不出是何问题。

第四回

意马心猿黄昏践密约
惊魂夺魄黑夜逃残生

馨姑见贺娈疑异，想不出伊所说的问题，便紧蹙蛾眉，对他说道："贺君，你难道忘记了我们丹枫村五年以来，早有禁令，全村人民不论大小人家，概不得和你们绿树村人通婚姻之好吗？"贺娈被馨姑这么一说，方才如梦初醒，立刻哭丧着脸说道："不错，小子倒忘记了。这个确乎是一个难问题，我们将怎么办呢？"

原来七年以前，丹枫村里有一家姚姓的，把一个十三岁的女儿送与绿树村中农人梁某家中去做养媳妇。谁知梁某的老妻邹氏性情十分暴戾，和伊的两个女儿把新来的养媳妇百般虐待，时常痛打。有一次，姚某去探望他的女儿，见他女儿额上有明显的伤痕，便向他女儿询问。他女儿且泣且诉，偷偷地把情形实告。姚某是个躁急的人，遂和梁某理论，不许以后再虐待他的女儿。梁某受了姚某的责言，等到姚某回去后，便去怪怨他的妻子。谁料邹氏是著名的雌老虎，岂肯受丈夫的责备，夫妇俩勃豀一番。邹氏又迁怒于媳妇，以为都是伊在伊父亲面前挑唆，以致闹出这气恼。便和伊的女儿借题发挥，抓住养媳妇一些小过，母女三人把伊结结实实地毒打一顿，打得伊遍体鳞伤。又锁闭在一间小屋里，不给伊饭食。邹氏的儿子一则怕他的母亲，二则和养媳妇也没有什么情感，不敢过问。梁某在外边赌钱，不知这事。

可怜那养媳妇受伤沉重，婉转呼号，又没有食物，禁闭两天，一条小性命便不活了。等到梁某知道，也已无及。要想把伊草草收殓，谁知姚某又来探视，恰巧亲眼看见这幕惨剧。于是他放声痛哭之下，不许梁家立刻收殓他女儿。他要和邹氏拼命。邹氏不服，挺身而出，和姚某理论。说他的女儿如何不好，自己一点错处也不肯认。姚某和伊有理讲不清，勃然大怒，打了邹氏一下耳巴子。两下里互殴起来。邹氏有两个女儿相助，到了这个时候，梁某也帮助他的妻子，又有梁家的亲戚一齐动手，把姚某打个半死。

姚某逃回丹枫村，已是奄奄一息。便将他的表兄弟洪某请来，把前后经过的事告诉了洪，要洪某代他报仇雪恨。那天晚上，姚某竟伤重不治而死。洪某是村里的无赖，勇而有力，在村中很有一些潜势力。他见他的表兄和侄女儿都死于绿树村梁某一家手里，如何忍得住这口气？况又有姚某临死的嘱托，所以他明天立刻聚集了许多村人，坐了船到梁某家里去问罪，也把梁某和邹氏打个半死，捣毁梁某全家什物。因有邻人来劝，又殃及了左右乡邻，方才得胜回去，算代他表兄和侄女复了私仇。邹氏受伤最重，因此毙命。于是绿树村人以为洪某不该带领大批打手到绿树村里来殴人致死，明明藐视了绿树村全村的人了。村中自然也有不少好勇斗狠之徒，借着这问题，也聚集了百十健壮男儿，乘了船到丹枫村去和洪殴打。洪某不甘示弱，率众抵御，两下恶斗一场。绿树村人虽然死伤不少，而洪某也因此伤重殒命。

丹枫人隔了数天，又去绿树村问罪，鲍老四也在其中兴风作浪，两村遂成了械斗的局面，事态扩大。彼此结下怨仇，相争不休。最后由绿树村里的贺家、林家等富家巨绅向官中呈文报告，要求太湖厅出来秉公调解，方才终止械斗。可是丹枫村中人推求祸根，免不了深恨绿树村人，所以他们村里定下一条禁令，就是以后他们村里不论任何人家概不得与丹枫村人订婚。虽然隔了数年，前事淡忘，两村人互有往来，而禁止通姻这条禁令尚未取消，这就是馨姑说的难问题，而使贺戆呆住了，想不出方法来咧。

贺戆呆立多时，馨姑也含情脉脉地站在他的对面。二人相怜相爱，一见倾心，却因为这个问题无法解决，未免踌躇。贺戆早已醉心于馨姑的裙下双钩，怎肯硬着头皮就因此放弃呢？色情狂会使人胆大起来，超过了一切。所以良久良久，贺戆忍不住又对馨姑说道："我们既已相爱，何必顾到这问题？能够成功的话，这自然是最好了。否则我将来也必携带家财，和姑娘双双走向他方去，不是很好吗？"馨姑也没有什么主张，只微微一笑。贺戆又说道："姑娘家中人多吗？今夜我可能私下到你闺房里来一会吗？"馨姑一听这话，不由颊上微有红晕，低着头回答道："你要到我那边去吗？我也不忍拒绝你。我家的人不多，父亲到无锡去了，后母不管我的事。并且我住的一间卧室，单独在后边，和他们隔离甚远。你若在夜里到我房中去时，他们不会知晓的。"贺戆听了这话，喜形于色，点点头道："这就是小子的大幸了。只不知姑娘的家门在哪里，请姑娘指点明白。"馨姑道："这园是我家的，晚间也有种园地的住着，你来时不便，况又在黑暗之中，何处觅路呢？在园门外西首有一条小巷，巷里左右有两个小小的门户，左边的便是我家偏门。今晚我可暗暗把门虚掩了，你可从那边进来，顺手转弯，有个小天井。在天井对面有两扇长窗，我站在那边候你，绝无有误。"贺戆听了，记在心里。这时忽听得树后泼剌一声，两人都吓了一跳。回头一看，原来是一头大花猫跳到树边去捕麻雀。馨姑便对贺夔说道："我们既已约定，请你就去吧。我不便在此和你多谈，倘有人来瞧见了，反为不妙。"贺夔说声"是"。他遂向馨姑作了一揖，回身走出园去。

走至园外，照着馨姑所说的，悄悄踅到西首一条小巷里。见那巷是走不通的，左右果然有两扇一样的小白门。贺夔认清了一下，方才回到陆家，晚上推说头痛不适，要早些睡眠。自往客室中去熄了灯，默坐一回。挨至外边人声静寂时，他就偷开了陆家的后门，溜到外面街上。

这天正是月黑夜，他小心翼翼地循着途径走到那边，且喜没有逢见一人，便向小巷里一溜。他还是第一次做这偷香窃玉之事，大着胆子，鼓起勇气，自以为不入虎穴，焉得虎子。摸着一扇木门，正是虚掩着的，轻轻一推即开。慌忙闪身进去，乃是一条小小过路，昏黑不辨门径，暗想：馨姑若欢迎我来，何不在此挂一盏明灯，好叫人容易走路。继思这本是秘密的行为，伊怎好悬起灯来，使人猜疑呢？只有暗中摸索的了。便将小门仍旧掩上，摸索入内。顺手转了个弯，黑暗里见有一条苗条的黑影走过来，把一只软绵绵的手伸到他的手掌里，低低说道："怎么你迟至这时才来？"贺夔只说了一声"是"。握着纤手，早已魂消，不禁随着黑影往里面走去，不见所谓天井和长窗，暗想：馨姑不是说站在长窗边候我的吗？怎么伊又在黑暗里迎上来呢？他也不敢询问。从黑暗里随着伊走进一个小小卧室，室中没有亮着灯。

听伊悄悄地将门掩上时，贺夔心里不由卜突卜突地紧跳着。接着见伊伸开双手，早将自己一把搂住，亲亲热热地把樱唇凑到自己嘴上，接了一个吻。贺夔暗想瞧不出斯斯文文的馨姑，竟会这样热烈的。伊究竟是不是个闺女呢？这也是一个疑问。他心中这般算想，伊早又问道："我的好人，你怎么今晚变了哑子，一句话也不说呢？"一边说，一边早拉着贺戆的手去抚摸伊的酥胸。贺戆方才觉得情形有些不对，声音也微异，便叫一声"你可是馨姑吗？"伊突然松下纤手，发出惊骇的声音道："你……你是谁？什么馨姑不馨姑？你走错人家了。哎哟！如何是好？"贺戆也惊慌道："那么你是谁家？怎样引我至此？"

两人正作疑问，忽听室门呀的一声响，又有一条黑影闯将进来，说道："阿香阿香，你在此和哪一个讲话？"室内的黑影接着说道："不好了，水生，我室中有一个贼闯进来了。"外来的黑影说道："快把他捉住。"贺戆发急，喊起来道："我不是贼。你们快快放我出去。"贺戆情急了，到底是戆的，没有顾虑到他自己处身在什么地方，竟贸然喊了这一声。外面早有人声惊起。两条黑影都说一声"不好"。那外来的黑影早回身便逃。

贺戆此时也知不妙，跟着拔脚想走，早被女的将他一把拖住，也喊起来道："哥哥，我们这里有贼。"贺戆大惊，用力将女的一推，挣脱身躯，往外便逃。但是在黑暗里东碰西撞的如何走得快？早见背后有灯光，又有人大声喝道："哪一个吃了狗子胆，不管三七二十一地闯到我妹妹房里来作甚？逃到哪里去？我鲍老四捉住了你，务要剥你的皮，抽你的筋。"

贺戆一听鲍老四三字大名，把手一摸头颅，自思我是要走到馨姑家中去幽会的，怎样会跑至鲍家来呢？自己也弄不明白了。鲍老四是本地村中有名的拳教师，别号"赤练蛇"的，惹也惹不得。今夜我遇见了他，我的头颅将要保不住了。所以吓得心惊胆战，没命地向外飞跑。

好容易跑出后门，穿出小巷，却见背后已有几个人照着火把追来，贺戆虽想跑回陆家，但苦不及。后面追赶的人渐近，而前边又有犬吠之声，怕要遭人拦截。恰巧旁边有一个荒落的桑园，矮树乱草，黑黝黝的瞧不清楚。他也不知害怕，便望桑园中一钻，跌跌撞撞地逃向里面丛树背后藏身。听外面足声杂沓而过，火光渐远，他才暗暗放心，捏了一把汗。自思这一遭真像鬼摸了头，跑至鲍家去，所谓阿香其人，当然是鲍老四的妹妹了。

伊如何会知道我来而牵我入内呢？还有后来的黑影是谁呢？唔，明明是鲍老四的妹妹另有奸夫，约作幽会，起先认错了我，而我也是走错了右边的门户，以致闹出这个岔儿来，这真是说他不巧又是巧了。但愿他们追不着我，回家去罢休。我在此躲过了一夜，明天逃回家去，万事全休，只好有负馨姑的深情了，否则我若不幸而被鲍老四捉住，岂不是有口也难辩吗？

贺蛮这样想着，忽听人声又起，似乎人数越多了。火光又明，很快地走回来。只听得鲍老四粗暴的声音嚷着道："那厮怎会跑得这般快，踪影都不见呢？"又有一个人说道："小弟听得这里喊叫声，忙和他们三弟兄从小杏桥边迎上前来，也不见有一人影，那厮难道插翅飞上天去不成吗？"又一人接着说道："鲍四哥，我料那厮一定逃到这边桑园里去的。你不信时，我们进去搜查一下。"鲍老四说一声"好"，即见火炬移向桑树边来，有几个黑影蹿入园中。

贺蛮惊慌极了，摸着身边地下有两块小石子，连忙拿在手中，将身子蹲在桥根边，眼睁睁地瞧见有一黑影，正走向自己这边来。忙将一块石子向他飞去，落在那人脚边。只听那人骂道："小王八，真的躲在里面。"背后一人喊道："老王，你要当心。"话刚说完，贺蛮又一石子飞出，正击中老王的嘴巴，啊呀呀地喊起来。背后的人跟上前时，贺蛮又取了乱石块飞出去，击中两人。于是这些人吃了亏，火把熄了一处，不敢向前，退出去了。

又听他们中间有人说道："那厮已在里面了，黑夜进去，他从暗处可以瞧得出我们，而我们都瞧不见他，徒然被他飞石击伤，太不值得。不如守在四处，把这桑园围住，等到天明后再进去，把他擒住，活活地种了荷花，方出得我们这口气。"鲍老四道："老弟有主见，依你这么办吧。那厮也不打听打听，掩到我妹妹房中欲行非礼了，该死不该死？"众人哈哈大笑。于是又见火把果然四处散开了。

贺鸾暂时得安，自忖转瞬天明，自己终成瓮中之鳖，逃到哪里去呢？必须在这夜间想法逃遁为妙。他潜伏了好多时候，实在忍不住了，悄悄爬上一株桑树，向四周窥探。果见四面有火炬亮着，鲍老四等监视在外，自己逃到哪里去呢？默察良久，只有东北角上火炬离开甚远，而且一无声息，自己不如就逃向那边去吧，遂下了树，怀中揣着许多小石子，做紧急防身之用。膝行而前，从丛树中摸到矮墙之下，寻得立足空隙，越墙而出。且喜鲍老四等尚没知觉，已有四鼓时候了。在黑暗中走了数十步，不敢回陆家去，因为那边桥畔也有隐隐火把亮着。他只望村外走。一会儿东方已白，他越是心慌。想找只船儿坐了，逃回绿树村去，这是最好的方法。然而雇船必须说明，自己又出不得相，倘然给他们看破了，怎肯载送他归呢？

晨光熹微中，前面已有人走动，他忙把怀中石子丢了，低着头走。幸喜无人遇见。走了多时，只遇到一位牧童，坐着牛背过去，也没注意于他。他走至小溪之旁，见有一只小舟，正想前去偷取，东边矮屋里已有人出来。贺鸾回身便走，不知自己走到哪里去才好。绕着圈儿想回陆家去，拜恳他的父执出来代为缓颊求和，然又恐被鲍老四撞见。走两步退一步，越趑难前。

这时候忽见远远的田岸上有一群人向这边飞奔而来。他一看便知是鲍老四那边的，手里都拿着刀尺棍棒，声势汹汹。贺戆连忙回身奔逃。鲍老四等天明后在桑园里四处搜寻不着贺戆，心有不甘，遂又追寻，逢见牧童，向他询问。牧童告诉有一生人走过，于是他们追向这边而来，果然遇见。贺戆无路可奔，只望水边走，恰遇董祥划船到此，情急呼援，也是他的侥幸，遂被董祥仗义救下，护送回村。

此时他在舟中把经过的详细告诉了董祥，董祥也觉恢奇可喜。徐徐划着桨，到得绿树村。村上人家甚为繁密，贺戆引导董祥舍舟上岸，一同走到贺家。董祥一看贺家门墙高大，屋宇连绵，内外仆从甚多，真是村上殷富之家了。贺戆引导他去见父亲，贺寿山见儿子同一位魁梧奇伟之士回来，未免有些惊异。贺戆此时方向董祥问起姓名，介绍相见。贺寿山经他儿子约略报告之下，知道董祥是救儿子性命的恩人，怎不感激异常？连忙设宴款待。董祥老实上坐，举杯畅饮，且教贺寿山好好管束儿子，又勉励贺戆数语。酒阑席散，告辞归去。贺家父子苦留不得，只得由董祥回去。董祥回至翠云村，他的女儿小翠迎着问道："爹爹何处去游览的？"董祥哈哈笑道："我是出去救一条性命的。"便将丹枫村救出贺戆的事告诉了小翠，小翠也觉好笑。

隔了三天，绿树村中的贺寿山和他的儿子贺戆带了不少隆重的礼物，亲自前来拜访董祥。接谈之下，方知贺戆虽然遇到了一次危险的风波，侥幸未遭毒手，而心里仍是舍不下邹家的馨姑。而馨姑的一双纤足，尤使他念念不忘，所以几次三番地向他父亲絮聒，要他父亲来此，拜恳董祥出面去到丹枫村邹家为媒，玉成婚姻，消释前仇。他父亲徇儿子之请，遂来商请，顺便备了几份厚重的礼物赠送董祥酬谢他前天救助之德。董祥哈哈笑道："贺君受了这场惊恐，却仍不能忘情于邹氏女吗？这件事很是困难的。因你们两村既有世仇，一时不易消释，除非有排难解纷的鲁仲连出而调解，不易成功。"贺寿山又向董祥拱拱手道："阁下便是今世的鲁仲连，所以此事非借重大力不可。鄙人所生只有这一个儿子，又是兼祧三房的，不免溺爱情重，早想代他娶妇。无奈他执拗不肯，必要裙下双钩细如束笋，媲美于古之窅娘的，方中他的心意。此番他在丹枫村中见了邹家馨姑，梦魂难忘，只是舍不下，天天在鄙人面前要求，因此只好来拜托阁下，玉成其事。有烦至丹枫村向邹家一说，乘此机会，好将我们两村的世仇一笔勾销，岂不是好？想阁下蔼然仁者，一定能够俯允所请，救救小儿这条性命的。吾儿若不得成功此事，他一定要思念成病，没得药救了。吾儿有不测，贺家将为若敖氏之鬼。所以此事无论如何要恳求阁下帮助成功的。不但愚父子终身感德，贺氏数房宗族也同深感戴的。"说罢，又向董祥连连作揖。此时董祥再不能不答应了，遂说道："既然如此，我明天准向丹枫村去找姓邹的说项。看你们的命运怎样呢。"贺寿山大喜道："难得阁下允许，这是愚父子的大幸。你到了那边，再可以找敝友陆九渊，说起鄙人托阁下前来商量这事，他和我很相得，必肯帮忙的。"董祥点点头，说声"好"。问明白了陆九渊的住址，又坐谈了一会儿，贺寿山父子方才告辞而去。董祥要璧还他们的礼物，但贺寿山一定不肯带去，董祥也只得受了。

到得明天，董祥坐了船又到丹枫村去，找到了陆九渊，将来意告知。陆九渊一则是村里有名的好好先生，二则又和贺家是至好，当然十分赞成此事的，遂介绍董祥去见邹馨姑的父亲邹德。董祥把此事的前因后果说个明白，要求邹德允许。邹德心里虽然同意，但村中的禁令尚未撤除，未便答应。和董祥商量之后，遂请到鲍老四，和他讲明，要把前仇清除。鲍老四见了董祥之面，非常羞惭。自己知道本领相差太远，枉自在村中设了拳社，贻人讪笑。董祥却对他十分谦逊，一些儿没有骄矜自喜的样子。鲍老四方才稍安。董祥和他反复讲了。鲍老四此时也已察知他妹妹的行为，并不十分苛责贺戆。又因董祥是个壮士，不得不听他的话，于是召集村中父老，商议取消禁令之举。陆九渊和鲍老四先后说了，董祥又在旁发言，劝两村和好，悉释前嫌。本来两边械斗之事已隔数年，为首的都已物化，所以大家没有一个反对，很容易地把禁令取消了。禁令既然取消，贺、邹两家婚事自然没有问题，董祥此行果然不虚，遂至绿树村寿山处复命。贺家父子异常欢欣，异常感激，遂又请董祥、陆九渊二人为媒，往返说合，使贺戆和馨姑卒成良缘，如愿以偿。鲍老四佩服董祥的武术，自己到翠云村来见董祥，要拜在董祥门下。可是董祥因见鲍老四好勇斗狠，为人不很纯正，不欲将武艺传授与他，所以婉辞拒绝。鲍老四讨了一场没趣而去，心中未免有些怨恨。贺戆却是感谢董祥相助的恩德，铭刻心版，时常致送礼物前来。所以此次又送了阳澄湖的大蟹来了。董祥借花献佛，便请李仁霖和孟吉持螯赏菊。等他把贺戆的事告诉完毕，丑丫头已托了一大盘紫蟹上来了。

第五回

旨酒佳肴夸烹饪妙手
忠言婉语见爱护深心

董祥遂对孟吉、李仁霖二人说道："我的故事已讲完,大蟹来了,快请持螯吧。"李仁霖带笑说道："这蟹果然雄大,我们是靠仁丈的福,得快朵颐。仁丈一片侠义心肠,人家到底是感激不忘的。太史公所说的,既已存亡死生矣,不矜其能,羞伐其德,盖赤有足多者焉。仁丈为了贺蟹,水上酣斗,几濒于危,卒赖神勇退敌,完璧归赵。又不惮词费,亲自去丹枫村说亲解怨,成全了人家的好事,彻始彻终,敢作敢为,使小子更是佩服得五体投地了。"

孟吉听仁霖这样说,频频点头。董祥道："某有何能?只是行我心之所安罢了。二位快吃大蟹,不要让它冷了。"说着话,便向盆中挑选两只最大的雄蟹,分送到二人面前,说道："今晚持螯,当然要先吃雄的,方才名副其实。"二人各谢了一声,便动手吃蟹。孟吉道："蟹已煮熟,令爱在哪里?快请出来同食。"董祥道："孟兄休要客气。伊在厨下,恐怕还要预备好两样菜,然后可以出来吃呢。"说着话,斟上酒,托着酒杯,连声说道:"请啊,请啊。这酒也是好酒,平日我是藏着不舍得吃的。今天

46

当着贵宾，方从坛里舀出来敬客呢。"仁霖连说："不敢当，不敢当，敬拜长者之赐。"于是三人围坐着吃蟹，留着下首一个空座，是给小翠来坐的。

孟吉和李仁霖吃过雄的，又吃雌的，一只只都是非凡结实，金膏玉液，其味鲜美而腴。雄的一双大螯，又沉重，又长大，正是横行介士最犀利的武器。阳澄大蟹，名不虚传。只叹这些介士在江湖中恃着坚甲利兵，到处横行，自以为可以无敌于天下。岂知不旋踵间，已陷于囹圄之中，鬻诸市上，沸身鼎镬之内，粉身碎骨。平日脑肥肠满，此时只落得供人饱啖，固片刻之雄风，而今安在哉？坚甲利兵，只供骚人雅士持蟹吟咏罢了。

一会儿丑丫头又添上一盘蟹来。孟吉问道："翠小姐在哪里？"丑丫头答道："刚才和小婢烧好了菜，在厨下洗手呢。"孟吉道："可以请小姐出来吃哩。"董祥遂大声喊道："小翠快来。"丑丫头回身进去时，小翠已很快地走了出来，笑嘻嘻地站在一边。董祥指着下首的空座说道："你来坐下，陪着孟老伯等吃两只吧。"孟吉也说道："翠小姐，你太辛苦了。这样饱满的大蟹，自己不来尝尝味道吗？"小翠点点头，走过来坐到椅子里，一眼斜睃着仁霖，带笑说道："这蟹果然不错吗？贺戆这人有道理。"孟吉道："雌雄都好。老朽虽是一向捕鱼的，然而像这样好的蟹也是难得快嚼的啊。"小翠伸出纤手也去盘中取了一只雄的，便擘分着吃。董祥又请二人拿来吃。大家吃着蟹，谈谈湖上的佚事。

仁霖年纪虽轻，酒量着实不错，竟和董祥、孟吉二人对喝着，一点不让。董祥不由称赞仁霖好酒量。小翠是不会喝酒的，喝了一点，两颊中酒，益发红如玫瑰，娇艳无伦。孟吉却对董祥说道："后生可畏。仁霖的酒量可观，除非老兄能和他对喝，小弟不能再喝了。"董祥哈哈笑道："年纪轻的人尚不甘示弱，我们老当益壮，断不可自甘败北。今晚尽量多多痛饮，坛子里的酒尚多着呢。"一边吃一边代孟吉、李仁霖二人斟酒。又吩咐丑丫头快些儿再把酒烫将上来。孟吉勉强又喝了一杯，带笑说道："我今天一定要醉倒在这里了。"董祥道："不用慌，卧榻早已预备，任君酣卧。"

一会儿丑丫头把酒烫上，又端上两样菜来。一样是虾米烧青菜，碧绿的菜心上面加着许多虾米。还有一样是干贝炒蛋，上面散着火腿丝。孟吉赞一声"好菜肴"。丑丫头道："都是小姐煮的，我不过帮帮忙罢了。"孟吉又向小翠称赞道："小翠姑娘，你年纪虽轻，却能烧得出这样菜，真不容易。老朽此后要常来叨扰呢。"小翠把头一扭道："我哪里会烧，只不过胡乱煮一些，恐怕不配胃口吧。孟吉老伯若是不嫌不好吃时，请你常常到此，我家只有山肴野簌而已。"董祥闻言，很得意地微笑，招呼仁霖、孟吉二人快吃。仁霖吃了，也赞一声"可口的好菜"。董祥笑道："你不要谬赞了。你是一向在王宫里，山珍海味吃惯了的，怎么也称好起来呢？"仁霖道："实在是好，并非面谀。"孟吉道："久餍膏粱者得尝藜藿，换换口味，自然也要觉好。何况小翠姑娘烧煮得果然好呢！"小翠只是吃着蟹螯而微笑。

隔了一歇，伊立起身来，走到厨下去，和丑丫头又端出三样热腾腾的菜来，一盆是两条大鲫鱼，用冬菇红烧的。一盆是芹菜炒肉丝，一碗是火腿萝卜汤。放到桌子上，说道："我瞧孟老伯确乎有些醉醺醺了，蟹已吃够，再吃些热的菜和汤吧。"孟吉说道："啊哟哟，小翠姑娘怎么又去烧了这许多菜来？我们已吃不下。我今晚真的醉了，不能再喝。董兄还要我喝时，我可要献丑哩。"

孟吉说话时，舌头也大了。小翠笑道："孟老伯酒不能喝时吃些饭吧。"孟吉道："好的。姑娘叫我吃饭，有了这许多美肴，就是吃不下，也要挨下去的了。"董祥却又代他斟上了一杯酒，说道："孟兄，这杯酒请你干了，再可吃饭。"孟吉向董祥看了一看，说道："你今晚一定要灌醉我吗？好，我若不领情时，不够朋友了。"说罢，马上拿起酒杯凑到他嘴唇上，咕嘟嘟地立刻喝完，又将酒杯向董祥亮了一下。董祥说声好。自己也斟满一杯，喝下肚去。又代仁霖斟酒。仁霖欠身托着酒杯，连说不敢不敢，也照样喝了一杯。小翠坐在旁边瞧他们喝酒，只是憨笑。董祥方才举起竹箸招呼道："请吃些菜吧。"仁霖很喜欢吃鲫鱼的，他也就老实不客气地拿着竹箸夹鱼吃。孟吉刚才夹了一块火腿，送到口里去嚼时，忽然"哇"的一声，别转脸去，想要吐时又忍住了，立起身子踉踉跄跄，像要跌倒的样子。小翠慌忙去扶住他。仁霖知道孟吉要吐，早向窗前取一只痰盂过来。孟吉见了痰盂，一张口吐了数口，回身坐到椅子里，口里还说："董兄，你要我再喝吗？我再可喝一杯。"董祥笑道："果然不能喝了。你吃饭吧。"

　　此时丑丫头已送上四碗饭来，把蟹壳收拾下去。孟吉要想吃饭，却忍不住又要吐了。小翠仍把他扶住。董祥笑道："今晚他喝得似乎太多一些。小翠，你同丑丫头扶他去睡吧。"小翠答应一声，遂叫丑丫头掌了烛台由伊扶着孟吉，送到客室里去。一会儿已走回来。董祥问道："孟老伯已安睡了吗？"小翠点点头道："我已扶至榻上，孟老伯倒头便睡，丑丫头代他脱了衣服，盖上棉被，方才离去的。"董祥道："很好，让他多睡一会儿。"于是他又叫小翠坐下陪着仁霖吃过饭，桌上残肴由丑丫头来撤去。小翠端上一盆冷水来，去摘上一些菊花叶，请仁霖把菊花叶擦了手，可以洗去蟹的腥气。仁霖和董祥父女先后洗过手。丑丫头又去换上一盆热水来，请他们洗脸。董祥和仁霖洗脸后，掌着灯，又把仁霖引至书室里憩坐。

董祥啧啧称赞仁霖好酒量，喝了这许多醇酒，竟会不醉，正是自己的劲敌。仁霖又谢他们父女款待的盛意。董祥道："你将来要常住在舍间了，何用客气？我们都是自己人，你要什么也尽可以向我说，我能够办到的，一定为你办到。"仁霖道："小子能在此间藏身学艺，这是最大的幸事，还请仁丈不吝教诲，面提耳命，这又是小子的愿望。"董祥点点头道："武术方面的事，那自然我要悉心教授你的，我总不负忠王之托。"

二人说着话，小翠端了两碗姜片白糖汤进来，请二人喝。因为多吃了蟹，可以喝些糖汤，解去寒气，伊自己早喝过了。仁霖谢了一声，端起糖汤，喝了一个干。小翠又走出去了。董祥陪着仁霖闲谈一刻，他就对仁霖说道："时候不早，你也该早些安置了，我送你到客室里去吧。"遂喊过丑丫头，一同掌着灯走出书室。

穿过客堂，在客堂后面向右手转一个弯，有一个小小天井。在天井里有一株桂树，和几丛海棠、月季花之类，也有几盆菊花。天井对面有一间小小卧室，向南四扇明瓦长窗，左边一扇小门虚掩着，里面隐隐透出些灯光。董祥推门进去，原来就是孟吉睡的所在。东西设着两张小床，一张没有帐子的床上睡着孟吉，鼾声沉沉。沿窗方桌上点着一油盏小小的火亮着。丑丫头把灯放到桌子上，室中更见光。在桌旁两边放着乌木交椅，董祥请仁霖在椅中坐下。丑丫头早已把仁霖带来的铺盖打开，代他铺上了鲜明的被褥，请仁霖安睡。仁霖瞧瞧这屋子很小，因为搭着两张床，地位已是不多。壁上倒也挂着些书画，还有一座小小衣橱，自己的行李也堆置在床边。董祥又对仁霖说道："蜗居是狭小得很的，请你暂时委屈着在此下榻，等明天孟兄回去后，这一张床也可拆去，让室中可以宽广一些。你在白天的时候，不妨在我外边书房里念书习字，后面小园中刺枪弄棒，都可以的。我女儿和这丑丫头都喜学习武艺，她们也会伴你同玩，谅不至使你寂寞。"丑丫头站在一边，听了这话，背转脸儿去笑。仁霖道："仁丈如此优渥，小子感激之至。"董祥道："不用客气。你今日疲乏了，便请安睡，我们明日再见。"董祥说罢，便和丑丫头掌着灯，回身走出房去。

回到书室，丑丫头把灯放下，悄悄地走出去了。董祥并没有喝醉，他的酒量是很洪大的，独坐在椅中养神。瞧着桌上的灯，壁上的剑，凝思了一刻，不见小翠走来。听听外面远远地更锣已鸣三下，万籁寂寂，他就掌着灯走回自己房中去。他的卧房是在书房门对面，前后分为二室，前面的一间是他住着的，后面的一间便是他女儿小翠的卧室，中间有一扇小门互通。他回到睡室里，把室门关上，将灯放在桌上。听听里面小翠房中只有唰唰的声音，不听得小翠有什么说话，便唤一声："小翠，你在房中做什么？"说着话，立即一推小门，走到后面房里去。

只见小翠正拿着伊的一柄明月宝剑在那里擦拭剑鞘，摩挲青锋。董祥不由很奇讶地问道："小翠，你为什么在此弄这宝剑呢？还不睡眠吗？"小翠仍是低着头擦拭剑鞘，很随便地答道："这宝剑是你老人家赐给我的，我很惭愧，不能好好儿学习成功，有负此剑。好几天没有舞它。今天瞧瞧剑鞘也黯然无储，没有人家的好，所以把来擦拭一下。"董祥听了小翠的话，方才明白伊的意思，因为刚才在书房里仁霖坐下的时候，曾把他的一柄龙泉宝剑从腰旁解下，悬在壁上的。不料，小翠这小妮子瞧在眼里，便以为自己的剑不及人家了。伊是好胜心重的人，现在仁霖来了，我倒不可不叮咛伊数语。董祥这样一想，便在小翠对面椅子里坐下。这卧室虽不大，却被小翠收拾得十分清洁，一榻一椅，位置井然有序。后面也有四扇短窗，正对着后园的，所以坐在屋里，还听得到一二凉蜇的哀鸣。

董祥静默了一回，方才对小翠说道："小翠，我要告诉你，从今天起，我们家里多来了一位贵公子，他要长住在这里，我们都要照顾他，爱护他，如同家人一般。那位贵公子就是你我方才陪他持螯赏菊的李仁霖，也是忠王李秀成的爱子，你也知道他了。"小翠抬起头来说道："我本不认识他。父亲为什么把他留住在这个幽僻的湖滨上来呢？"董祥道："这个我起先也没有详细告诉你，只因这事须严守秘密，不得不稍郑重的。"

于是董祥遂把自己和忠王相遇，以及忠王如何礼贤下士，把仁霖托他照顾的事，详细告诉与小翠知晓，且说道："此事除了我与你以及孟家伯伯知道，别人面前都不可泄露半句话。将来很有关系的，因太平天国的前途尚在不可知之数哩。"小翠点点头，董祥又说道："我既受忠王之托，自当忠人之事。仁霖在此，我一切都要留意在他的身上，且要把武艺传授于他，你当伴同他一起练习，互相观摩，更易进步。但我有几句话不得不叮咛你的，就是因为你是我独生的女儿，家中除了我只有你，什么事我都放任你的，所以我知道你的脾气很是高傲，不能受人家半点儿的委屈，也喜欢妄自尊大，和人家执拗，这也是我过于宠爱你所致。但你的年纪渐渐长大起来，应当要趋向温和幽娴，凡事和人家要谦恭，不可傲视他人，恐防你以后要有什么任性的举动，得罪人家，使人家不欢。须知人家本是金枝玉叶、天潢贵胄，不得已而到此韬晦，你总要多多忍耐，对待人家，当有礼貌，不可给人家说我董某溺爱不明，又讥笑你不懂规矩。"

小翠听了伊父亲的一番说话，不由把头一扭道："爹爹教训我这许多话，可是为了姓李的吗？不管他是什么金枝玉叶的人，他若好好待我，我自然也好好待他，爹爹不要只说我当守礼貌，我跟随爹爹隐居在这村中，已有好多年，我常和丑丫头顽弄，也不和他人交接，安见得我对人不能谦恭呢？爹爹也要叮嘱姓李的休惹恼我，我自然不会得罪他。"董祥听了，把足一顿道："我早知和你说不明白的。你倒会说话。须知就是因为你不多和人交接，一切的事爱怎么样说便怎么样说，不知让人三分。丑丫头是件件让你、听你的，自然没得话说了，我方才说的话，决不会错。我是爱你，所以先要和你说明，你一定听从我的话。"

董祥说这话时声色都较前严肃一点。小翠只得勉强答应了一声，把剑插在鞘中，挂向床边，慢慢儿走至桌边，背转身立着，剔着手指甲，默默无语。董祥明知他女儿素来不受说话的，今晚自己性急了些，未免向伊说得太严重了些。伊是受不起委屈的，所以他心里却又不忍起来，又带笑向伊说道："小翠，我知道你是肯听我说话的。人家有哪个敢欺你呢？只要你好好对待人家便了。不过你有些孩子气，容易使人家误会，但这也是你的天真，人家决不会说你坏话。李仁霖虽是忠王爱子，而性情十分和气，和你相处一起，必能合得来的。我只望你优待他些就是了。我想他也一定能够敬重你的。至于为父的意思，你必然全体会得到的。村上人都称呼你是孝女哩。"

小翠听了"孝女"两字，扑哧一声笑了出来，回转身来对伊父亲说道："爹爹说笑话了。我哪里可称孝女呢？你老人家的意思我当然体会到的。往后我当益发谨慎，若有得罪人家时，任凭爹爹怎样责打我便了。"小翠一边说，一边脸上露出笑容。董祥看了，方才安心，便点点头道："你能这样做，再不称孝女是什么呢？我心里快活多了。今晚时候不早，你也早些睡吧。"小翠道："爹爹也该早睡了，你今夜的精神怎么这样好啊？"董祥哈哈笑道："大概多喝了些酒，意兴倍增。我不打扰你了。小翠，你快睡吧。"董祥说罢，走回自己房中去了。一会儿房中灯火已熄，父女二人也已同入睡乡。

次日天明时，李仁霖早已起身，推开长窗，瞧着天井里花木丛中正有一头黑狸奴在那里窥伺小鸟，太阳的影子还没有照下来。孟吉也张目而醒，伸了一个懒腰，见了仁霖，便说："我昨晚竟喝醉了，可有失礼之处吗？谁扶我来睡的？"仁霖带笑把昨夕孟吉醉酒的光景告诉一二。孟吉点点头道："侥幸在老友处没闹笑话。仁霖，你的酒量怎么这样好？我竟望尘莫及，不如你们小辈呢！"仁霖道："小子时时侍奉家父饮酒，因此酒量稍能和人家周旋。但董丈的酒量可说洪大，倘然再喝下去，小子也要敬谢不敏哩。"

二人正说着话，丑丫头已听得客房里谈话声，知道客人已起身，遂送上洗脸水来。孟吉赶紧披衣下床，和仁霖一同盥栉毕，听得外面步履声，董祥已走来看他们了。大家见面，道着早安。董祥请二人到外面去用早餐。丑丫头早已端上。仁霖因为自己要在此间长住下去的，不再多作无谓的客气。孟吉和董祥是老友更不用谈客套。

三人一同吃过早餐，又谈起昨晚的持螯之乐。小翠早梳妆后走出相见。伊今天又换了一件淡红夹衣，脸上薄施脂粉，妩媚天然。孟吉对伊带笑说道："昨晚我竟喝醉了，多亏姑娘扶我去睡，我没有脏你的衣服吗？这蟹的味道真不错。"孟吉说着话，小翠笑道："孟老伯的酒量太浅了，第一个醉倒，以后人家也不喝了。"孟吉道:"我也算可以喝几杯的,无如昨晚逢的都是劲敌,我就不胜而醉了。今天我还觉有些头脑不清哩。少停我就要告辞回家去酣睡一夜了。"小翠道:"孟老伯不能在这里多住一天吗?昨晚的大蟹尚没有吃完,我可以出了蟹粉和虾仁一同炒给你们吃。这里很多鲜虾,我已命丑丫头买了一小篮,预备在早晨出虾仁的。"孟吉道:"谢谢你,我真的要回去了,舍间尚有些小事情呢。"董祥说道:"孟兄,你何不在此盘桓一天再去?"孟吉道:"不争这一天工夫,往后我是常要来的。"一边说,一边瞧着仁霖微笑。仁霖道:"小子盼望仁丈能常常到此,使我得益良多。"孟吉道:"希望你能在此安心学艺,不负忠王之托。董祥兄是最忠实的良师,我也要常来拜望你的。"董祥道:"小弟只谙武术,不精文学,关于国学方面还是要仰烦孟兄的。"孟吉笑道:"我也是门外汉,懂什么呢?"小翠笑道:"不要客气,我也要请孟老伯教书呢。"孟吉笑道:"姑娘不嫌老悖无能,我当然是要常来的啊。"董祥道:"孟兄既这样说,我也不再坚留你。改日有暇,务请惠临。"于是孟吉别了董祥父女和李仁霖,各道珍重,走出门来。

董祥、小翠、仁霖三人一齐送至湖边。孟吉下了船,又回头向他们拱拱手,然后打动兰桨,自回苏城去。董祥等站在水溪,直看到孟吉的舟影已杳,然后一齐回至家中。董祥陪着仁霖在书室里闲谈。小翠却到后面厨下去和丑丫头预备炒虾蟹的佳肴了。午饭时,大家吃过午餐,仁霖又尝到小翠煮的佳肴,心里暗暗佩服小翠年纪虽轻,而烹饪的手段却很高明,天资真是聪慧呢。下午董祥在书室里憩坐了一回。仁霖坐在旁边看书。董祥望望日影已照到西边墙上,便立起身来说道:"仁霖,我们到后圃去练习一刻武艺可好?"仁霖听了正中下怀,欣然答道:"好极,小子等候多时了,正要请仁丈赐教。"董祥道:"你把你的宝剑带去。"

仁霖遂去壁上摘下龙泉宝剑，董祥到里面去搬出一柄大刀和一条朴刀，和仁霖一同走到后圃去。

后面的园地很大，一半种着些名花果树，还有几垛假山，和一座小小的芳亭。外面是种的菜和山芋、菘韭之类。中间在芳亭之东有一片空地，铺着浅草，就是平日预备给小翠和丑丫头练习武术的。董祥陪着仁霖走至这地方，他把大刀、朴刀放在地上，脱下外边的衣服，对仁霖说道："我的武艺是浅薄得很的，然有忠王之厚托，我也要当仁不让，贡献一得之愚。但不知你以前练习过什么？你先使一路剑给我看看可好吗？"仁霖答道："小子以前也缺少有真实本领的人指教，所以学习得十分浅陋。今日方得名师，荣幸非凡。仁丈既教我舞剑，我也只得献丑了。"遂也把外面衣服脱下，走至中间，将龙泉剑向怀里一抱，使个金鸡独立的架势，把剑渐渐地舞将开来。上下左右，进退疾徐，无不中节。舞到后来，剑法渐紧居然也变成一道白光，滚东滚西，把人影掩蔽了。董祥在旁瞧着，不由报掌叫好。董祥叫了好，跟着南边短窗里起了一阵笑声，隐隐地也在那里说好。董祥回转头去一望，原来是自己的女儿小翠和丑丫头立在女儿房中，开着后窗，在那里偷窥仁霖舞剑。

第六回

小儿女欢习梅花剑
老英雄侈谈眇目人

　　此时仁霖已将一路剑法舞完，听得董祥喝彩之声，立即收住宝剑，向中间立定身躯。董祥见他面不红，气不喘，全无力竭之象，不觉又点头说一声"好"。又向那边窗中招招手道："小翠，你也过来练习练习。"仁霖也回头瞧见了窗里的小翠，想不到伊在那边作壁上观，又惊又喜。

　　那时小翠已扑地将窗关上，一会儿只见小翠捧着明月宝剑，和丑丫头一同走来，对着董祥笑嘻嘻地说道："爹爹有何吩咐？"董祥指着仁霖向小翠说道："小翠，我今天陪着他在此练习武艺。仁霖不愧是将门之子，年纪虽轻，而舞的剑法很有可观，方才恐怕你也已瞧见了。你也是爱武艺的人，今后可常和仁霖勤习武术，有了很好的朋友，更将使你高兴了。彼此不要客气。他的剑术你已见过，现在你也把你所学的梅花剑使给仁霖一看如何？"

　　小翠听了父亲的话，斜转眼睛，对仁霖睨视了一下，含笑说道："我的剑术的浅陋，不值一笑的，怎能舞给人家的法眼看呢？"仁霖的嘴唇动了一动，像要开口的样子，却又缩住，只是对着小翠微微一笑。丑丫头却在背后插口说道："翠小姐，你平

57

日常要拉扯着人家和你使刀弄枪的。今天有了很好的同伴，老主人吩咐你舞一回剑，你想怎样推辞起来呢？”董祥哈哈笑道：“丑丫头说话不错。小翠，你快快舞吧。”小翠回转头去说道：“啐，要你开口做什么？”遂将明月宝剑一横，嗖的一声，从剑鞘里抽出昨夜才刚拂拭过的青锋，轻移脚步，走至中间，将剑使一个旗鼓，又带笑说道：“请不要嗤笑，我今献丑了。”徐徐把剑舞起，一路紧一路，上下左右都是剑影，把伊的娇体遮盖在中间。

这梅花剑法共有五大门，一百二十五路，是董祥按着平生的经验变化出来的，很忠实地教给他女儿，加着小翠尽心学习，所以神妙非常。仁霖在旁瞧着，只是点头赞叹。小翠本是好胜心重之人，今天当着李仁霖的面，格外要卖弄伊的本领，全神一致地贯注在这柄明月剑上。董祥在旁反负着手，观他的女儿舞剑，也觉得今日异样精彩，每一路剑都是身到手到力到神到，没有一点半点的懈怠。若能天天这样用力使弄，进步自能一日千里。但他也明知今天的情形是特别的，这是女儿故意要争口气，不肯示弱于人。然给仁霖看了，教他知道我女儿的武艺高强，自己的面上未尝不增光荣。因此他老颜生花，一张嘴嘻开着，只是合不拢来。

小翠把一百二十五路梅花剑舞毕，收住宝剑，仍往怀里一带，往旁边一点，神色自若，向伊的父亲带笑说道：“我舞得不好，徒给人家见了，笑掉牙齿。”说着话，又对仁霖流波一顾。仁霖忍不住走上前对董祥说道：“恭喜仁丈，令爱这一套梅花剑使得神出鬼没，小子望尘莫及，佩服得很。”董祥笑道：“这算得什么？小孩子胡乱舞弄，未臻上乘，你不要夸赞，反使伊生骄心。”小翠将头一偏道：“我自己知道功夫浅薄得很，哪里敢骄傲？”董祥点点头道：“你这话说得很好。越是有本领的人，越不可骄矜自喜，所谓满招损，谦受益，往往自负多能之流，很易跌翻在人家手里，因为技术是没有底止的，你自己以为好，谁知人家比较你还要好呢。

"以前我在南阳孙志雄友人家里遇见一个异人，那人是一个男佣，容貌清癯，且眇一目，有谁看得起他呢？孙志雄是仗义好客的江湖英杰，在豫南一带很有名气。善使一对黄金铜，别号'金铜太保'，武艺高强。这天大会宾客，席间大家谈些武艺，说得高兴时，大家挨次在庭中献技。佣仆站在两旁静静观看。其中有一个姓杨的，是著名的大力士，他独自在庭中玩弄五百斤的石锁，好似绝不费力一样。孙志雄当着众人，大大称美姓杨的有力如虎，说古时的乌获也不过如此。且说今日会开群英，都是当世俊杰，而杨君可称巨擘。众宾客听孙志雄赞美姓杨的，自然齐声附和，交口称誉。姓杨的趾高气扬，左顾右盼，自谓其年在山东济南摆设擂台十八天，打败了六十多人，没有人能够把他打倒，因此人家都称他'大力将军'。姓杨的正滔滔地说着得意的话，谁知那个眇目的男佣本站在一旁上菜的，这时候忽然挺身而出，对孙志雄说道：'这位姓杨的客人自称大力将军，真是狂妄得了不得。在小的看来，这些蛮力有何足道？在济南摆擂台时，也许没有遇见能人，以致侥幸获胜而已。天下之大，四海之广，安知没有比他本领高强的人？不要说天底下，便是在这里，堂上堂下坐立着许多人，难道没有一个能够胜过姓杨的吗？何以大家这样闯茸畏缩，让姓杨的目高于顶、睥睨一切呢？小的实在看得气愤，所以敢说这几句话。'

"眇目的说罢，众人都不由一怔。孙志雄也觉来得突兀，正要开口说话。那姓杨的方受众人的称誉，忽然被一个貌不出众的下人当面抢白，他怎能忍受得住？早自哇呀呀地叫起来道：'你是谁？你不过是孙家的一个奴才。你主人尚且看重我，不敢和我较量，你却吃了豹子胆似的走出来，胡说八道，真令我气死了。难道你也有胜人之力，出我之上吗？'孙志雄也对着这眇目的下人说道：'独眼龙，你虽是新来的佣仆，怎么这样不懂规矩，得罪客人？快快退去。'眇目的下人却冷笑一声说道：'今天我是看不过姓杨的如此傲慢，所以出来说这句话。人不可以貌相，海水不可以斗量，你们休要小觑人家，我第一个便不佩服他。'

"眇目的下人说了这话，姓杨的早跳起身来，一脚踏在椅子上，把手指着他说道：'好，你敢说这话必是你自己以为有了本领，不肯佩服我。那么我今天就借这里孙府摆擂台，你若能胜得我时，让你出头，情愿送你一百两银子，我也立即离开南阳，不再称大力将军了。'姓杨的说了这话，把外面的长衣一卸，即一个箭步跳到庭中去，站在正中，把手一招道：'来来来，我姓杨的岂惧你这独眼龙？但是你自己要量度量度，休得轻捋虎须，打断了你的脊梁骨，莫要后悔。'眇目的下人笑嘻嘻地慢慢走到庭中去，也不脱去身上衣服，对姓杨的说道：'你要怎样较量，我都可以。我有的脊梁骨，不知你能够打得到打不到？还要出来看哩。'此时孙志雄和众宾客一齐带着惊讶之色，起身出席来看他们交手。那时候我也是其中的一个人，自己虽有薄技，却不敢在人前卖弄，怀着好奇之心，在旁作壁上观。"

董祥说到这里，顿了一顿，咳了一声嗽。仁霖、小翠和丑丫头都立在旁边静听。董祥又说道："我看他们俩比试的时候，姓杨的先动手，一拳打到眇目的下人胸前时，他绝不避让，反挺着胸子受他一拳。说也奇怪的，一拳打胸口，宛如打着了破棉絮一般，声音也听不出。姓杨的刚想收回自己的拳头，谁知自己的拳头已紧紧吸在眇目下人的胸头，饶他怎样用力，要想把拳头收回时，他的拳头好似生了根一般，拔不回来。姓杨的脸都涨红了，连忙又一拳打向他的胁下，真奇怪的，照样吸住，好似眇目的下人身上都是磁石，含有绝大的吸力一般。姓杨的双手拳都被吸住，动弹不得。眇目的下人倒退三步，姓杨的跟走三步，失去了自主力，尽由眇目下人摆布。眇目下人笑了一声说道：'如何？你的力气虽大，有何用处？去了吧。'又把身子一挺，姓杨的倒退数步，跌到地上。良久方才爬起身来，满面羞惭，低着头退回原座，一话不发。方才的气焰顿时挫折，消灭于无何有之乡了。

"眇目的下人却尚立在庭中，但是孙志雄却看得不服，走过去对他说道：'你的本领大概专练习这一套的吧。也许你懂什么妖法的，把人家糊糊涂涂地弄输了，这有什么稀奇？你做了我们的下人，却得罪我的宾客，使我对不起人家，我倒要自己和你较量一下呢。我们大家要打对手的。这样不动手而取胜于人，显不出你的本领。我的双铜可说在黄河南北无敌手，你也能够用了军器和我斗一百合吗？'眇目的下人此时不称呼孙志雄为主人了，却淡淡地答道：'不动手使人家输，是不足为奇的吗？这也是我的客气。你说要用军器和你斗一下子，我也可以遵命。什么刀枪剑戟我都不要用，我只要用一根马鞭子就得了。'

"孙志雄自仗艺高，说一声'好'，便叫左右去取自己的黄金铜出来。一会儿早有两个下人捧着一对黄金铜过来。这对金铜约有三尺长，重可七八十斤，灿烂光耀，是孙志雄生平喜用的祖传利器，在这黄金铜下不知打败了多少英雄好汉。他取到手里，向左右摆荡了一下，眇目的下人自到外边去取了一条较长的马鞭子来，说道：'这是马夫老陈的，我向他借来用用。'此时众人又围拢来观看，姓杨的也如斗败公鸡一般站在一边。孙志雄把铜向眇目下人一指道：'你这样藐视我们，岂有此理，这马鞭子又有多大用处？我真不信。不妨打过来便了'。眇目下人微微一笑道：'我虽然来的时候不多，你总算是我的主人，不能不让你几分，请你先打过来是了。'孙志雄冷笑一声道：'我手里的铜却不认识人的，今日是你自己讨死，死而无怨。'眇目下人笑道："放心吧。今天我决不会死，不要你破费钱买棺材的。'孙志雄又是一气，舞开金铜，踏进一步，照准眇目下人当头一铜打下。眇目下人蓦地向左一跳，孙志雄一铜打个空，身子向前冲了一冲，骂一声："庸奴，你怎么躲起来了？'又使个枯树盘根，一铜向眇目的下人下三路扫至。眇目下人耸身一跃，从铜上跳过，孙志雄又打了个空。咬紧牙齿，又骂了一声。左手将铜向前虚晃一下，故意让眇目的避向右边去，却跟着又是一铜横扫过去，离开眇目的胸前只三寸了，口里喝一声'着'。大家在旁看着，这一个声东击西之计，以为眇目下人万万闪避不及了。姓杨的更是欢喜，几乎拍起手来。谁知眇目下人不知怎样的又是轻轻一跳，已至孙志雄背后，冷冷地说道："有劳贵手，我在这里呢。侥幸我的脊梁骨还没有打断。'

"孙志雄又气又恼，又惊又愧，暗想：这独眼龙躲避的功夫真好，莫不是平日练成的，自己一连三铜，竟打不到他身上，在众宾客面前怎样交代得过呢？马上回过身来，圆睁双目，又对眇目下人说道："你这厮只管东闪西躲，跳来跳去，做什么？是真有本领的，何不与我交手数合？'眇目下人笑嘻嘻地说道："你该明白？这是我让你三下，客气一些。你若要再打过来时，休怪我要无礼了。'孙志雄大怒道："呸，我要你让什么？'右手一起，嗖的一铜，又向他当头打下。眇目的下人此时不再闪避了，举起马鞭望上轻轻一撩，早把孙志雄的黄金铜搭住。马鞭是软的，在铜上绕了两转，顺手一把，孙志雄不知不觉地右手一松，手里的黄金铜已落到地上。心里一怔，还不肯饶让，恶狠狠地又把左手铜呼的一声打至眇目下人的腰里来。眇目下人不慌不忙，又将鞭子迎住金铜只一绕。说也奇怪，孙志雄左手中的黄金铜当的一声，又落到地上，两手成空，口里不由喊了一声'啊哟'。眇目的下人哈哈笑道：'大力将军、金铜太保，我都领教过了。可再有什么英雄好汉，让我看看他的真实功夫。'孙志雄硬着头皮说道：'你拿来一条马鞭子，以巧胜人，大概是有妖法的吧。我还是不服。'眇目的下人说道：'你还不服吗？我老实告诉你吧。久闻金铜太保名高中州，所以我假作到此求做佣仆，要看看你的本领，究竟如何。来此一月，已知你浅薄得很，并无什么特异之处。见面不如闻名，使我感到失望。本想在日内离去了，今天适逢你大会宾客，又想看看你的客人中间可有什么奇才异能之士。谁知那姓杨的徒具蛮力，没有真实的功夫。余子碌碌，更不足道。心里实在有些不耐，故出而游戏三昧，姑与你们小试其技。果然都是银样蜡枪头，毫不中用。天下人大都向声背实，可耻可笑。我也不要你们的一百两银子，我今去了。'说罢，将身一跃就如飞鸟，已到了屋上。纵声大笑，笑声过后，倏忽不见。

"众宾客无不目瞪口呆。孙志雄听了这话，黯然无色，自知遇到了异人。没奈何拾起地上双铜，交与仆人拿去，自己和众宾客退到座位上，叹口气说道：'这厮来此不过一个月光景，自言穷途落魄，愿在此间操作，做一厮养。哪里知道他是有心来试探人家的呢？今天我们吃亏了，由这厮猖狂。我很惭愧。'姓杨的也说道：'这厮专会以巧取胜，真实的力量也没有施展来，我们只当他是个疯子，活见鬼，今日算我晦气。'于是大家斟酒重酌，强作欢笑，将这事掩饰过去。

"当时我虽在座，自知武术尚是浅薄，所以未敢多事。但知那眇目的一定是位异人，他的本领出人头地，能用软功得胜姓杨的，又用马鞭夺人兵器，这些还不是真实的本领吗？可笑孙志雄和姓杨的明明输了，还不肯坦白承认，反为识者齿冷，这真是不足为训了。所以今日我把这往事告诉你们，就是要警戒你们千万不可恃才傲物，而当虚怀若谷。因为能武的人往往喜欢好勇斗狠，彼此仇杀，这也当切忌深戒的啊。"

董祥说罢，仁霖、小翠都听得津津有味，仁霖且说道："仁丈之言正是很好的教训，小子敢不自勉。"董祥又道："往日我所遇的奇闻异事甚多，以后我再告诉你们。现在你们俩都已舞过宝剑，待我舞一回大刀给你们看看可好？"仁霖道："小子正要请教。"

董祥便从地上拿起一柄大刀握在手里，走至场中，摆一个坐马势，将大刀上下左右地飞舞起来，一片刀光，不见人影，唯闻刀环上叮叮当当地响。仁霖在旁很留神地瞧着，觉得董祥这路刀法非常紧快，上中下三路，路路有独到之处，与众不同，很有几下杀手，可以令人学得。等到董祥一路刀使毕，把刀柄向地下一插，走过来对仁霖说道："我是胡乱舞着的，你看我的刀法有没有破绽？"仁霖带笑说道："光摇冷电，气凛清风，仁丈使得好刀法，观止矣，尽善尽美，蔑以加矣。"董祥笑道："何必如此谬赞？你是天纵之才，苟能用心学习，前途进步，未可限量。只憾我老朽寡能，不足为人师资罢了。"仁霖道："仁丈休要谦卑。小子能得仁丈指示，实在是大大的幸事，尚请仁丈时时指教。"董祥点点头道："我当然要极尽我愚，贡献于你的。方才你的剑法很好，不知你喜欢学习什么？"仁霖道："我见令爱舞过的梅花剑，非常精妙，小子也想学会这一套，仁丈可肯赐教？"小翠听仁霖要学梅花剑，不由微微一笑道："我使的梅花剑幼稚之至，爹爹再使一套吧。人家要学，却不能说不好了。"董祥点点头道："也好。"于是他便从小翠手里取过这柄明月宝剑，一路一路舞给仁霖看。仁霖很留意地注视着。等到董祥一百二十五路梅花剑舞毕，仁霖带着笑说道："仁丈使得真好，小子用心练习。现在请稍休憩吧。"董祥道："我还不觉疲乏，且把此中窥要指点于你。你是聪明人，不难得窥门径。"遂把梅花剑前后起讫诸要点讲解与仁霖听，仁霖恭恭敬敬地细聆清诲。董祥讲了一番，又对小翠说道："今后你闲暇之时可以陪伴仁霖世兄练习武艺，虽不必客气，也不许胡闹。我是知道他脾气的，人家是很有规矩的，莫给人家笑为乡村里的女娃。你们也可以兄妹称呼，如同一家之人。你须要好好款待这位嘉宾。"小翠听了，笑而不答，却把一双秋波去斜盼仁霖。董祥也对仁霖说道："小女性情直率，日后倘有什么不到之处，言语冲撞，你也要看在我的面上，不要和伊计较，只当伊是个小孩子便了。假若伊的母亲在世时，也许伊还要索奶吃呢。"说得仁霖、小翠和丑丫头都笑起来了。董祥又使两套猴子拳及醉八仙的打法给仁霖看。仁霖和小翠也各打了一套拳。天色已是近晚，方才回至里面去休息。

这时候仁霖和小翠彼此渐渐接近，且知道各人的本领了。晚上董祥又陪着仁霖喝酒，赞他好酒量。仁霖虽是王子，但到这里来的情形又是特别的，当着董祥之面，怎敢轻肆？所以也不敢多喝，适可而止，董祥见他彬彬有礼，更是欢喜。

从此李仁霖住在翠云村，读书习武，换了一种生活。他虽在王宫里面奉养高贵着的，但他却能耐得清寂，隐居湖上，绝对服从他父亲忠王的叮嘱，不以村居为苦。有时也要思念他父亲远在金陵，为国勤劳，不知能否退得清兵，父子重聚，这是他引以为忧而私心默祷着的。孟吉有时也来探望，讲些经史给他听。他也能执卷请益，析疑赏奇。饮酒谈天，足解寂寞。董祥是直爽的人，待他如自己儿子一般，使他大大感激。而小翠和他渐渐熟了，常在一起习武。瞧着小翠一种天真的妩媚，也足使这位小王子忘忧解愁。何况湖上风景清美、波光山色，也能荡涤胸襟呢。

有一天，董祥到城里去拜访孟吉，不在家中。午后无事，仁霖坐在书室里看书，四下里静悄悄的，只闻檐前小鸟啁啾之声。忽听脚步响，抬头一看，见小翠挟着宝剑，走进室来。他连忙放下书卷，立起身来，做出欢迎的样子，说道："世妹请坐。"小翠道："不用客气。"便在他对面一张椅子里坐下。仁霖也坐在原座。小翠说道："世兄，你在此用功看书吗？我想和你到后园中去练习剑术可好？"仁霖道："很好。今天因为尊大人不在家，所以我本不想练习，在此看一回书。"小翠道："武艺是要天天练习的，不要管我的父亲在家不在家，我们仍旧要用此时间去练习。方才我在后园中待你不至，所以跑来请你。不知你高兴不高兴？"仁霖道："当然高兴。但有劳世妹久待，抱歉之至。"小翠闻言，立起娇躯道："歉什么？我们快到后园去吧。"仁霖知伊是性急的人，不敢怠慢，就走向壁上摘下龙泉宝剑，跟着小翠，一同走到后园。

这时候已在十月之初，篱畔黄菊已渐枯老，却还挺着傲霜之枝，和那西风抵抗。有许多树已是叶落枝秃了，唯有一株丹枫，却尚红着。二人走至草地上，两人对面立着。仁霖细瞧小翠今天穿着一件墨绿的夹衫，脸上略敷脂粉，额上排着前刘海，背后梳着一条松长的发辫，又是一种装束。虽然这种装束在仁霖眼里很有些刺目，他们太平天国中的妇女都不敢有这个样子。便是在小翠的梳妆式样之中，今日也还是第一次瞧见。然而像这样，反是越显出小翠的处女之美，所以他也不敢说什么话了。小翠喜滋滋地对仁霖说道："今天我们不用打拳了，大家各舞一回剑，好吗？"仁霖点点头道："很好。世妹请先舞。我学的梅花剑法还未纯熟，不及世妹精通，也好给我观摩观摩了。"小翠也不客气，便道："你教我先舞，我就舞一下子给你看看。"遂抽出宝剑，使开解数，飕飕霍霍地将一百二十五路梅花剑法舞毕，然后收住宝剑，向旁边一跳，又对仁霖说道："我今天舞得很不好，世兄请舞吧。"

仁霖也把龙泉宝剑抽出鞘子，将剑向外一摆，立刻舞将起来。也将一百二十五路梅花剑法使完，向小翠带笑说道："我真使得恶劣不堪，请世妹指教。"小翠道："你舞得果然很好，莫怪我爹爹常在我面前夸赞你的聪明。他又说将来你的武艺要超出我之上呢。"仁霖听了这几句话，受宠若惊，忙又说道："世妹这样说，使我惭愧极了。我怎敢望世妹的项背呢？"仁霖这样说，虽非表示谦虚，但小翠却摇摇头说道："我不信。你说的是不是真心话？你莫不是反说？习武艺的人大都不肯示弱，不情愿说自己的本领不如人家的，你却说不敢望我项背，这不是有意说笑我吗？"仁霖向小翠脸上望了一望，说道："啊呀！我怎敢说世妹？简直我的本领不及你呢。我当然说的真心之言，由衷而发。"小翠仍摇着头道："我不信，我不信。"

小翠这样一说，仁霖却再没有话可说了。他仰着脸，看看天空，不出一声。小翠道："你敢是恼我吗？"仁霖听伊的话越说越不对了，忙走前一步说道："世妹是我敬爱的，我怎敢恼你呢？世妹不必疑心。我们再来舞剑可好？"仁霖想借此拉扯开去就完了，谁知小翠又说道："你要我相信时，今日我和你各用宝剑比上一趟，谁胜的就是谁的本领高强，不用话说了。"仁霖把手摇摇道："我怎敢和世妹比试剑术？倘然彼此失手，如何是好？我自己承认我的本领不如世妹。"小翠将头一扭道："你又要这样说了。我一定要和你比试的，彼此若有失手，谁也不能怪怨谁。爹爹也说你的本领不错，我自己不信比较你好。无论如何，一定要比过一番，方见高低。你若不肯和我比时，你就是恼我。"小翠说着这些话，一张小嘴早已噘起，像是生气的模样。仁霖在此时答应不好，不答应也不好，真是进退狼狈，不知所可，遇到了一个难问题，口里嗫嚅着说不出话来。

第七回

花落鬓边男儿显绝技
人横杖下侠士动仁心

    小翠本是性气高傲的人，所以伊父亲在仁霖初至时便向伊告诫，叫伊不要傲视人家，为难人家。人家是个金枝玉叶的王子，受不起委屈的。可是小翠生性如此，怎肯听从伊父亲的说话？而董祥又不知不觉地曾在小翠面前说起仁霖专心习武，是个可造之才，将来也许他的武艺比较小翠要好。这也是董祥一时欢喜仁霖，说出这句话，借此勉励小翠的。谁知小翠因此偏不服气，早存着心要和仁霖比试一下子，定个优劣。恰巧今天董祥不在家中，伊就逼着仁霖，必要和伊比试剑术，把这难问题加到这位小王子身上来了。仁霖遂不得已说道："我们不用比剑，大家走一回拳可好？我的剑术哪里及得世妹精妙呢？"小翠摇摇头道："不，我一定要和你比剑的。你这话是反说，不比一下，何分高低？你若不愿意和我比剑时，那是你瞧不起我，比打我骂我，还要厉害呢。"

    仁霖见小翠说话如此坚决，今天无论如何逃避不了，便对着伊的俏面庞凝视了一下，带笑说道："世妹是一定要和我比剑，那么我也只好奉陪了。"小翠闻言，方才回嗔作喜道："世兄早答应我不好吗？快来快来。"说着话，提了明月剑，退下十数步，右手反挺着宝剑，对仁霖点头微笑。仁霖也将龙泉剑一摆，说道："世妹请过来。"小翠笑道："我是主，你是客，主人理该敬重客人的，我不先下手，请你快快舞过来吧。"仁霖见小翠憨态可掬，虽然不赞成伊的骄矜之气，可是小女儿一片天真，在这里未尝不见得有可爱之处。便将宝剑使个苍龙取水式，向小翠胸前刺过来，且说道："我的宝剑来了。"小翠把剑向外一撩，铛的一声，架开仁霖的剑，踏进一步，使个蝴蝶斜飞的剑法，一剑已横扫到仁霖的头上。仁霖觉得这剑来得迅速，将头一低，在剑锋下钻过去，又是一剑向小翠下三路劈去。小翠自己一剑扫个空，见仁霖的剑又至，不及遮格，把身子往上一跳，躲过了一剑。

二人这样你一剑我一剑，来来往往，斗了十数合。小翠觉得仁霖的剑法果然不错。伊自己把剑使高兴了，只顾一路紧一路地威逼上去，忘记了自己和他是比着玩的。仁霖见小翠逼得紧，他只得很谨慎地招架，不知不觉地渐向后退。小翠左一剑右一剑，苦苦进迫，竟乘个闲隙，一剑扫向他的胁下。仁霖险些儿不及躲避，把身子向左一横，跟跟跄跄地倒退数步，几乎跌下地去，总算侥幸避过这一剑，汗流浃背，心里吓了一跳，暗想：我是和你比着玩的，你怎么认真进攻？倘不是我避得快时，不要被你刺伤吗？小翠太不知利害了，自己不能再示弱哩。

他这样想着，小翠跟进一步，又是一剑向他下部扫来。于是他假作防御，俯着身子，把剑往下一撩。小翠刚想收回剑时，仁霖早已使个鸢飞戾天式，蓦地跳至小翠身旁，一剑向小翠头上扫去。小翠说声"不好"，忙将首一低，幸亏仁霖的剑偏了一些，从伊的鬓旁削过。小翠鬓上本插着一小朵红花，早被剑锋削落地上。小翠侧身往旁边一跳，伸手摸摸自己的云发，已略有一些蓬乱，脸上不由一红。仁霖连忙收住剑，向小翠深深一揖道："我一时不小心，有惊世妹了。"

小翠正要说话时，门里面笑声哈哈，丑丫头已跳将出来，拍手说道："好剑好剑，小姐输了。"小翠当着丑丫头之面，倒不好意思发作，只得勉强带笑说道："输了输了，世兄的剑法果然高强。经过这遭比试以后，我就知道你的武艺比我好得多了。"仁霖道："怎敢怎敢？世妹不要谦逊。这是世妹故意让我的，我怎敢有伤世妹？所以赶快收住宝剑，但已削落了世妹头上的一朵花，多多得罪，待我来赔偿与你吧。"说毕，忙走到西首假山石边采了一朵紫色的花朵，跑过来代小翠插上凤髻。

小翠本常梳两条小小发辫，这几天伊学梳髻，所以挽着髻，插着花。小翠起初心里不免有些着恼，以为仁霖有心欺弄伊，尚有些不服输，但也觉得仁霖的剑术神奇，应付灵活，断乎不在自己之下。给丑丫头跑来一说，伊也板不起脸来。现在仁霖又去采了花朵，代伊插上，连连向伊道歉，不由使伊回嗔作喜，哈哈地笑出声来，说道："世兄说什么话？这样一比试，你的本领比我强得多了，我很佩服。"仁霖听小翠银牙里迸出"佩服"两个字来，真不是容易的事，如膺华衮之荣，心里说不出的快活，嘴里只说："不敢不敢。"

小翠回顾丑丫头说道："你好大胆，竟敢来此偷窥。"丑丫头笑道："这样好的比剑岂可不看？我在门里偷看多时了。公子的剑起初甚是迟慢，小姐却专捉他的破绽紧紧进攻，其势十分凶猛。公子步步退让，险些中了你一剑，所以他也还击你一下了。我看小姐太咄咄逼人哩。李公子的一下剑是败中取胜，出于不意的。幸亏彼此都没有损伤。其实如此比剑很是危险，和真厮杀又有什么分别呢？老主人若然知道了，一定要不许的。"小翠忙说道："你不许多说，少停我父亲回来时你千万不可说的。"丑丫头笑道："我知道的。老主人倘然知晓，连婢子也要责备在内，婢子怎敢饶舌呢？"小翠点点头，又回头对仁霖说道："丑丫头也习过武术，世兄你要瞧瞧伊的本领吗？"仁霖道："原来令婢亦谙武艺，难得难得，真是将门之中无弱手了。极愿一观。"丑丫头听小翠说伊懂武艺，仁霖要看伊的本领，连忙把手摇摇道："啊呀，婢子一些儿不会的，怎敢班门弄斧，在公子面前出丑？小姐自己要卖弄本领，怎么拉扯到小婢身上来呢？"小翠道："呸！你不要假惺惺作态。你若是不能武艺的，平日怎会和我一起练习呢？今天无论如何，你必须试一回，否则我决不饶你。"仁霖亦在旁说道："翠小姐叫你试一回，你就试一回吧。大概你也有很好的本领，大家都是自己人，何必藏拙？"丑丫头听仁霖如此说，就点了一下头说道："那么婢子只得遵命了。"立即回身出去，取了一双鸳鸯锤进来。仁霖瞧伊手中的双锤，约莫也有五十斤重，能够使这种东西，武艺一定不错了。

丑丫头走至中间，对二人说一声"放肆了"，将双锤左右一摆，慢慢儿舞将开来，渐舞渐紧，恍如两团黄云，上下左右地旋转，把伊的身子都盖没了。舞到酣急时，蓦地收住，垂着双锤，又向二人说一声"献丑献丑"。仁霖拍手称赞道："锤法甚佳，无懈可击，平常二三十人近身不得呢。"丑丫头又带笑对小翠说道："自从李公子来后，翠小姐天天和李公子一起练习，撇下了婢子，婢子已有多时没练习，手里自觉生疏一些了。"小翠听伊这话似乎有些醋意，便道："谁叫你怕羞，不来一块儿练的呢？"仁霖道："以后正好一起练习，你们主仆俩都是有根基的人，使我十分钦佩哩。"小翠笑道："世兄又要这样说了，大家的本领都已知道，不必再说客气话。练好了武艺，将来自有用处。世兄比我们更为重要，世上正有不少社鼠城狐、人头畜鸣之辈，要把我们的宝剑去一一诛掉。何况天下扰攘未定，正龙蛇起陆之时，世兄须要预备铁肩去担受，辣手去诛锄呢。"仁霖听了这话，触动他的心事，不由怅触百端、雄心勃勃。丑丫头见他们在谈话，伊就提着双锤退出去了。

仁霖又对小翠说道："这小婢容貌虽然丑陋，而身怀绝技、勇敢刚健，求之青衣中不可多得，真是人不可以貌相呢。伊的武术大概都是从尊大人传授的吧。"小翠道："说起这丫头很有来历，差不多在七八年前，我父亲还没有到太湖边上来的时候，他老人家有一次到嵩山附近去拜访一个朋友。走在归途的当儿，错过了宿头，腹中十分饥饿。瞧见远远的树林边有一茅舍。他想那边既有人家，何不跑到那边去告借一餐呢？于是他飞快地跑至那家，双扉虚掩，矮垣里听得叮叮当当，有金铁之声。

"我父亲十分惊奇，连忙推门而入。只见庭中有一个老妪拿着一柄单刀，正和一个胖头陀恶战。那胖头陀手里一支铁禅杖，舞得十分酣急，有风雨之声。老妪的刀法虽然不错，但力气已弱，不是他的对手，渐渐向后退却。那头陀哈哈狂笑道：'你这老乞婆逃到哪里去？今日俺送你上鬼门关去吧。'猛可里一禅杖扫中那老妪的头颅，仰后而倒。

"我父亲料想那胖头陀必非善类，白昼伤人，义不容坐视其猖狂。于是拔出佩剑，跳至胖头陀身旁，正要问话。那胖头陀一见我父亲，以为是老妪家中人，马上呼的一禅杖打向我父亲的腰际。我父亲遂和他酣斗一回。那胖头陀果然厉害，我父亲使出降龙伏虎剑来，方才逼住他的禅杖，向他一剑刺去，正中他右胁，鲜血直流。胖头陀狂叫一声，拖了禅杖逃出门去。

"我父亲也不追赶，便俯身察视那地上的老妪。其时室里有一个女孩子跑出来，伏在老妪身边，哀哀哭泣。那老妪脸上一片血肉模糊，一只眼珠子也突出了，对我父亲叹口气说道：'义士，你来此拔刀相助，刺伤了那个头陀，使我十分感激于你。但我这条老命也不能活了，只好来生结草以报吧。'我父亲正要说话时，那个女小孩子却在旁边拖住老妪的衣襟，大哭大跳。老妪又对我父亲说道：'这女孩子名唤秀金，是我的孙女儿。可怜伊的父母都早死了，伊的父亲就丧生在那头陀的师兄手里。我和丈夫为子复仇，二年前曾把仇人刺死。那胖头陀便要找我们，为他师兄复仇。我们知道那胖头陀的本领很强，所以隐姓埋名来到这嵩山之下结庐而居。不幸去年我丈夫患病逝世，抛下了我和孙女二人在此。谁料那胖头陀依然会探根寻苗地找到这地方来？他虽知我的丈夫业已去世，却仍不肯放过我，要取我的性命。我为自卫计，遂和他狠斗起来。可是我年老力衰，敌不过他，中了他的禅杖，我死无憾，唯不忍我这孙女儿冻死饿死，无人照顾。我要请求义士收养伊做一个小丫头吧。伊面貌虽丑，心地却很忠厚，千万请你答允我的请求。'那老妪断断续续地说到这里，已不能再说话了，立刻一瞑不视。

"我父亲不忍不依老妪临死之言，只得带了女孩子回来，渐渐长大，便是这丑丫头了。可惜当时老妪死得很快，没有将他们一生的事迹说个明白。问问丑丫头时，伊也完全不知，只好变成一个闷葫芦了。伊自幼膂力很强，我父亲教我武艺的时候，常在一旁偷看，所以我父亲也把武术传授于伊，也使我多一同伴哩。可怜伊孤苦伶仃的，连自己的家世也不知道。有时和伊讲起了，伊常常要流泪哩。"

小翠一句一句地告诉仁霖听，仁霖只是点头太息。

小翠刚才说到这里，忽见丑丫头跑到后园来，对小翠说道：

"翠小姐，那个姓贺的又来了。真不巧，主人又不在家。"小翠道："是不是贺懋?"丑丫头道："是的，还有他的夫人也一同来的。"小翠道："那么我只好出去接待了。"说罢话，遂和仁霖一齐走到外边客堂里，只见贺懋和他的夫人邹馨姑坐在一旁。他们瞧见了小翠，慌忙站起身来叫应，且问道："董丈不在府上吗?"小翠请他们坐下了，说道："真是不凑巧，今天家父到城里去了。不知他要不要当天回来，抱歉得很。二位可有甚事?"贺懋道："没有什么事。我和内子因为好久不见尊大人的光风霁颜，所以今天特地专诚拜谒，问候起居，兼带奉一些微物，以佐下箸。"说着话，把手向东边地上一指，正放着一大堆东西，乃是两坛好酒，一对野鸭，两只火腿，四罐茶叶，一大篮鸡子，还有一串鱼翅。又说道："就请小翠小姐哂纳勿却。"小翠连忙说道："啊呀呀，这是不敢当的。不多时候承贺先生送来洋澄大蟹，一快朵颐，现在又送了许多珍品。我若拿了，家父归来，必要责怪我不会客气的。"贺懋道："这些都是不值钱的粗货，请你千万不要客气，收了我的，我们才乐意呢。"馨姑也带笑说道："小姐你性子很直爽的，为何现在也学会了客气? 我们多蒙尊大人救护之恩，一世报不了的，这区区微物又何足挂齿呢?"小翠笑了一笑，伊再不会说客气话了。丑丫头早送上茶来。

贺懋见小翠身边站着的一个少年，英姿飒爽，不同凡俗，一向没有见过，遂忍不住向小翠问道："你们二位手里都带着宝剑，莫非在后园练习武术吗? 可敬可敬。但不识这位公子是谁? 可是令亲? 能不能代我介绍一下?"小翠只得答道，"这位李公子是家父老友的公郎，暂时寄居于此的。今日闲着无所事，方在后园使剑玩呢。"遂介绍仁霖和贺懋见面，一同陪着坐下。二人且将兵器交与丑丫头去放在原处。小翠陪着贺懋夫妇有一搭没一搭地胡乱闲谈。仁霖瞧贺懿容貌也很清秀，不像乡村之人，谈吐间也很斯文，并不粗懿，为什么人家称他贺懿呢？又见馨姑生得姿色华丽，身材苗条，而裙下双脚更是纤小如钩，三寸红缎的弓鞋，隐在裙里，若和小翠的一双大足相较，更是轻纤有致、楚楚可怜了。毋怪贺懿为了伊要神魂颠倒，不能自持，黑夜幽会，险些儿送去一命呢。贺懿夫妇同小翠谈了一刻话，便要告辞回去。小翠也不多留，又谢了他们一声，和仁霖送出门去。门外有绿树村里的小船，迎着二人下舟，载他们回村去了。

小翠送罢贺懿夫妇，和仁霖在湖滨小立片刻。仁霖遥瞩波光，上下一碧，远山点点，如列翠屏，如聚青螺，不觉神为之往，暗想：太湖三万六千顷，不少清幽之处，怎能够和小翠驾舟一游，以写我忧呢？小翠瞧仁霖呆呆地远望水波，出了神，忍不住向他问道："世兄，你在想什么？"仁霖答道："我瞧这湖上风景甚是清丽而雄壮，值得人们流连。我自到此村以来，尚未越雷池一步，几时能得和世妹驾着一叶小舟，在这太湖里徜徉一天，以畅胸襟，这才是不可多得之乐呢。"小翠道："你想往湖上一游吗？这也是容易的事。我家现成有的小舟，我和丑丫头都能摇船，隔一天待我禀明了父亲，陪世兄出去游一天也好。"仁霖道："如此我就感谢不尽了。只恐尊大人轻易不许我出去的。"小翠听了这话，沉吟半晌又说道："这也未必一定，我想难得出去游一天，也没有什么妨碍，只要自己谨慎便了。"仁霖道："这要仰仗世妹代我说的了。"小翠道："你不要担忧，我必要求我父亲答应这事。"

二人说着话，已有二三乡人闲闲地走过来偷看他们。仁霖早已觉得，便说："我们进去吧。"二人就回身走入门去，把门关上。丑丫头正在把贺懿送来的东西一一搬入书房中去，带着笑对小翠说道："翠小姐，那姓贺的很有良心，常常送礼物来孝敬主人，这善事行得不错，救人到底不虚的。"小翠笑道："救人是见义勇为。我父亲当初援救贺蛮，岂是望贺蛮报酬的呢？他老人家早已忘怀。倒是贺蛮夫妇不忘恩德，一再送物前来，这也是他们的一点意思，我父亲也不希望他们多多送物呢。"小翠说罢，又陪仁霖在书房中坐谈了一刻，天色渐黑，而不见董祥回来。小翠道："我父亲对我说今天必要赶回，怎么到这时候还不回来呢？"仁霖道："也许尊大人被孟吉留住饮酒，今天不及回转，将耽搁一宵了。"小翠心里十分焦躁，吩咐丑丫头到门口望望湖边可有归舟。丑丫头答应而去。仁霖要解免小翠无聊，讲些天国中的事情给伊听，都是他随着父亲忠王目击的。

一会儿室中已暗，小翠去掌上了灯，丑丫头也走进门来，说道："天色已黑，湖上船只已杳，主人今晚一定不归，我们不必待他，待小婢去煮晚饭，炒几个鸡蛋给公子吃。至于那野鸭留着明天再持毛洗煮吧。"小翠道："好的，只是我父亲怎么还不归来，他要是不回家的话，为什么不先告诉我呢？"丑丫头笑笑道："主人不回来，我们也是要吃晚饭的。小姐又不是三岁的孩子，难道要吃奶吗？将来出阁后也能够一辈子跟随主人吗？"小翠听了，面上一红，说一声："呸，丑丫头，你知道什么？我一辈子不嫁人，要跟着我父亲的。你不要胡说八道。"丑丫头一伸舌头，笑嘻嘻地走去了。

晚餐后，董祥仍不见回。小翠也知父亲今晚不归了，心里思念他可有什么事情。仁霖道："你放心吧。他老人家还怕什么？况且城里是我父亲部下驻扎的所在，谭绍洸等都认识尊大人的，决无他事，一定和孟吉喝酒喝高兴了，醉得不能回家。明天他老人家自必安然回来。世妹千万放心。"小翠点点头。伊因今天整

77

个的一个下午陪着仁霖在一起，现在已是黄昏，不便和他久坐，遂告辞归房。仁霖看了一会儿书，听听远处更锣已鸣二下，也就入寝。今天他和小翠比了一回剑，又叙谈多时，觉得小翠又爽直，又妩媚，虽然性子执拗一些，也不可谓瑕。心上觉得这个好女儿可爱极了，这也是出于自然的，也别无何种妄念。感谢上苍，使他隐居在这翠云村中，竟一些儿不嫌寂寞呢。

次日上午，他依然看看书。小翠在厨下却忙着和丑丫头洗制野鸭。午餐时，小翠陪仁霖吃饭，却把一只葱烧野鸭放在盆子里请仁霖吃。仁霖道："这是贺鸾送给尊大人吃的，尊大人尚没有吃，小子怎敢先尝美味？"小翠道："我已留下一只给我父亲吃。这一只野鸭，你尽吃不妨。我把来肚子里塞了胡葱，加上好酱油，烧得烂了，你尝尝如何？"仁霖听小翠这样说，遂把这野鸭撕着肉吃，啧啧称赞道："味道真好！足见世妹烹制佳妙。"小翠听仁霖赞美，十分喜悦，把鸭腿和脯子让给他吃。二人把一只野鸭吃个精光。

午餐后，小翠正要和仁霖再到后园去练习武艺，只见董祥回来了。二人忙起身迎接。小翠见了父亲，便拉着他衣襟说道："爹爹，你昨晚可在孟家伯伯那边吗？怎么没有回家？使孩儿望眼欲穿了。"董祥道："我昨天本想回来的，只因……"说到这里，又低声对仁霖说道："忠王从南京到了苏州，恰巧他差人到孟吉那边去邀请，我遂和孟吉入城去拜见忠王的。"仁霖连忙说道："我父亲回来了吗？他在南京，怎有空隙到苏州来？难道金陵之围已解吗？可有什么别的要事？仁丈大概可以知道一二。我小子在此间一些儿没有知晓，还请仁丈明以告我。"董祥点点头，便和仁霖、小翠一齐走到寓室里，坐定后，董祥皱皱眉头，把忠王再至苏州的事告诉与仁霖知道。

第八回

军书旁午启战重临
舐犊深情扁舟莅止

忠王李秀成自率军回救金陵后,数次和清军交锋,截断清军的粮道。可是清军之势已大,曾国荃又是他的劲敌,从大胜关凿断湖堤,以适饷道。忠王起兵进攻,虽然把清兵围之数重,而曾国荃坚垒不出,攻打了许多时候,不能攻下。这好似诸葛武侯遇着了司马仲达,奈何不得。所以他心里也是非常焦虑,想到天国的情势不佳,宿将凋零,自己一人独力支撑,煞非容易。所可共事者,玉成已死,达开在外,没有一支劲旅可以做他的声援,这是令人徒唤奈何的。又想到虎阜重九之宴,登高赋诗的一种豪情雅致,在此围城之内,也是不可多得。自己业已许身王室,故将幼子仁霖托付与董祥,隐屈湖上,舐犊情溁,未尝不时在心头,而因戎马倥偬,军书旁午,也顾不得了。

其时恰逢清廷特使李鸿章至沪,借汉兵之助,恢复东南失地,太仓方面的太平军被李鸿章攻打甚急。谭绍洸在苏州又须顾及杭、嘉方面,左右掣肘,告急的文书像雪片也似的飞递到金陵。忠王得知太仓紧急的消息,不能不有所顾虑,因为李鸿章在上海眈眈窥伺,其意未尝不在苏、常两地,而想和曾国荃的大军相通，以孤太平军之势。倘若苏、常有失，杭、嘉当然也不能保，而东南半壁行将席卷而去，金陵更是孤立无援了。太仓的一路军队本来用以扼住上海方面的清军，为苏州的屏蔽。太仓一失，昆山、常熟决不能守，而清军便可直趋苏、常了。所以他踌躇数回，不得不秘密返苏，调遣军队前往应援。

在一个月黑夜，忠王带领了上将蔡元隆等士兵数万，偷偷地出了石头城，开拔到苏州，在枫桥边扎下营寨，自己只率数十轻骑入城，和谭绍洸等会见。谭绍洸等迎接入衙，设宴团聚。诸王把各路的军情报告给他听了，知道杭、嘉一路形势尚松，应援太仓是唯一先务。他素来赏识蔡元隆的勇悍，于是他就在夜间赶派蔡元隆率领精兵五万秘密驰援太仓，并授以锦囊妙计，蔡元隆奉命而去。

次日，忠王又亲赴各城门视察一遍防务，见城郊完固，兵甲充足，吴城尚可坚守，心中稍安。公务已毕，才想起他的幼子仁霖，即差心腹到阊门外孟吉老渔翁家里去问讯，要召董、孟二人一会。

凑巧那天董祥正在孟吉那边饮酒，尚未归去，闻得忠王突然抵苏，知道必有军机要事，外边尚无消息。既然忠王有召，不可不入城谒见。两人立刻进城来见忠王。忠王很优待他们的，设宴款待。董祥见面之后，便将仁霖在他家中习武读书的情形详详细细地告禀一遍。忠王闻仁霖安好，心中颇慰，向董祥道谢。董祥道："小人湖上野夫，乃蒙千岁宠礼有加，铭感五中，虽不能为夷门侯生，稍补万一，而千岁的嘱托，岂敢辜负始终？当竭忠尽智，以辅小王子长进，愿千岁爷以国家大事为重。"忠王点点头道："当然我已以身许国，义无反顾。但此子是我一生最钟爱的，李氏一脉，将来恐也要赖他延续哩。我忝绾天国军符，然而楚歌四面，势孤力薄，尚不能解金陵之围，以挽颓势，忠心耿耿，非常忧虑的。倘蒙二位指教，不胜幸甚。"言下又有邀请孟吉、董祥二人出山之意。但二人一则淡泊为怀，不慕荣利，二则对于太平天国诸王，除掉忠王一人外，其余的也都看不上眼，未能合意。料知天国前途希望甚微，不肯为天国用，所以含含糊糊的终没有允意。忠王也不欲过于勉强。但他很想一见幼子之面，又不欲令董祥带仁霖入城相会，恐防仁霖要露脸与诸将，此事便不秘密。思量多时，决定自己要往湖上一行，并不多带侍从，只携心腹护卫二人，同孟吉坐船到翠云村去，对外只说是往湖上钓鱼去，这也好似谢东山的别墅弈棋，在此军务紧急之际，好整以暇，故作镇静。忠王意旨既决，董祥遂先要告辞回家，略为预备，免得有慢王驾，所以次日赶回翠云村来了。

董祥在书室中把忠王来苏救援太仓的事，以及将到这里来父子相会的消息，告诉仁霖听。仁霖且喜且忧，喜的是自己尚可一见父亲的慈颜，忧的是天国形势不能转佳，李鸿章、左宗棠、曾国荃等都是天国的劲敌，这些才智之士竟为清廷所用，益增异族的势焰。小翠在旁听得忠王王驾要到自己家中来，暗想常闻忠王大名，却没有见过一面，今番可以一识荆州了，心中喜不自胜。董祥既然告诉了仁霖，便和他女儿、丑丫头等立刻将屋子内外打扫干净。他们家里本是很清洁的，加上一番洗扫里里外外没有一处不格外明净了。董祥又把花盆陈列在廊下，室中的陈设也换过，装饰得雅洁非凡，可坐嘉宾。又和丑丫头到市上去买来许多鱼肉佳品，隔夜叫小翠在厨下一样样预备好，以便明天款请忠主。仁霖书也没心思读了，专待父亲到来，晚间也觉喜而不寐。

次日清晨董祥父女以及丑丫头都是一早起身，小翠更是妆饰得十分婉变，穿了紫色的女衫，一种少女之美，轻倩动人。走到外边来，见仁霖衣冠整洁，负着双手在庭中徘徊，便带笑问道："世兄，你好早啊！"仁霖回头见小翠今日出落得格外娇丽，便微微一笑道："世妹，我清早起来等候我父亲到临，希望天赐顺风，快快送我父亲到此。"小翠笑道："你真是个呆子！你父亲清早动身，最早也要午时抵此。这时候你已要等候吗？"仁霖道："我听得父亲要来，一切的事都没有心思，眼巴巴地只是盼望他来，但又要忙劳你们一家人了。"小翠摇摇头道："这算什么？也值得说什么忙劳？你父亲肯纡尊降贵，到茅庐中来，这是最光荣的事。只恐这里一切简陋，不足伺候千岁驾临呢。"仁霖听了这话，又向小翠瞧了一眼，说道："世妹，怎么你今天也说起这种客套的话来？古人说，天下有达尊三：爵一，齿一，德一，恶得有其一，以慢其二？我父亲虽然位在王侯，可是寡德鲜能，常虞陨越。躬造高士之居，这也是好贤下人应行的事。你再这样说，更使我们父子愧怍了。"

二人正说着，丑丫头已托着早餐出来，请二人同用。董祥换了一件蓝袍子，也已走来，对着仁霖笑嘻嘻地说道："今天你该大大快活了。"仁霖点头微笑。董祥坐着，和二人一齐用过早餐，走到庭中，抬头看着天上的云。对仁霖说道："今天苏州到这里来是顺风，王驾可早临。倘然忠王一早动身的话，已近太湖了。"仁霖道："我也盼望一路顺风早些到此。现在我父亲正当王事靡劳、席不暇暖之时，而特抽了一个空隙，亲自来湖上探望我，这种天高地厚之恩，叫我怎样报答呢？"仁霖说着话，眼眶里隐隐有泪。董祥点点头说："这话对了，你父亲何等爱你！当然他此刻也不希望你有什么报答，只要你此时读书习武，用心不懈，将来能够卓然树立，不堕李氏家声，能够继承忠王大业，那就是你父亲期望于你的了。愿你自勉自励吧。"仁霖道："敬拜仁丈训言，小子一定不负我父亲的期望。"董祥道："那么老朽也有光荣了。"他又走到厨下去看小翠和丑丫头忙着预备肴馔，把贺懋送来的火腿、鱼翅等东西切着烹着，以敬嘉宾。他自己也去开了一坛上好的竹叶青饷客。

仁霖回到书室里，看了一会儿书，因为没有心思，不知看的什么，自己也不知道。

看看将近中午了，董祥开了柴扉，走到湖滨去眺望。仁霖跟着出去，一齐立在水边。这天的风很大，二人衣袂飘飘，大有凌空欲飞之意。远望湖中浪花很高，天上阴云阵阵，日光时时遮没，照在大地上，其色惨淡。仁霖脸上不觉微有忧色，徐徐说道："这风若是再吹刮得大时，湖上行舟便有些不稳妥了。"董祥带笑说道："这风也不能说大，太湖中风浪是常有的。只是风浪也专欺一般不会驾舟的人。若像孟吉老渔翁，他在湖上来往很熟，久惯风浪，有他同在，一定没有危险，你何必鳃鳃顾虑呢？"二人立了一刻，董祥把手向水上远处一指道："你看前边驶来的一艘船，必是忠王来了。"仁霖跟着他的手瞧去时，果见十丈之外正有一艘很大的帆船，扯了三道布帆，向这里疾如奔马般驶来，轻而且速。仁霖也料知他父亲的来船了，精神陡振。

一会儿那帆船愈驶愈近，瞧得出船上的人影了。只见船头上站着两个佩剑的武士，眼睁睁地也向这边眺望。舟行至岸，帆也下落，大船在河滩边泊住，舟子搁上跳板，船舱里首先钻出一人，正是孟吉。董祥欢呼道："孟兄，小弟在此恭候多时了。"孟吉点头说道："很好。"说话时候，忠王已跟着出舱。今天来时，没有穿着千岁爷的衣冠，只扮作一个富商模样。两个武士紧随身傍，也像雇用的镖客。孟吉引着忠王上岸，董祥连忙上前长揖为礼。此时远远地有七八个乡人走来瞧热闹，所以董祥当了旁人之

83

面，也不称呼什么。仁霖早跑至忠王身边，牵着忠王的衣袂，很亲热地叫一声"父亲"。忠王见了仁霖，满脸笑容，握着仁霖的手，对他脸上、身上相视了一下，点点头道："霖儿，你在这里谅很快乐，面色也好看，今日……"忠王说到"今日"二字，见有一二个乡民已挨近身旁，便缩住口不说了。董祥连忙招接忠王进门去。孟吉和仁霖跟在忠王两旁同行，两个武士也随在后面。乡人以为董祥家里来了一个大富翁，大家伫立而望，哪里知道这就是统率数十万健儿，血战江南的忠王李秀成呢？

　　忠王走进董祥的庐门，董祥早已把门关上，到得客堂上，董祥便请忠王上坐，他和仁霖上前拜见。忠王慌忙把他拦住，说道："今日我们是叙私谊，不必多礼。"董祥又叫小翠和丑丫头出见。忠王前已听说董祥有一个女儿精通武艺，性情活泼，现在他见了小翠，果然生得娇憨而英爽，不像寻常女儿，心里十分喜欢。小翠行礼后，站在一边，偷觑忠王威仪隶隶，简直是廊庙大臣，不像草莽英雄。仁霖的面部和两手都酷肖他，不由心中倍觉敬重。董祥亲自献上香茗。忠王一摆手叫两个武士退到外边去，那两个武士立即走至庭中去闲站。董祥和孟吉侍坐在一旁，仁霖和小翠却都立在旁边，丑丫头早退至厨房里去预备肴膳了。忠王又对仁霖说道："我方从南京来苏，为着军中要事，不得不有此一行。但我心上很惦念你，你的母亲也是如此，所以特地抽出一天工夫来探望。且喜你有董贤士赤心指导，既安且康，足慰我念。你母亲在京中也甚安好，你不必悬念，只要牢记我的话，好好读书，学武术，备将来之用就是了。其他一切自有董、孟二位贤士常常指教的，你必要听从他们的说话，如听我言一样，这起很重要的。虽然我前番和你说过，今日再要告诫你一声。"仁霖连声答应"是，是"。董祥和孟吉都说"不敢不敢"。董祥且说道："小人鄙陋不文，辱荷王爷把世子委托于小子，教以武艺，小人自当竭其所有，以蕲进步，但恐无以报答王爷倚升之殷罢了。今天又蒙虎驾龙临，光增蓬筚，简慢之罪，尚望勿责。"忠王哈哈笑道："董贤士不必客气。董贤士能够允我之请，我已是万分感幸。今天造访高士之庐，又观湖光山色，足涤尘氛，使我心里十分快慰的。小儿得在此地安居，甚为合宜，我心便安了。"

这时日已过午，丑丫头走来问酒席可要摆上。董祥便叫小翠到厨下去帮着丑丫头将酒肴搬上。他自己便和孟吉端开一张方桌，安排座位，铺上桌衣，到厨下去烫好酒。丑丫头和小翠先将预备好的四只冷盘端上。董祥提上一柄很大的酒壶，便请忠王入席。忠王当然南向而坐，仁霖东向侍，孟吉西向而坐，董祥坐在下首相陪。忠王便道："令爱也请同坐，今日叩蒙盛宴，我们不必拘缩，小儿已上坐了，令爱如何不来？"董祥道："多谢王爷的美意，且待伊炒了几样热菜再来陪坐。"忠王听董祥如此说，只得先举起酒杯来喝了。小翠又和丑丫头到庭中去端上一张小桌子，摆上几样酒菜，请忠王身边的两个侍卫吃喝。两个武士称谢不迭地连忙坐下喝酒。

这里董祥敬过酒，又说了几句客套话。小翠和丑丫头接连送上菜来，有几样都是小翠亲手烹煮的。忠王一边吃，一边称赞不绝，说董祥有女足慰桑榆。仁霖又说小翠不但擅长烹饪，而且武艺精通，迥非寻常裙钗可比。忠王听了，更是赞美，说伊家学渊源，一定要叫小翠一起来坐。董祥只得叫小翠在他自己身边同坐。忠王又向小翠端详了一番，语言之间，非常欢喜，自庆仁霖有此伴侣，更不寂寂，得益当不浅鲜。孟吉也在旁称赞。董祥只是逊谢，而仁霖时时瞧着小翠微笑。小翠低着头，脸上也是喜滋滋的，很是高兴。丑丫头添上了一壶酒，又把端整好的五样大菜，络绎送上。忠王道："今天的菜太好了，我这样老实叨扰何以克当？"董祥道："山肴野蔬，自愧十分简陋，反蒙王爷一再称谢，这是小人万万受不起的，请王爷不要再如此说了。"遂又举觞上寿，祝天国多福，早取中原之地。忠王举杯叹道："此间境地清静，风景佳妙，几如世外桃源。董贤士居此养晦，得其所哉，他日我若能襄助天王奠定中原以后，功成身退，也很想在这太湖深处，购一牛田，结庐而居，躬耕而食，清风明月，以老天年。但不知彼苍者天，可能成就我志呢？"孟吉道："王爷忠心王室，恬淡为怀，子房、诸葛之志，将来一定可以达到志愿的。"忠王摇摇头道："这也难说的啊，然我总是竭忠尽智，以事天王，成败利钝，置之不顾，成不成要看天命了。"说罢唏嘘不已。董祥料知忠王心事，他只是敬酒，把别的话说开去。

少停席散，董祥又让忠王到书室中去坐。丑丫头献上香茗。仁霖便将自己日常写的字、做的课卷，呈与他父亲披阅。董祥为要让忠王父子得间谈些心话，所以他就和孟吉托故退出室去。忠王略一翻阅便放下了，对仁霖说道："我现在告诉你，天国形势不见好转，金陵之围未撤，东南形势又紧，我此番秘密来苏，抽调军队去援太仓。倘然太仓有失，事态更是不佳，我也难以返京了。太仓能够守得住，苏、常诸郡也可暂安无事，那么我们仍可回京去帮助天王，击退清军。所以往后的事难可逆料，我既以身许国，义无反顾。前番把你托于董贤士，秘密隐居此间，也就是预防万一之谋。设有不幸，李氏一脉还有你留传下去。将来如有机会，也可代我复仇，如留侯张良一般，我在九京也可无憾了。今日一会，恐怕未必能够再见。希望你好自为之，无负我的心意。"

忠王说了这几句话，仁霖不由泪下，呜咽着说道："父亲为了天国，驰驱疆场，不辞辛劳，而做儿子的却在这里安居着，未能追随左右，共同勠力，中心未尝不时时内疚。父亲的叮咛，岂敢不从？誓当一心一意，读书习武，将来继承父亲的志向，不负父亲爱心，请父亲不要惦念我。此间的董丈待我如子，如同我的家庭一样。"忠王点点头道："这样更好了。我今日见你身体很是康强，足慰我心。现在军务倥偬，我不能在此逗留，所以立刻便要返城，千言万语一时也说不尽，总之你切须自爱而已。"于是他立起身来，走到书室门口。

董祥正和孟吉对坐着，低声而谈，一见忠王步出连忙站起身来。忠王向他们一招手请他们入室，对二人说道："我已叨领过美酒佳肴，感荷不尽，军务在身，不便多留，今日尚须赶回苏城，所以要告辞了。"董祥也不敢多留，只说今日谢王爷宠临，王爷有何吩咐？忠王指着仁霖，对董祥说道："此子已托董贤士代为训诲，董贤士必能勿负我托，我也十分放心的。"董祥道："敢不肝脑涂地以报王爷知遇之恩？"忠王又道："我此来带有几样礼物，送与二位贤士和小翠姑娘，希望你们哂纳。"

忠王说毕，遂向窗外喊一声"来"。那两个武士早已走至室前，垂手而立。忠王对左边的一个身上背着一只小皮箧的武士说道："你把这皮箧放在桌子上。"武士说一声"是"，立即走进室中，把皮箧卸下，恭恭敬敬地放在沿窗桌子上。忠王又将手一挥退去二武士，他自己开了皮箧，取出一个羊脂白玉制成的姜太公钓鱼人像，约有五寸长，放在一个红木座子上。又有十枚古钱，古色斑斓，都是秦汉间物。忠王对孟吉说道："这两件微物是敬赠孟贤士的。"又取出一个古铜的小方印章，以及一顶小立轴，对董祥说道："孟贤士隐于渔，所以我送他一个白玉渔翁。董贤士有古名将之风，这一方铜印是东汉定远侯班超之玺，那立轴是岳穆的手迹,因此我送与董贤士。"孟、董二人慌忙谦辞拜谢。忠王又取出一个玉玦给仁霖挂在身上,说道:"我愿你守身如玉,坚决不易,你将来常佩这玉,便可想到你父亲的教训了。"仁霖连忙拜倒。忠王又取出一对翡翠的鸳鸯和一只金凤,都是价值连城的珍品,又向董祥说道:"令爱在哪里?请伊出来,我也要把这两样东西赠送于伊呢。"董祥连忙唤小翠出来,向忠王拜谢。

　　忠王一一赠送完毕,一看窗外的日光,说道:"今日江村一叙,也是生平中难得的乐事,偷得一日之闲,领略了许多风景。异日倘能有一天重来湖上,那就是侥天之幸。此刻时已不早,我要告辞回城了。太仓那边的事情常常紧绕我心呢。"说着话,一抖衣袖,走将出来。孟吉取了忠王赠送的礼物同行,董祥、仁霖、小翠一齐随后恭送,丑丫头也远远地站着偷看。两个武士立即跟在忠王身边,一同走出大门。船上的舟子早已望见了,伺候忠王下船。孟吉跟着同去。董祥等送至河岸,看忠王下船,长揖相送。

　　仁霖反负着手,见忠王的船离开了岸,掉转船头,向前驶去,一会儿挂起大帆,渐行渐速。仁霖不觉偷偷地洒了两点眼泪,被小翠瞧见了,忙一挽仁霖的胳膊,说道:"你不要悲伤,我们进去练习剑术吧。"董祥遂同二人走进门去。忠王在船上渐渐离开翠云村,心里也有些难过,幸赖孟吉在旁劝慰数语。黄昏时方至金阊,孟吉先上岸辞别回家。忠王回至邸中,只有谭绍洸知道这事,别人都没有与闻。忠王因自己幼子在太湖中优游自得,寄托得人,心里稍觉安慰,但不知太仓那边消息如何,自己的锦囊妙计可能得售?未免十分挂念。谭绍洸已派出探子去了,专待捷音到来。这天夜里忠王梦魂较为恬适,恍如和他的爱子仁霖,扁舟一叶,徜徉在三万六千顷湖波、七十二青峰之间,飘飘乎如遗世独立，羽化而登仙。

次日醒来，日已上窗，觉得起身较晏了，连忙披衣下榻。盥漱既毕，走到外边军机室里，刚才坐定，只见谭绍洸满面喜色，忽忽地自外入见，手里拿着一封羽毛文书，呈与忠王道："这是太仓的捷报到了，请忠王查阅。"忠王一听这话，心里这一喜真是非同小可。

第九回

锦囊妙计虎将救危城
春水绿波王孙泛小舸

　　月色迷蒙的黄昏，田野间一簇簇的黑影连接着不断，宛似一条长蛇蜿蜒而来，非牛非马，静悄悄的只是向前急速推进，这是什么呢？原来就是太平天国的上将蔡元隆，奉着忠王之令，带领五万精兵，水陆并进，应援太仓。将近太仓时，天色已晚，他令大队军士离开太仓城二十里外扎下营寨，河里船上的兵士也都隐伏在河浜里，偃旗息鼓，不动声色。他自己率领两千步兵，衔枚疾趋，要想冲入太仓城中去。但他想着了忠王所授的锦囊，即在马上打开锦囊，燃了火炬，照着读过一遍，暗暗点头。于是他就遵照着锦囊里所授的机密行事了。立刻下令在前面小河边一齐扎下营寨，和后方隐藏的大军水中岸上取得密切的联络，然后擂起鼓来，给清军一种警告，却是坚壁深沟，绝不出战。

　　清军正猛攻太仓不下，忽听太平军从苏州开到援兵，连忙报告与李鸿章知道。鸿章正在大营里，闻得太平军来援，便拨兵二千前去拦截。太平军并不出战，擂了一阵鼓，反而静默下来。清兵因在黑夜，故亦不敢进击。到了天明时，忽报太平军有一使者前来下书。清将是项强守备，接见使者后，使者送上一封秘函。

项守备拆开一看，心中大为忐忑，不敢擅作主张，便叫部下引导那使者到大营里去拜见李鸿章，请他自己定夺。李鸿章攻太仓不下，又闻有太平军来救援，心里正在踌躇，如何去击破他们。忽见项守备差人伴送太平军的使者前来，呈上蔡元隆的书札。李鸿章看罢书信，很有些将信将疑。因为近来太平天国声势不振，诸王部将常常有来倒戈乞降的。蔡元隆的书信上又是说的苏州如何空虚，金陵怎样危急，倘准其降，便可入城劝谕城中的伪王一同归降，并愿回攻苏州，潜为内应。倘然收降了，苏、锡一带便可唾手而得。李鸿章虽是精细的人，也不能不为之动心，遂允许蔡元隆投降，修了一封回信，叫蔡元隆明日上午务须亲自率领部队到大营来投顺，过时作为罢论。蔡元隆接阅还书，心中大喜，便又差这使者赍书去，要求清军退兵五里，约定明日午时出降。李鸿章当然答应。就在这天傍晚时候，项守备果然奉命退军五里，静待太平军来投降。

次日清晨，蔡元隆发下数道命令，吩咐河中的舟师在午时前进到太仓之北上岸，赶紧向太仓城进扑，和城中军士呼应，夹击围城的清兵。又令背后的骑兵分为左右翼，在巳时悄悄向两边间道迈进，袭击李鸿章大营，带着火神，乘风纵火，要乘清军不备，一鼓获胜。那边李鸿章也预伏两支军队在大营之后，以防意外。他自己率领五百卫队，在大营前等候太平军来降，以便收编调遣。但是到了午时尚不见蔡元隆等来降，便使数骑前往催促。

又隔了多时，蔡元隆估料鸿章之兵已懈，整队而出。在军前高揭两面白旗，上书"降"字，以为前导，而令部下暗伏枪炮，隐在后面。他自己骑着一匹高大的黑马，挟一长矛，身穿重铠，腰悬铁鞭，缓缓而行。渐渐行至清军之前，相距不过二里，遥见清军列阵而待，李鸿章已遣项守备率十余清兵，骑马来迎，实则借此察视太平军的行动。项守备见了蔡元隆，便叫他将手中军器交与从者，随他去见李鸿章，然后将军队停住受阅。蔡元隆艴然变色，对项守备说道："军器是武人的随身要物，不可一日而无，怎可以交给他人呢？"项守备道："欲见李大人，不可不如此，否则便非诚意降顺。"蔡元隆挺枪瞋目，大声喝骂道："呸！你这奴才。我姓蔡的是天国上将，岂肯投降满奴？今天你们这些贼奴才，中了我的计也。"跃马直取项守备，项守备见蔡元隆态度骤变，心中惊慌，急忙拔刀抵御，早被蔡元隆一矛刺于马下。立刻放起三声号炮，自己当先驰骤，向李鸿章的大营前冲去。部下莫不个个奋勇，势如疾风骤雨。

李鸿章听了号炮之声，知道不妙，又望见前面地上的黄尘飞起数丈多高，野田间有不少太平军的旗帜，如潮水一般涌至，急令卫队保护着自己速退，而命一位郝参将率兵上前抵御。此刻他方知蔡元隆不是真心投降了。但是太平军已蜂拥而至，战士们莫不以一当十，喊声震天。郝参将上前迎敌时，军心已无斗志。只见蔡元隆坐下的一匹乌骓马，振鬣竖尾，向前腾踔，宛似一片乌云，盖地而来。郝参将挥刀上前迎战。蔡元隆怒目而视，将手中长矛直刺向郝参将的胸前。郝参将瞧见他背后的旗帜，便知是蔡元隆。将刀拦住长矛，骂一声："发匪胆敢诈降欺人！"元隆怒吼一声，说道："咄！贼奴才！我姓蔡的是个好男儿，岂肯屈膝做奴才？李鸿章这奴才在哪里？今天我要取他的狗命。"郝参将听他的口气如此夸大，心中也是怒不可遏，两人就在战场上酣斗起来。背后太平军向前直冲，清兵立脚不住，战不多时，纷纷溃退。郝参将也斗得力乏，一个不留神，早被蔡元隆一矛刺中肩窝，险些儿跌落马下，伏在马鞍上而逃。蔡元隆挥众追杀，他右手握矛，左手挥鞭，当先逐北，矛挑鞭打，勇如猛虎，清兵死在他鞭矛之下的不计其数。直冲至清军大营，势不可遏。太平军都是高声大呼："不要放走了李鸿章！捉住李鸿章的得上赏！"李鸿章吓得心惊胆战，只顾逃生，几如当年潼关道上割须弃袍的曹操。蔡元隆的马跑得真快，他带领了数百铁骑，冲破大营之后，争先而前，蹑李鸿章卫队之后，看看已将追及。李鸿章正在危急之际，幸亏有他预伏的两队清兵杀上前来应援，救出李鸿章等败残之众，急放乱箭，射住太平军。蔡元隆等因此冲杀而上，叫部下齐将枪炮放出。那时候还是鸟枪和土炮，砰砰訇訇地向清军乱轰一阵。清军的弓矢当然不敌，但是清军中也有数尊大炮，是李鸿章向洋兵借来的，此时也燃着了向太平军还放。太平军见炮火猛烈，攻势立即停顿，徘徊不进。李鸿章闻报正在暗喜，不料蔡元隆所遣的两支抄袭的兵马已从间道杀至清军阵后，清军立刻又大乱奔逃。放炮的丢了炮逃命。蔡元隆遥瞩清兵乱窜，炮声忽寂，知道自己的兵马已杀到背后，所以又挥众杀上，两面夹攻。清军大败，两翼人马大半覆没。而河里的太平军亦已杀至太仓城下，太仓城里的太平军谍知忠王遣师来援，也就分路杀出。清兵反被太平军节节包围。蔡元隆神勇无伦，痛追五十里而回。清兵有许多沉没在河里，这一役真可以说杀得血流成渠，尸骸盈野。蔡元隆奏着得胜之歌，收兵入城，和城内的太平军将士相晤。一面派兵守城，又令骑兵屯驻城外，互为掎角，以防清军再来。一面遣人飞报忠王。

那李鸿章吃了这一个大大的败仗，深悔自己一切太大意，误信蔡元隆的投降，反中他的诈计。识得蔡元隆的厉害，不敢再犯，却退至上海、南翔一带，整顿兵马，补充士卒，预备乘机再举。

那坐守在苏城的忠王李秀成刚从太湖里回来，思子情绪尚未

93

减退之时，忽然得到这个捷报，真是心花怒放，欣喜蔡元隆遵从了自己的锦囊妙计，果能击退清军，解了太仓的重围，此行尚称不虚。便又差人到太仓去犒赏士卒，奖劳蔡元隆杀敌致果，即令蔡元隆留镇太仓，以扼沪上之师。蔡元隆遂奉令驻守，修筑城垣，积聚粮食，凭着他的声威，李鸿章一时也不敢再来侵逼。谭绍洸等便在苏城开了一个祝捷大会，和忠王等尽了一日之欢。忠王见太仓之师业已克捷，料李鸿章受了这个挫折，一时未即进取，东南州郡或可稍安，悬悬于心的就是金陵之围，无法得解，这是天国心腹大患。所以他无暇在姑苏台畔逗留，立即于次日带领三千亲信部队，悄悄地离了吴门，重返白下。当他走的时候，还遣人到孟吉那里送了一个信，叫他转嘱董祥，严密地约束仁霖学习艺事，毋怠毋荒，自己倘能解得金陵之围，方可重来。孟吉初闻太仓之师战胜清兵，心中自然喜欢，又知忠王已回南京，不胜怅然，于是他就驾了小舟，到太湖里来报信。

仁霖自从他父亲来翠云村探望之后，心里更自惕厉，勤加练习。孟吉来传达了消息，私心较觉宽慰，默祝他父亲能够襄助天王，击退清军，解金陵之围，复兴天国。那么将来父亲能得归隐太湖，在青山绿水中为风月主人，真是天大的洪福了。董祥父女闻得太仓那边获胜，也自欢喜，便留孟吉在家里盘桓一宵。晚上置酒欢饮，仁霖陪着董祥一杯一杯地痛喝。这一遭他竟醉倒了，由丑丫头扶着他去归寝。孟吉当然早已酩酊大醉，唯有董祥却还没醉倒，微觉醺醺。他的酒量可以上追太白而继刘伶了。次日孟吉别去。

气候渐渐寒冷。仁霖蛰伏在翠云村里，从董祥学武术，有小翠相伴为戏，时时在一块儿谈笑为欢，足解岑寂。小翠的年龄虽轻，而一片芳心，很能体贴到寄人篱下的仁霖。因此仁霖住在董家，别有一种愉快。

不觉光阴易过，转瞬已过了残年，而大地春回，气候又渐渐温和了。在冬日，围炉读书的时候较多。有时老天下了一场雪，湖上的雪景更是好看煞人，许多若远若近的峰峦，积雪皑皑，好似许多缟衣素袂的罗浮仙子，姗姗来迟。湖面上的波光被白雪映射，更是一片通明，好似身在琉璃世界中。远近的老树高高低低，都蒙着雪，如烂银枪素缨戟一般地竖着，耀得人眉发都白。仁霖和小翠、丑丫头等团着许多雪球，在门前场地上你对我、我对你地往来戏掷，众乡人站在一边观看为乐，所以隆冬里绝不觉寒威的可怕。现在春来了，少年的心更是容易活动，仁霖久有一游湖上之心，遂乘这时候向小翠说了，要小翠去要求伊父亲的同意，可以达到自己的愿望。小翠知道仁霖久有此愿，自然情愿促成。遂得间和董祥说明此意，且说后天是清明佳节，仁霖很欲一游湖上山水，以涤胸怀，久蛰思启，人之恒情，望父亲答应他，不要使他不快活，自己也愿陪伴他去一游。“仁霖自己不便向你请求，所以托我来要求父亲允诺。”董祥听了他女儿的说话，踌躇不语。小翠又笑嘻嘻地拉着伊父亲的衣襟说道：“父亲答应了吧，只此一遭，下不为例。”董祥知道伊女儿的脾气，又料想仁霖出游湖上的渴望，此时不能不答应他们的请求了。遂微微叹了一声，说道：“翠儿，你须知道忠王将他的爱子交托与我，这是一个很重大的责任，保得仁霖永远在此安宁无事，我这颗心也自然平安无忧了。所以我不让他出去游玩，以免给人家注意，将来或有不便。虽然这里是很僻静的，却也不可不防。换了别人时，我为什么要这样严紧呢？你该明白的。”董祥的话尚没有说完时，小翠早把樱桃小嘴一噘道：“那么仁霖永远不能出去了吗？他究竟不是狱囚。”董祥对伊紧瞅了一眼，说道：“你没有听完我的说话，不必多开口。你该明白这是我的为难之处，不许你们出去，你们当然要怨我太严厉一点了；然若允许你们出游时，万一有什么意外，我又如何对得起忠王呢？我今从权宜计，到清明日的那天，准许你们一清早起往湖上一游，到午时便要回来，不得在外流连，只到近处去游览，休要远适，以免他虞。凡事宁可谨慎一些的好，你们可以我老年人的话为然吗？"小翠听父亲业已许可，脸上立刻变为欢愉，浮起欢笑之容，点点头说道："父亲说得不错，我们自然遵守你老人家的教训，决不会流连忘返的。"董祥也笑道："好，准让你们去游玩半天吧。"于是小翠就把父亲允许的消息去告知仁霖，仁霖自然欢喜无限。

谁知明天天气忽变阴霾，风斜雨细，下了一天的雨。仁霖既不能到园中去习武，坐在书室里，两手支头，仰视着窗外的天空里一块一块的乌云，推来推去，一会儿暗些，一会儿亮些，始终没有停过雨点。庭院中雨声滴沥，鸟声也不闻了。他心里暗自沉闷，瞧这雨势到明天也不会有晴好的希望，真合着古人的诗，清明时节雨纷纷了。那么自己和小翠好容易商得董祥同意的湖上之游，不也要因此作罢吗？老天为什么如此不作美呢？不觉引起他心中的惆怅。而想到远在金陵的老父，坐困危城，数月于兹，尚未能击退清兵，步天国之难，而东南的形势较前更是不佳，一直没有好消息听到。倘然苏、嘉有失，天国的危险更要增加，现在可说是最后关头，全赖诸将士协力同心，去杀开一条血路，挽回颓势，重振雄风。但是这几天我瞧董祥的脸上，颇有不豫之色；而孟吉老渔翁前日来此探访，曾和董祥背着我在室中密谈多时，我隐隐听得孟吉的太息声，当然是大局不好，而使他们惋叹呢。他们也不肯告诉我听，恐怕我要烦恼。然而事实总是掩不了的，日后我总要知道呢。

他正在愁息无聊，小翠却从书室外跳了进来，指着仁霖说道："世兄独自在这里苦思什么？这天下雨不停，好不令人恼恨！"仁霖放下手，回转头来说道："是啊，我也恼恨天公不作美，风雨潇潇，将要把这个大好佳节惨淡地过去了。我眼巴巴地盼望明日可以和世妹驾舟出游，以写我忧，一偿渴想为时之愿，哪里料得到春雨连绵，不肯放晴呢？唉！"仁霖说到这里，长长地叹了一口气。小翠道："世兄不要忧愁。春天是晴雨不常的，也许明天会晴。倘然仍是下雨，那么可以缓一日出游。父亲既已允许了我们，不论哪一天我总可以陪你去一游的，你千万不用忧愁。"仁霖听小翠这样安慰他，中心更是感激，嘻开着嘴说道："世妹之言甚是，不怕天不晴，我总可有一日和你去一游青山绿水的，只错过了佳节良辰而已。你父亲现在哪里？"小翠答道："他也因下了雨，意兴不佳，正在他自己房里打午睡呢。晚上你陪他吃一些酒吧。现在我父亲对于诸事意兴阑珊，唯有这杯中物尚嗜饮不衰，三杯下肚，什么事都忘怀了。"仁霖道："不错，他老人家近来话也说得很少，唯在教授我们习练武术的时候，似乎尚有些豪情逸兴。他对于我们的希望心很大，所以我一毫不敢懈怠，也望他日不负你父亲的期望。"小翠道："你的武艺进步得很快，我及不上你了。"仁霖笑道："世妹又要说这些谦虚话哩。我哪里敢和世妹颉颃上下呢？"小翠道："这并不是我故意扪谦，前天我父亲曾在我面前也说过，借此勉励我一番呢。"仁霖连说："哪里！哪里！"其实他心中也很有几分自喜。小翠便坐在他的对面，和他唔唔而谈，这样足够解去他的寂寞。丑丫头又煮了些鸡蛋和面粉混合的蛋糊，请二人用点。

转瞬天色已黑，听听外面声小了一些，可是檐溜依然滴个不住。董祥也已走来。丑丫头掌上灯。董祥便叫丑丫头去烫酒，仁霖和小翠坐着，陪他饮酒。小翠虽不会喝，而仁霖的酒量很可以的，陪着董祥一杯一杯地喝。小翠恐他又要喝醉，遂叫他不要多喝。董祥见他们小儿女间感情很是笃厚，不觉微笑。他也知道小翠特别待仁霖好，这是自然而然的，所谓"天也，非人力之所能为也"，所以放任他们去休。

到了次日早晨，仁霖从床上醒转，听听雨声已止，窗上也较昨日明亮得多。连忙披衣起身，走到外面庭心中，一望天空十分晓朗，灰色的云已四散推开，东边云端里隐隐有日先透露，天上也东一处青西一处青地露出它本来苍苍之色，便知今日可以天晴了。庭中树上也飞来数头小鸟，很睍睆地歌唱着。他心里不由大为兴奋，恰见小翠走出房来。二人各道了一声晨安。仁霖对小翠欣欣然说道："昨日天雨，今天却幸晴明，大概老天知趣，不肯使人辜负这良辰佳节，湖上之游可以如愿以偿了。"小翠一笑道："昨天我不是和你说过或许会天晴的吗？果然老天放晴了。我们吃了早饭，一同去游湖，好不好？"仁霖喜逐颜开地说道："很好，这真才合了我的愿望。请你们快些预备早饭，愈早愈妙。"说话时，董祥早从里面走出。仁霖连忙叫道，小翠也回头叫了一声"爹爹"，指着天空说道："今天雨势已止，日光将出，我可以伴世兄一游湖上了。"董祥点点头道："好，你们早饭后即去，早些回来，我叫丑丫头代你们摇船。"小翠道："丑丫头同去，这是最好了，我和世兄也可打桨的。只是父亲一人在家了。"董祥道："你们出去，留我在家里看守也好。"于是小翠和仁霖进去，一同吃了早餐，小翠自回房中去，换了一件碧罗夹衣，梳着凤髻，薄施脂粉，更见清明。丑丫头也换了件青布衫，踏着一双黑缎鞋儿，鞋头上绣着很大的蝴蝶，头上梳着两个双丫髻，颊上涂着两堆胭脂。小翠瞧着伊，莞尔而笑道："今日丑丫头变作俏丫头了。"董祥和仁霖听了这话，一齐哈哈大笑。丑丫头却害羞地缩到厨房里去，不肯随行了。小翠仍去把伊硬拖出来，说道："你不去吗？我偏要你去。"董祥又叮咛数语。三人辞别了董祥，走出大门，来至小船中，有几样干点和香茗，小翠早已预备好了。仁霖、小翠坐到船舱里，丑丫头解了缆，把一根篙子点着水，将舟徐徐飓开去。

出得港口，湖波汹涌，丑丫头在后艄摇着橹，那小舟便一摇一摆地前行，真所谓驾一叶之扁舟，凌万顷之茫然。小翠和仁霖都不肯闲坐，各人手里拿着桨，到船头上来划，这样那小船驶得自然更快了。他们本没有目的地，纵其所如，只向青山中摇去。仁霖指着前面高高的青螺，问小翠道："这是什么山？"小翠道："西山，这是湖中胜迹最著之处，上面的山峰都是很秀异的，最高的要算缥缈峰了。山麓还有一个林屋洞，是天下第九洞天。我听孟老伯说，在昔春秋之末，吴王阖闾曾差灵威丈人入洞，昼夜秉烛，行了七十余天，还没到尽头，不得已而退出。洞中的蝙蝠和鸟一样大。也有人说此洞可通洞庭湖的君山。洞外怪石林立，极瑰奇之致。世兄要往那边去一游吗？"仁霖道："恐怕时间不容许吧。我们还是在湖上周游，不要忘了你父亲的叮嘱。"小翠道："也好。"小舟尽向碧浪中驶去。

这天湖上的船舶较多，扫墓的船也往来频繁，宿雨新霁，山色如洗，更是青绿争妍，十分好看。丑丫头在船艄上唱起山歌来道：

啥鸟飞来节节高？啥鸟飞来像双刀？

啥鸟飞来青草里躲？啥鸟飞过太湖梢？

99

仁霖听了，对小翠带笑说道："到底是年纪轻的人，到处能学方言。你听丑丫头已能唱很软的吴歌了。伊不是生长在河南的吗？这'啥'字已念得像苏州人一般无二了。即如世妹，吴侬软语，完全不像北方人，我是最爱听的。"小翠笑了一笑道："我们说得不好。"这时丑丫头又接着高声唱道：

　　　　钻天子飞来节节高，燕子飞来像双刀，

　　　　野鸡飞来青草里躲，野鸭飞过太湖梢。

　　小翠回头向后艄问道："丑丫头，你摇得不吃力吗？唱得真好听！"丑丫头笑了一笑，正要再唱时，西边有一只帆船驶来，船上忽然有人大声向这里呼喊道："董小姐，你们到哪儿去？"不知来的又是何人？

第十回

徜徉山水魅影初逢
鼙鼓江淮楚歌四起

　　小翠听得唤声，回头一看，说道："原来是他。"仁霖跟着顾视，只见那边帆船上有几个人立着向这里睃看，模样儿倒都是雄赳赳气昂昂的。内中有一个身材较大的中年汉子，穿着短装，面貌生得很是粗陋，正和他的同伴向这边船上指指点点。仁霖瞧着，一时不便向小翠询问。丑丫头也早望见，山歌也不唱了，口里却叽咕着说道："唱山歌唱出野鬼来了，不要睬他们。"小翠说了一句话，也就别转脸来。但是那艘帆船行驶得非常之快，它借着风的力，宛如奔马般追将上来，一会儿已和仁霖、小翠等坐的舟相并。那汉子见小翠不答应，依旧提高着嗓子喊道："董小姐，你们到哪儿去？董老英雄可在府上？为什么不和你们一起行呢？"那汉子一边说，一边双目尽向仁霖注视，目光灼灼如贼。小翠因为那汉子连连向伊招呼，船已近身，倒也不便置之不理，所以淡淡地说道："父亲正在家里。我们游一会儿湖就要回去的。"那汉子又带笑说道："董小姐可到我们村中去玩吗？"小翠摇摇头。

　　就在说话的时候，那帆船已抢出了小舟，那汉子尚回头向仁霖瞧看不休。仁霖便向小翠叩问道："那汉子是谁？可是你父的朋友吗？还是……"仁霖的话尚未说毕，小翠早把嘴一撇道："我父亲有这种朋友吗？世兄不要误会，须知那厮不是好人。"仁霖闻言有些吃惊，带着抱歉的态度说道："我的话说错了，请世妹不要见气。那么他怎样认识你父亲的呢？"小翠道："你不知，那厮就是丹枫村里的鲍老四，以前贺鸾险些吃了那厮的亏，被我父亲救下的，我不是已告诉你的吗？事后那厮曾到我家里，来要拜我父亲为师。而老人家一定不肯收这个好徒弟，他是败兴而去的。所以他认识我。"仁霖听了，点点头说道："原来就是贺鸾的对头鲍老四，巧极巧极，今天被我瞧见。当然贺鸾要受他的欺了。"小翠道："可不是吗？像鲍老四这种人都是地痞，游手好闲，招是生非，不可相与的。所以我父亲虽然居住湖滨而绝不愿意去和这种人周旋的啊。"仁霖道："那是自然。"两人这样在船头说着，那艘帆船已去得远了。

两人仍划着桨向前，又约莫驶了二三里水程，大家都有些力乏了，瞧见前面有一沿湖的村子，小屋数丛，绿树掩映。小翠把手指着道："我们到前面这个村子里去泊了舟，休憩一番，上岸去走走，也算是踏青，好不好？"仁霖见小翠有兴，遂道："世妹说得是。"小舟便往前面村子边划去，渐渐相近，沿湖有一带田，阡陌相接，有几个农夫正在田里工作。树荫下躲着一头老黄牛，双双紫燕在绿杨影里飞来飞去，田野的菜花就如一片黄金，春景美丽极了。丑丫头用力把船摇在岸边，在河岸边一株大树下，将舟泊住。小翠对丑丫头说道："我们要上岸去踏青一下。"丑丫头笑嘻嘻地说道："你们俩上去散步一会儿也好，我在此看守船只。你们不要多耽搁，早些回家。"小翠答应一声："我知道。"伊遂和仁霖跳上了岸，并肩走去。有几个乡间妇稚瞧见二人容光焕发，气宇英爽，不知是哪里来的，都很奇讶。

在东边有一小丘，丘下桃树成林，夭夭灼灼，好似幕着一大片绛纱，又似天配织就的锦屏。仁霖指着带笑对小翠说道："忽逢桃花林，未知那边有世外桃源呢。我们何不一学武陵渔夫，试访佳境呢？"小翠笑笑道："世兄，即此湖上一片土，不就是世外桃源吗？何必刻舟求剑呢？"二人一边说，一边走，渐渐行近林边，听得泉声淙淙，料想林后尚有清泉，遂踏着纤绵的芳草，缓步入林，落英缤纷，映着小翠的娇颜，更觉人面桃花相映红了。林中阒然没有一个人影，唯闻鸟语如簧，十分悦耳。四面都是红的桃花，又好似置身绛帐中。仁霖道："快哉此游！这村不知是何名称，当唤作桃花村了。"小翠道："我虽住在湖上，可是足迹罕出，除前随父亲曾一游西山外，其余地方大都不熟悉的。我们管他什么桃花村、梅花村、杏花村，只要给我们畅游便算了。"仁霖道："世妹说得是。"

二人穿过了不少桃树，水声愈大愈近，只见前面有一条清溪，曲曲折折从山丘上流下，两旁怪石森列，嵚然相累而下的如牛马之饮于溪，冲然角列而上如熊罴之登于山，泉水从石上流过，其势甚急，所以声音较大。小翠立在清溪边，拍着手说道："好极了！好极了！这地方大可人意。"恰巧临流有一个鱼梁，梁上有一块方滑的青石，上面有一株老松，虬龙屈曲般的枝干，绿团团地撑着一顶翠盖。小翠遂和仁霖并肩坐在石上，歇息一会儿，听听泉声松韵，冷冷然，潺潺然，恍似置身尘外。这时候天空中有二三头苍鹰在那里盘旋翱翔，一声声叫着。仁霖仰首观看，只见其中有一鹰越飞越低，蓦地向南边一处很迅速地身子一侧，直堕下来，一会儿又冲天而起，鹰爪下好像抓着一样东西，飞向北边去了。

仁霖知道这是老鹰抓小鸡。小翠道："这可恶的鹰，何等残忍啊，它抓了一头小鸡去了，可惜我没有带得弓箭，否则就要请它吃一支箭。"仁霖道："世间万物都是强凌弱，众暴寡的，正义都被强者所擒没了。即如我们天国起义以来，到今日已有十多年了。中原扰攘，还没有平定。我父亲立志要扫除胡虏，兴复汉室，可是这几年来不但未遂他老人家的志愿，而又金陵的长围未解，东南诸州郡也是岌岌可危，这个局势将来还不知如何结果，真令人抱忧不已。而我父亲自从去年来此探望我一遭，至今好久没有消息。有时孟老丈来，我向他询问一二时，他却没有什么消息告诉我。我又见你父亲和他谈话时，面上好似有殷忧之色，料想我们天国的战局一定不利。否则像去年蔡元隆在太仓大捷后，孟老丈马上来湖中报告喜信了。若是我父亲打了胜仗，他在城里，岂有不风闻之理，知道后又哪里不肯说出来呢？至于我父亲好久没信给我，便可断定他劳于王事，不暇顾及我呢。"仁霖说了这些话，长叹一声。

小翠见仁霖忽然动了心事，有些不乐，便安慰他道："世兄不必多忧，这些事自有你父亲和一般臣僚任其艰难，只要能够破得曾国荃的兵马，金陵之围得解就好了。今天我们出来湖上遨游，良辰佳节，赏心乐事，劝世兄且寻欢乐，莫多忧虑。"仁霖听了伊的话，不由点点头，勉强一笑。并头双影，倒映入澄清的溪光中。仁霖瞧着，又不觉悠然遐想。

但在他们谈起天国之时，相距数十步外，一株桃树之后，有一个汉子正躲在那里窃听，且向二人细细察视。他也听得天国天国的话，虽然不十分清楚，可是已估料到这和小翠做伴的少年仪表不凡，一定是太平天国中的什么王子了。当仁霖出神的时候，他又咳嗽一声，走出树来，向二人身边走去。

小翠和仁霖同时闻声，回过头来看时，见就是湖上相遇的鲍老四。不知怎的他也在这里，也会走到林中来。鲍老四见了小翠，仍是恭恭敬敬地说道："董小姐，今天巧极了，到东遇见，到西也遇见。你们在此白云村里游玩吗？这位公子是谁？可是尊大人新收的门弟子？"小翠实在不高兴和鲍老四多讲话，又见他查问仁霖的来历，恐怕露出行藏，只得答道："是的，他正是我父亲新收的弟子。"但是小翠说出了这句话，又觉有些不妙。鲍老四遂冷笑一声道："如此看来，尊大人不是绝对不收门徒，不过像我姓鲍的恐还不配做尊大人的弟子，辱没师门，所以不收吧。"小翠听着，脸上已露出一团不高兴的神气，冷冷地说道："这个你要自己去问我父亲的。"

鲍老四双目狠狠地注视着仁霖，正要再开口时，只听背后树林里脚步声，有几个短衣少年奔进来，一见鲍老四，便带笑说道："鲍师父，我们哪一处不寻到？师父在这里吗？他们已将家伙搬出来了。我们请师父同去和他们会会吧。"鲍老四答应一声。他遂又对小翠说道："董小姐，我们今天到白云村来，是和村子里一个武社中的师徒演习拳棒的。闻得董小姐精于此道，何妨请过去一同聚聚。"小翠忙答道："谢谢你。我们便要回去的，恕没有这工夫奉陪。"鲍老四讨了一个没趣，向二人狞视了一下，立刻和他的同伴走出林子去。

仁霖对小翠说道："世妹，我瞧那姓鲍的对于我很有猜疑，对你也有些记恨哩。"小翠点点头道："是的，这种小人最可恶，我父亲不收他做徒弟，他是怀恨在心而不忘的。今天我们回家时，在我父亲面前不必说起遇见鲍老四的事，恐怕他老人家以后便要不放我们出外的。"仁霖道："不错，停会儿知照丑丫头，叫伊也不要说。"小翠看了一看日影道："啊哟！我们只顾贪坐，时候不早哩。我父亲只许半天光阴，不可违背他老人家的吩咐，逢彼之怒的。我们快些回去吧。"说着话，立起身来。仁霖只得跟伊站起。二人遂恋恋不舍地离开了这个可爱的清溪，可爱的桃林，走回船上。途中还听乡人争说快去看那强武社的拳术家和丹枫村里的鲍老四表演武术啊。小翠知道这就是鲍老四做的那一套了。回到船上时，丑丫头早嚷道："我在船上等了好一歇，小姐再不回去时，主人要责怪了。"小翠道："我们快些摇吧。"于是解缆开船。丑丫头摇橹，小翠和仁霖打桨，一路驶回家去。

等到他们回至翠云村时，日已过午了。登岸的当儿，小翠又回顾丑丫头说道："少停你见了我父亲，不要说我们曾遇见鲍老四，免得父亲多说一句话。"丑丫头答应一声。三人走进家门，董祥迎着说道："你们怎么去了这好多时候方才回来？肚子可饿吗？"仁霖上前答应。小翠含笑说道："父亲，我们回来得稍迟了。游得好爽快，肚子也不觉饿。"董祥道："我代你们饭也煮好了，快吃饭吧。我已吃过哩。"小翠道："啊呀，倒累父亲动手，心实不安。"伊遂和丑丫头到后面厨房里去预备菜肴了。董祥和仁霖坐着，谈谈湖上的风景。一会儿饭已搬出，小翠陪着仁霖一同进膳。董祥坐在一旁看他们吃，心里好似转着一阵思潮，面上却是笑嘻嘻的。饭后，二人因为划舟乏力，各去休息，武艺也没有练习。仁霖坐在室中，冥想若湖上的春景，以及桃花村中清溪白石边的情状，津津然若有余味。但他哪里知道他的父亲正喋血于江淮之间，而未遑宁息呢？

原来忠王自从第一次回到石头城中时，一心要想攻破曾国荃的长围之军，好挽回天国的厄运。无奈曾国荃和他部下步步为营，绝无弛懈，实在无隙可乘，师久无功，很使忠王为之食不甘味，寝不安枕。于是忠王想出一个计策，就是叫部伍秘密挖掘地道，埋藏了火药，去轰炸曾国荃的军队。可是曾国荃防御严密，一见缺口，他必亲自立马堵塞缺口，部下又作殊死战，炮如雨击。忠王的军士死伤很多，不得已只得罢攻。

两下相持日久，金陵城里渐渐感到粮食将有匮乏之虞。李世贤便对忠王说道："江北现方空虚，清军必不料我遽敢偷渡。不如姑且舍弃了曾国荃，偷渡长江，袭取扬州六合，夺其粮草，再分兵直趋安庆，攻击曾国藩的军队，那么曾国荃的清军定要分兵往救。我们可教厄扎秣陵的辅王、屯驻溧水的护王，乘虚袭击，十九可操胜算了。"忠王听了他的献议，便在十二月里命天将洪春元和他的次子李荣发，带领精兵五万渡江。五鼓时至浦口，便进击李昭寿的军营，一鼓而破。又攻和州、舍山、巢县，都是马到成功。

到了明年春天时，忠王和李世贤渡过了长江，攻下江浦，又进攻曾国藩千石涧阜。但是，攻了多时，仍没有攻下，攻六合也没有胜利。忠王遂想召回汉中的陈得才、张宗禹两路兵马回援，但恐怕道远难达，反遭清兵拦截，左思右想，毫无良计。遂仍用李世贤的计策，渡过淮水，想要袭击清江，倒击维扬六合，然后进取通、泰二州，南连苏、杭，那么京口不击自退。京口既得，便可通饷道到燕子矶，屯大兵于高桥、仪凤，那么军厚粮足，曾国荃不足惧了。

这条计策当然是很好的，忠王便照着这样去做，想北上渡淮。谁知道所过的地方都是荒墟，大军无处得食，饥渴顿踣，十分疲乏。忠王大大失望，不得已遂分兵越过滁州，从天长那里去击取扬州。然而那时清军鲍超的部下已破了巢县、含山，乘胜东下。和州江浦相继告警。曾国荃又据雨花台，金陵形势更见危殆。天王急忙飞诏催迫忠王快快还救天京。忠王大叹道："此天亡我了!"不得已收兵东为。到达长江渡江时,恰又逢着江潮盛涨,堤路淹没,兵行艰阻,士有饥色。况又船少兵众,秩序稍乱。半渡之时,为满清将彭玉麟、杨载福侦悉,派出水师,半途邀击,吃了一个败仗。忠王虽和前军侥幸渡过,而后军都不得渡,退降清军。总计十万雄师,损折了一半。这也因为太平军在长江里缺乏水军,而给彭玉麟等的水师在长江里占了上风,以致行军大为不便,吃亏不少呢。

忠王回到金陵,又聚精会神地去和曾国荃对垒。虽然有一两次小胜,可是终不能把曾国荃击退。清军的稳扎稳打、坚壁清野计划,实在使太平天国感到头痛。不知不觉又相持了数月,粮食更感缺乏,外面的路道俱被清军遮断,运输非常困难。忠王又命杨辅清、王坤书二将扼河筑长墙,浚深壕,以堵国荃,想借此可通苏州的粮道。可是辅清违命,没有成功。忠王屡次征召苏、浙各路的太平军入京勤王,但也没有一军到来。遂向天王请命道:"京师危困到这种地步,坐而待亡,何如亟起以救?仍欲请求天王御驾亲征,进兵赣、鄂,把握着上游的形势,借以号令天下。且可襟带苏、浙,以利饷源。即使金陵有失,尚拥兵五六十万,并驱中原,未尝没有挽救的希望。若恋恋于此危急的孤城,征调不至,粮尽械绝,这岂非必亡之理吗?"

忠王的话虽然说得切实诚恳,可是天王听了佞臣之言,无志远出,不能接受这个奏议。而事势是不等人的,其时左宗棠、李鸿章等清将正在积极图谋收复苏杭各郡,四方告急,争乞忠王赴援。

忠王自忖坐困危城,终不是个长久之计,曾国荃的军队已有深固的据点,难以摇动,金陵的守军数次出击,终于无效,士气已尽摧沮,非有外来的劲旅难收夹击之功。然外面各州郡又被清军压迫，不得喘息，自保尚恐不及，何有余力反援京师呢？那么自己不得不亲自出去走一遭。倘能攻破一二路清军，也许可以重振颓势，然后再来解金陵之围。遂把此意和天王商议。

谁知洪秀全倚赖忠王如左右手，因为其时，以前许多亲信死的死，去的去，感觉到岁寒松柏，唯有此人了。恐怕忠王一去，金陵坚守不住，所以不许。忠王隔了一天，又对天王说道："假令臣不出援，那么苏杭恐怕有失，京师更形孤危，非天国之福。不如待臣前去，可使诸将用命，安定吴越，然后收集劲旅，回来解都城之围，大事尚有数分希望。倘令臣坐困于此，内外同归于尽，如何是好！"天王总以粮尽财乏为虑。忠王乃竭家财，搜括诸家人首饰，不足时更向侍王那里凑集黄金万两，共十万金，输助与金陵守军。且嘱守军坚守勿出，再三安慰天王。然后带了三千心腹部队，离了南京，又至苏州。这一次他到苏州时，今非昔比，吴王台畔楚歌四闻。因为李鸿章在上海借了洋兵，凭着火器之利，收复太仓、崑山，直薄吴郡。那洋兵的将领乃是戈登和华尔，部下都有大炮和毛瑟枪，比了那些长枪短刀，自然不可同日而语了。李鸿章重取太仓时，便借着戈登的洋兵同行，把大炮轰击太平军的营垒，所以蔡元隆虽然勇猛，血战数次，卒遭损衄。当太仓失陷的当儿，蔡元隆在城上屹然不动，死力守御。清军爬上城墙的都死在他的蛇矛和铁鞭之下。最后一弹飞来，把他炸为三截，清军遂得攻入。清军既破太仓，昆山、青浦、常熟各处相继攻下，大军直趋吴门。李鸿章把克复苏州的重任委给他部下的骁将程学启，知道他必会胜任而愉快的。

程学启本是桐城人氏，幼时不喜读书，亦不事生产作业。然性喜任侠，倜傥有大志，遐迩闻名。当太平军攻破桐城时，闻得他的声名，四处购求。得不到他，遂掳获了他的父母，强逼他的父亲，写书去招他来降。程学启得到了他父亲的手书，不得已亲赴军中，他的父母遂被释放。英王陈玉成见了他，非常敬爱，留他在军中，叫他领兵。后来他得间仍去投降了清军。曾国藩和他接谈之下，便赏识他的奇才。及至李鸿章以道员而赴援上海，曾国藩就派程学启襄助李鸿章，收复失地。李鸿章也是非常器重他的，叫他独当一面。等到进取苏、常的时候，李鸿章即叫洋将戈登带领常胜军三千人，相助程学启一军进逼苏州。恰逢忠王回救，两军便在苏州效外酣战。忠王在娄门外筑石垒长城，连营数十里，督率部下和清兵决斗，旋进旋退。只因洋将戈登一部的枪炮厉害，忠王多少受些影响。有一次他已将清军三千包围在金鸡湖，本可全军歼灭，但因戈登率师来援，把大炮猛轰。忠王的部下虽奋勇不顾，一再肉搏，无如炮火猛烈，弹烟硝雨之中，死伤累累，忠王恐牺牲太多，只得退去。又因李鸿章别遣诸军，由常熟还攻无锡，断绝太平军常州之援。忠王恐防无锡这条路若被堵塞，苏城更是孤危了，遂又一面守住苏城，一面回救无锡，和清兵鏖战于太湖之滨。连战不利，没奈何仍遁入苏城。这时候忠王已陷于四面楚歌之境，应付非常困难，夜不能寐，日夕忧虑，哪有心思去顾到太湖中的爱子呢？

李鸿章闻忠王在苏，清军一时未能攻下，他遂亲自赶来督战，限期破城，攻打得十分厉害。忠王勖勉部下，誓死坚守。但娄门外的石垒长城已被李鸿章攻破。程学启也夺取了蠡口、黄埭、浒墅关诸要隘，水陆军三面将苏城取了包围之势。太平军的军心不免有些动摇。

忠王麾下也只有谭绍洸的一军，都是粤人，誓与忠王共死生，每战必出死力。而纳王郜云官以下，都有贰志。恰巧在程学启的部下有个副将郑国魁，曾和郜云官旧时友谊颇笃。有一天，程学启正坐在中军帐里，忽见郑国魁悄悄走上前来，要请程学启屏退左右，有机密要事奉禀。程学启不知何事，立即吩咐帐中侍从退去。郑国魁走近程学启身畔，附耳低言了数语，程学启脸上立时堆满一团笑容，说道："苏州不难攻破了！你快去做吧。将来重重有赏。"郑国魁遂退去，进行收复苏州的计划，这也是忠王的厄运到临，大势已去，无可挽回了。

第十一回

诸王生异志名将杀降
单舸出围城渔翁送信

　　一片茫茫的大水，远望过去，天连水，水连天，浩无际涯，这是在苏州之东，唯亭附近的阳澄湖，巨浸汪洋，素以大蟹著名的。

　　这一天，将近中午的时候，阳澄湖中驶来十数艘大帆船，船上都是雄赳赳的健儿。到了港边，一字儿泊住。有几个人戎装佩剑，披发戴冠，作王公装饰，走到船头上，向东边眺望，好似等候什么人来的样子。一会儿见远远波心里白浪涌处，有一艘大船张着双帆，如奔马般向这边驶来。靠近时，船舱内钻出一位清将，向这边船上高声喊道："郜大哥在哪里？"这时船上早有一人举起一面白旗说道："郑兄，小弟在此等候多时了。"同时清将船舱里又走出一位头戴花翎身穿战袍的清将，和一位军装披挂的西国将士，一齐走上这边的大船。让到舱中，正放着一桌丰盛的筵席，请二位清将和西国将士上首坐了，然后诸王挨次坐下。

　　清军正与太平军对垒之时，他们在这大湖里会谈什么呢？原来这就是郑国魁所献的计划有成功的希望了。郑国魁在程学启面前自告奋勇，报告了他的妙计，立即去做，遣他的心腹秘密去约郜云官会晤。恰巧郜云官等本来鉴于天国形势不利，苏、常已受包围，心志因此动摇，很想乘时反正，投降清廷，以图富贵功名。郑国魁的使者前来约谈，明明是郑国魁有心要来劝降，正中其意，所以就约了日子，请郑国魁到车坊镇三官庙内和自己见面。他瞒了众人秘密赴会，和郑国魁接谈之下，意见非常融洽，郑国魁把良禽择木而栖等语劝导郜云官，要他弃暗投明，毋昧先几之非，他日可以共图富贵，免得兵败身危，徘徊歧路，而遭玉石俱焚之祸。郜云官当然接受郑国魁的规劝，表示自己可以联络几个袍泽之交，一同归降。郑国魁大喜，自幸计划顺利，遂急求进行，约定纳王郜云官等在十三日会于阳澄湖，那边可以避免他人耳目。握手叮咛而别。所以到了约定的日期，郜云官邀集比王伍贵文、康王汪安均、宁王周文佳，以及诸心腹将士，背了忠王和谭绍洸，悄悄乘船到阳澄湖来和官军会谈。

清营中程学启得闻郑国魁的计划初步成功，不胜之喜，自愿亲身前去和郜云官一谈，约定如何献城之计。左右劝他不要自己去，以为一军之主，行动须要谨慎，敌人反复无常，倘然有什么阴谋诡计，不就要危险吗？程学启慨然说道："我信郑国魁的话犹兄弟之言。此次劝降，关系非小，倘然自己不去会谈，未能取信于敌，收服他们的心。我为国家计，决不能顾到一身的安危，吉凶祸福，自有天命，你们不必为我多虑。"郑国魁也说郜云官真心归降，谅无妨碍，倘得程大人亲去，较易成功。洋将戈登在旁，经舌人译知后，便愿一同前去，带着两支手枪，做程学启的护卫。程学启的部下又拟以舟师随从翊卫。程学启止住道："这样办法是不妥的，我们此去和敌人会谈，愈是秘密愈好。倘然带了水师前往，惊动人民，泄露堪虞，况且敌人归降，尚是初步，难免中途犹豫。一见我们兵卫盛役，难免不起他们的猜疑，那么大事反坏了。所以还是由我携少数亲随，和戈登、郑国魁二君同往，可以有圆满成功的希望。况且古时关云长单刀赴会，吴人心慑；郭子仪单骑而见回纥，胡奴诚服，岂惧敌人的反复？"左右遂皆无言。

于是到了那天，程学启和戈登、郑国魁只带亲兵八人、水手三人，坐着单舸到阳澄湖来会见郜云官。坐定后，由郑国魁一一介绍，程学启便滔滔不绝地夸扬清军的战绩，说金陵被围已久，太平军已如釜底游魂，亡无日矣。豪杰之士岂忍附于逆贼之列，自趋末路，理当早日自拔，弃暗投明。并言自己奉李公之命，推诚相与，愿意收抚诸王，只要诸王快斩忠王李秀成的头，并献苏州。诸王听说学启要叫他们去杀忠王，究竟忠王平日待他们很是不薄，而且是天国中最贤明仁慈的人，都觉有些不忍，逡巡之色，现于眉宇。郜云官便慷慨地对程学启说道："我等亦因天国气运已衰，所以情愿投顺。然忠王不但与我等袍泽情深，而且他的为人，全军爱戴，毫无怨言，我等又何忍害他？所以苏州可献而忠王不能由我而杀，还不如诛谭绍洸，较有把握。"

程学启听郜云官如此说，知道忠王尚是未可图也，遂又说道："忠王既不忍杀，那么斩了谭绍洸，不啻除去一臂膀，速献苏州，由我们来擒斩忠王，也是一样的。你们归顺后，我必定言于李公，决不相负。"又和他们约为兄弟，且指天日为誓道："自今以往，富贵相系，匿悃不告，必死于炮。"诸王亦宣誓道："自今以往，反正输诚，有渝此盟，必死于兵！"宣过了誓，大家举杯相祝，很是尽欢，程学启又叮咛他们一番，叫他们速速进行反正的事，随时来告，以便可以里应外合，一举成功。郜云官唯唯遵命。程学启不欲多留，便仍和戈登、郑国魁等辞别了郜云官诸王，回转他们的帆船，扬帆而去。左右见程学启安然归营，都惊服他的智勇。他又嘉奖郑国魁数语，把这件事秘密禀告与李鸿章知道。李鸿章因苏州难攻，程学启既有这样好计策，可以蹭瑕候间，很称赞他的能干，便把这件事完全交由他去办理。程学启也要因此立功，当然把全副精神去对付静待郜云官的发动。

郜云官和伍贵文等虽然要想下手，而因忠王监督甚严，各城门把守很紧，一时也无隙可乘。清兵仍是天天来攻打，却没有以前的紧急了。忠王明知清兵是要久困他，而自己这边的形势确是一天一天地变坏。若和清军长此相持，不但粮食上将要发生严重问题，而金陵方面更是岌岌可危。金陵有失，苏州岂能久守呢？到那时自己变成瓮中之鳖，若不束手就缚，又将走往哪里去呢？所以他心中非常忧闷，不敢告人，恐怕摇动军心。并且他也觉得最近诸王反都有些作战不力，阳奉阴违。万一他们鉴于形势不利而发生变叛之心，那么凭自己的力量要去制伏他们，也不是容易的事情，只有谭绍洸一部分的军队还相信得过，效忠不变。最好自己要赶紧想一妙计，战胜清军一次，方可稍挽颓势呢。

忠王正在愁思，而金陵被清兵攻打益急，天王又接连不绝地召忠王回去襄助守御大计，急如星火，于是忠王又不得不离开这个姑苏城了。

他在动身的前一天，又想起他的爱子仁霖，很想再去会见一面。然而兵临城下，戎马倥偬，在势又是不可能了。其时孟吉老渔翁已因清兵在郊外攻城，城外难以安居，自己也有疾病，故已迁至城中沧浪亭畔居住。忠王差人探听明白，便把孟吉请来，对他说道："苏州能守与否，尚在不可知之数，看来凶多吉少。而我又须赴援金陵。现在天国的形势已受清兵的多方牵制而不能挣扎得脱，冲破一方面以找生路。孟贤士前所献的计划本是良谋，我也是代向天王面前陈说过，若是天王肯听我的说话，也许大事不至于这样的崩坏，我此次回去，仍要面劝天王及早冲出围城，到江西、湖北一方和清兵抗衡，否则虽有良平，无能为谋了。"孟吉顿首道："王爷所言甚是。天国坐困好久，长此以往，日渐不振，这本是小人日夕杞忧的。愿王爷回京，早定大计，即使苏州有失，尚可失之东隅，收之桑榆，否则将有不忍言了。"忠王点头道："孟贤士的话真是金玉良言，敢不拜嘉。我即日便要抽身回京，小儿那里不能再去看他。以后请孟贤士有便时，代我转达一声，此行无论胜败如何，我是很难重返吴下的了。烦你把我的意思转告他，叫他千万要好好读书习武，毋以我为念。万一苏州有失，他们的行藏更宜秘密，不可泄露，并烦转告董贤士多多教导小儿，将来我们父子能不能重见，很是渺茫的了，要董贤士视作自己的儿子一样。这些类似的话虽然我以前也说过一些，但是此次我不能不当着孟贤士重说一遍，方使我心稍安。希望孟贤士一一为我转达。至于孟贤士住居城内，也不甚稳妥，还不如早些到山中去暂避。我有小旗一面，交与孟贤士，可以出入围城，无人相害，不过遇见清兵时，我就不能保障了。"遂叫左右去取过一面小小红色的旗子，蜈蚣式的边，旗上绣着一个"李"字，递与孟吉。孟吉受了旗子，拜谢道："王爷的嘱托，敢不办到，小人明天便去太湖里拜访董祥，兼候王子安好。把王爷对我说的话，一一代达，然后回来迁家。小人要到石湖边去藏身了。"忠王道："如此很好。"又谈了数语，孟吉不敢多费忠王宝贵的光阴，就告退了。

忠王在晚上又和谭绍洸握手泣别道："我此去不知能不能重来此地，苏州的事一切付与贤弟，希望你好自为之，无几相见，以报天国。"谭绍洸涕泣而言，愿誓死守城，无有二心。忠王又唤过郜云官等叮嘱数语，勖以大义。郜云官闻忠王即日赴援金陵，心中暗暗欢喜，知道有机可乘了。表面上仍信誓旦旦，保护苏城，安慰忠王的心。于是忠王在五鼓时分，瞒着外边兵士，坐船出娄门而去。

忠王既走，谭绍洸负守城之责，可是消息不免泄露出去，部下军心大起摇动，流言纷纷。谭绍洸次日遂召郜云官等焚香设誓，以固军心。郜云官和伍贵文、汪安均等商定起事，先派心腹秘密前去通知郑国魁，转禀程学启，约清兵于夜间从齐门杀入苏城，用白灯为号。程学启得到这个消息，吩咐各军加紧攻打阊、胥、盘三门，留下葑、娄、齐各门不攻，而暗中令郑国魁精锐二营，于夜间入城。自己亦整饬队伍，伺变而进。

可怜谭绍洸尚是蒙在鼓里，忠心耿耿，誓报天国。次日在王府内设置香案，把郜云官等诸王以及天将范启发等一齐邀到。他点上了香烛，立在正中，对众人说道："忠王回援金陵，把守城之责交托与我，勉励我们坚守此城，不要被清兵攻下。然而外间谣言很多，士心不免动摇。现在正是危急存亡之秋，我等受天王之恩，忠王之托，理当竭其驽骀，坚守此土，与城共存，与城共亡，上下戮力，有死无贰。所以今天约集诸位到此，在神祇前一同宣誓，以明此心，谅诸位都是人同此心的。"谭绍洸说毕，诸王和将士，都默然无言。唯有谭绍洸部下二三将士表示赞同。谭绍洸见大势不佳，便又问诸主有何异议。郜云官开口说道："既然忠王把守城大事托付与慕王，只要慕王有令，谁敢不从？现在先请慕王宣誓，我们当挨次在神前宣誓就是了。"

谭绍洸以为郜云官说的真心话，遂大喜道："纳王之言不错。"于是他自己就走到香案前，拈了香向上面神祇下拜。当他下拜的时候，郜云官渐渐挨近他的背后，蓦地从自己腰间掣出一柄短剑来，很快地照准谭绍洸背心上猛力直刺下去。这是出于潭绍洸所不防的，无从躲避。郜云官手中的宝剑早直透出谭绍洸前胸，大叫一声，就此扑倒在拜垫上，站不起来，一命呜呼了。郜云官既刺谭绍洸，伍贵文、汪安均等都从身边扬出兵刃，赶上前去，将谭绍洸手下几个亲信将士，一一杀死，王府中顿时秩序大乱。郜云官割下谭绍洸的头，提在手里，对大众说道："忠王已去，苏城破在旦夕，我等不愿三军同归于尽，所以斩了谭绍洸，要把苏城献于清军，谁敢不从的杀无赦！如若随我们一同归降，将来有福同享。"众人只得服从郜云官之意。郜云官遂将王府据住，派他的部下监视谭绍洸的部队，不使变乱。到了夜里便点起白灯，大开齐门迎降。郑国魁率清军二营，首先入城，果然兵不血刃，取了苏州。明天程学启又率三营清兵，入城抚视。郜云官率众出迎，至王府设宴款待。程学启令郜云官缴上降册，检点精壮兵额尚有十万之数。投降的将领共有八人列名，就是纳王郜云官、比王伍贵文、康王汪安均、宁王周文佳，天将范启发、张大洲、汪怀武、汪有为。程学启一一抚慰，许他们保奏为官。

杯酒欢叙之余，郜云官等遂要求程学启代他们请求李鸿章，授给总兵、副将等官，署其众为二十营，仍屯扎在阊门、胥门、盘门、齐门一带，并要求暂时不要他调。程学启见郜云官、伍贵文等虽已投降，而衣饰仍旧是太平天国的服饰，头发也没有剃，恐怕若不允许，即将有变，不得已伪为许诺。郜云官等大喜，以为一样可以升官发财，也就安心听命。

程学启暗暗驰至李鸿章大营，把郜云官请授总兵的事，以及自己的意见告禀，就是要请李鸿章把这八个降将一起杀掉，以除祸根。李鸿章听了程学启的话，以为杀降不祥，且恐嘉兴、常州那些太平军将领听得消息之后，一致坚守，再也不敢投降清军了。程学启却极力陈说道："郜云官等向我军投降，也是一时的摇动，他们部下完全没有分散，综计其数尚有十万之众。况且他们要求暂时不要他调，屯驻在苏城。若然准允了他们的请求，万一我们的军队北攻常锡的时候，他们又听了他人的怂恿，猝然之间，向我们倒戈起来，那么我军不要大大地受其影响吗？他们这些人总是欲壑无餍的，倘然现在准如其言，授了总兵、副将等职，他们得得太容易，再要升官而有请求时，我们答应他们呢，还是不答应？岂不是麻烦的事吗？所以由卑职通盘筹算，还是趁此时候，杀了他们的好。宁我负人，无人负我。杀八人，而全数百万生灵之命，不是此善于彼吗？人责鬼谴，卑职甘愿身当。大人若不从卑职之言，那么请大人自己去办，卑职不敢与闻军事了。"李鸿章听程学启说得如此坚决，想了一想又说道："既然你有这样的主张，任你的意思去办也好。但须慎之又慎，秘之又秘，不要误了大事。"程学启微笑道："请大人放心，卑职定可把这事办妥的。"遂别了李鸿章，重又入城，同郑国魁设宴，答请郜云官等八人。对他们说，自己业已请求李鸿章，一切都已许可，公事已行，不日即可实授，但请受封的八人明天都要到城外大营中去参见李鸿章，听训谢恩。郜云官等见程学启十分热心，自然不疑，大家同声答应。

到了次日上午，郜云官、伍贵文等一齐戎装来见。程学启便陪伴他们出城，来到大营，李鸿章已在那边等候了。程学启引见已毕，推言有事他去，先行告退。李鸿章既见八人，慰劳周至，所说的话和程学启转告的无异。郜云官等私心安慰，不防有他。李鸿章便命摆上酒席，在帐中宴请八人，而吩咐随来的人一齐到外边去饮酒。

酒至半酣，忽有一员武官入帐，称有公事，要请李鸿章去核夺。李鸿章遂请郜云官等稍坐，自己一去便来。李鸿章走后，郜云官等依然很高兴地喝酒，但是等候良久，不见李鸿章回入帐中，大家心里不免有些狐疑。郜云官正想如何告退回城，忽闻外面炮声连响，大家相视色动，连忙各立起身来。但是回顾从者都不在身旁，而营门已闭，欲出不得。郜云官惊呼道："事态不佳，我们快快走吧。"正要拔步，营门外喊声火起，有清兵二百余人挺着长矛和大刀，一齐冲入。八人大惊失色，仓促间不及抵御。郜云官首先对清兵说道："你们休要误会，我等愿见程抚军，唯命是从，何故如此？"郜云官话犹未毕，胸口已中一矛，立刻扑地。伍贵文顿足叹道："我等悔不在阳澄湖中杀了姓程的，今日反为竖子所卖！"大家赤手空拳和清兵力抗，然而一一都被清兵刺倒，割了首级。

那时程学启正在娄门，候着炮响，立刻骑了马，自娄门外驰入郜云官所据的王府，假着郜云官的令篆，召集太平军中诸桀黠的将领数百人，都到府里来会，伪称有要事面授机宜。等到众将来时，伏甲拥出，把他们一起杀光。又立出命令，把清兵去监视太平军，一营一营地分别缴械。太平军又是出于不意，都慑服听命。程学启传令抚慰，安定城中秩序，把郜云官等首级号令在城头，说他们的罪状是图谋不轨，心怀反侧，所以诛杀，其余的一概从宽不论。到了明天，方请李鸿章入城，点阅太平军投降各部队。凡是老弱之辈，和丁壮愿归农的，悉数资遣回里。能战的愿附的，编入营伍。又将太平军将领所挟的资财积粟，一齐抄没，分赏诸士卒，然后苏城军民之心，大为安定。李鸿章当然嘉奖程学启胆略胜人，办事果决，上章保奏他的功劳。但是郑国魁因为自己劝降了郜云官，而郜云官等八人受诛，心中不免有些神明内疚，以为我虽不杀伯仁，伯仁因我而死，大为抱恨，竟亦仰药自尽。程学启深为惋叹。还有那洋将戈登，知道了这个消息，以为当时招降郜云官诸人，自己亦有份的，现在程学启不重信义，大杀降将，是极不人道之事，所以怒气勃勃地亲自赶到程学启那边去，指着程学启痛骂一番。程学启分辩数语，戈登从腰间拔出手枪，将要对他开放，幸被左右抢去，用了九牛二虎之力，把他们劝开。起初戈登和程学启每逢出战，必在一起，结为异国昆弟，从此以后，誓不相见。后来清军攻打嘉兴的时候，程学启搭了浮桥渡河，亲冒矢石，挥众攻城，忽然城上开炮，一弹击中他的左脑，当场晕厥，被左右救回。医治后，仍因中伤过度，发病而死。有人说这是杀降的报应，这却不能凭信了。

苏城既破以后，李鸿章的大军直扑无锡、常州，苏城也渐渐安定，忘却了战事。但当苏州将破的前一天，老渔翁孟吉奉了忠王之命，仍坐一叶单舸，带着小旗出城，到太湖里去访问仁霖和董祥父女。仁霖在翠云村早已闻得清军攻城紧急噩耗，风声鹤唳，一夕数惊，心中便十分忧闷，暗暗祝祷上苍，保佑他父亲可以击退清兵，转危为安。小翠见仁霖悄然不乐，也知仁霖为了苏州的被围而寝食难安。心里暗想我父亲既有这一身好本领，为什么老是隐居在这湖上而不去相助着忠王，芟夷大难，以解倒悬呢？假使父亲能出外从戎的，那么自己年纪虽轻，亦可随着父亲去和清兵喋血酣战，立些功劳了。所以伊乘隙向伊父亲探听口气，颇有怂恿董祥出去效忠天国之意。董祥却微叹道："目前太平天国的形势日益败坏，已到了不可收拾之势。当他们兴盛的时候，我尚且鉴于诸王骄奢荒怠，不能成事，而韬光匿彩，隐居在此，不肯为他们用。到了现在的局面，我还肯出去胡乱从事吗？至于忠王，当然是仔肩在身，不容他诿责，努力干去，不顾成败利钝了。忠王不以常人待我，我既不愿参与天国之事，只有竭我能力去抚养教导他的爱子，这就是我之所以报忠王了。你们儿女

121

子安知我的心事？"董祥说罢，又叹了一口气道："我在此间落落寡合，唯有孟吉老渔翁是我的知己朋友，他知道我，我知道他，他也是同我一样的心思。只是近来他好久没到此间了。听说他患过疟疾，未曾全痊，我十分惦念他。正当攻城杀将何纷纷的时候，他住在附郭之地，是不甚稳当的，我为了这个缘故，前日瞒了你们，冒险往那边去，探询他的行踪，方知他已迁避到城里去了。城门上把守严密，出入不便，所以我就没有进去而折回的。然而我想苏城形势终是岌岌可危，孟吉迁到城里去，也不足恃的。假使一旦苏城有失，他家岂不要受兵灾吗？"小翠听了父亲的话，也代孟吉杞忧。

当他们忧虑之时，忽然孟吉来了，他们如何不欢喜？连丑丫头也嘻开嘴笑了。大家相见后，董祥便请到书房里去坐。丑丫头献上香茗，大家对他格外殷勤。董祥开口问道："我正在思念你们一家是否无恙，因为我曾到半塘桥那边去探听，知道你已不在那里了，叫我到哪里去寻你呢？难得你来了，很好。你们是不是迁在城内？那么你又怎样出城的？据小弟的愚见，孟兄还是搬出城来避居吧。贵体又怎么样了？"孟吉道："承蒙垂念，不胜感谢。小弟就是为了疟疾尚未痊愈，便于请教医生之故，所以暂避城中的。现在我们这边形势很是不好，小弟也想迁出吴城了。"董祥道："是啊，你当早早迁避，迟恐不及。"小翠也说道："孟老伯搬到我们这里来一块儿住吧。"孟吉笑笑道："多谢姑娘的美意。我也许要住到石湖边上去，那边有一个老农，和我很熟识的。"董祥道："这样很好。"仁霖在旁忍不住启口问道："仁丈从城里来，可知城中虚实如何？究竟能不能久守？我们十分悬心。"孟吉连忙说道："我还没有告诉你们，此来是奉忠王之命，特地问候你们的。"董祥、仁霖闻言一齐惊异，忙问其故。孟吉便将忠王叮嘱他的话，向仁霖、董祥二人一一说了，二人皆为感动。董祥道："小弟已受忠王之托，当生死以之，决不有负忠王的。忠王为国辛劳，忠肝义胆，可泣可歌，但愿他早早能够杀出一条血路，击溃清军，这是我日夕盼望的啊。"仁霖知道他父亲又回金陵去了，也代他父亲殷忧。听了孟吉的话，更自勉励。又谈谈苏州近来的形势，大家都以清兵势盛为忧。更因清军借了洋兵，仗着枪炮厉害，每战辄胜。戈登这支军队尤有常胜军的名号，这样太平军更是吃亏不少。

这天孟吉被董祥等留下，又预备了酒肴，晚上围坐畅饮。仁霖心事重重，酒量大减，喝得不过一杯多些就醉了。小翠扶他去睡。

次日孟吉别了董祥等三人，坐船匆匆回去，准备将家人迁出。谁知忠王已去，城中顿时闹出了反正的一幕把戏来？孟吉知道后，更是慨叹。身体也觉得有些不适，连忙扶病移家，把一艘船载往石湖去。出城时候尚是平安，谁料行至中途，忽遇一队清兵，把他们拦住，上船搜查，搜出了忠王所赠的那面小旗，便诬言孟吉是太平军中的余孽。孟吉分辩了数语，触怒清兵，清兵便把他家人一起杀害。乱离之中连董祥也没有知道消息，直到后来董祥再三向人探听，遇到了当时摇船的舟子，方才得知孟吉遇害。董祥不胜黄垆之痛，为了这事有数天悲思未杀。仁霖、小翠也为之唏嘘太息。他们因为苏州已被清军所得，心中惴惴然防备着，所以匿居不出，以免被人注意。仁霖舞剑读书之暇，常要思念他的父亲。当然这时候忠王正在金陵围城之中，艰苦支撑，其困难有加无已，无异到了山穷水尽之境，有志之士所当扼腕同叹的。

第十二回

孤城困守妙计欲回天
末路奔波贤王终授命

　　忠王李秀成回至南京后，觉得金陵守军锐气日渐消失，粮食亦大感缺乏，形势更是不支。他见过天王后，愁眉相对，几如楚囚对泣。天王对他说道："孤自创业以至今日，从未有艰困像现在所处的境地，诸将多不足恃，唯赖卿一人，为孤支持此东南半壁了。"忠王顿首道："臣受天王洪恩，敢不粉身糜骨以报知己。所可虑的是京师被围日久，而苏杭形势又是岌岌可危。臣既要在外面调遣各路军队，又要捍卫京城，恐怕驽下之材终有陨越之忧，不足上负天王的厚望哩。"天王道："孤以前也曾东征西讨，亲冒矢石，很欲为天国奠永久之业，拯人民于水火。无如近年困守京中，暮气日重，环顾左右，可付专阃之任者，只卿一人。所以只要卿一走，孤便彷徨无计，失其凭依。唯望卿施其旋乾转坤之力，使天国转危为安，卿就是开国第一功臣。"忠王涕泣而言道："臣敢不尽力做去，成败利钝，匪所逆睹。但望天王也能够俯察臣言，听其一得之愚，这就是天国的大幸了。"忠王说这几句话，无非因为天王恋恋于孤城，不肯采纳他以前的建议，早谋远举，以脱于困。谁知天王始终不能听从他的嘉谟嘉猷呢？

忠王退出后，又和心腹诸将领商讨一番军国大计。众人也以为天王在这个时候，不宜长困围城之中，坐而待亡。乘敌兵尚未合围之际，尚可完师突出，以图楚赣，重行驰骋中原。忠王见诸将都有这意思，遂决定要在天王面前乘机再行进言，力劝天王出征。他又苦思焦虑突围之计，只因曾国荃防守严密，无隙可乘。江北、江南又是此路难通，而东南形势更是一天一天地恶劣，实在一时想不出什么良计。虽曾激励诸将和清军力战数日，却仍占不到半点便宜。

一天他正在私邸处理机密，忽然苏州失守的噩耗报至，他大叫一声，几乎晕倒过去。且知郜云官等倒戈降敌，杀了他心腹大将谭绍洸，心里悲痛万分，不觉呕出数口血来，摇头叹道："苏州一失，大事去矣！"因为他知道苏州驻兵不可谓少，北连常、锡，南接杭、嘉，是一个缟榖之区，军事的枢纽。所以自己设有重兵，也是清将李鸿章急欲争夺之地。现在苏州已失，不但常、锡可危，而浙省诸郡失却联络，恐怕士心摇动，更将不支了。忠王忧心殷殷，终日不欢，既又思念到太湖边上的爱子，不知他们此刻作何光景。仁霖年事尚轻，当然要惴惴惊恐，想董祥勇武深沉，他一定能够镇静应付，不负我托的。自己今日到了这个地步，只有全心全力为天国做最后之挣扎，也顾不得自己的家人了，家人见他这个样子，无不忧虑。三姬薄氏更是担忧，小心翼翼地伺候他。忠王卧病了一天，天王已派人来慰问，诸将领亦来探望，忠王反觉麻烦，所以次日强自起床，照常治事。且谒见天王，对天王说道："臣不愚冒昧，要将以前一点揣见贡献于天王，务请垂听。因为现在我们天国的形势一天不如一天了，苏州已失，杭州危困，百万大军牺牲于外，陈炳文、汪海洋等屡战无功，处处粮缺，所以京都一隅，断难久持。臣虽欲苦心支撑，而

125

已感觉到智穷力尽，无以为谋。唯有力请天王俯察愚忧，毅然亲征，冀可挽回大局。陛下倘然在外，那么以臣等夹辅之力，尚能腾骞天际。若困守危城，无异鸟处笼中，虎伏于栅，坐待食绝，这是万万不可的。臣为天国计划，也只有这个办法，方是生路。前已请求陛下允诺，无奈陛下太审慎了，不肯听从。今事已急迫，不容犹豫，千祈陛下当机立断吧。"

忠王这一席话说得非常痛切而恳挚，无奈天王洪秀全终是不听。忠王又奏道："陛下若一定不肯离开京都，那么请求下旨令太子与二殿下监军，臣奉太子以询诸军，尚可收拾人心，以图进取。万一京师不幸，臣奉幼主以图恢复，唐肃宗灵武之事，或尚有效。"忠王如此陈言，可谓一吐骨鲠，完全为国家大事着想。假使天王听了他的说话，放弃金陵，突围而出，到了江西，重振旗鼓。再夺武汉，仍可控制形势，北窥中原。那么鹿死谁手，尚未可知，太平天国何至即刻瓦解呢？无奈天王终是不省，迟疑不决。

忠王退朝之后，忽报燕子矶、高桥门、九洑洲、江东门都已失去。忠王只是摇头太息，传令守城诸将亟宜加紧守御，不得轻易退却，凡有无故退后者斩。隔了一天，又得谍报，知杭州、无锡、温州、台州、衢州、海宁各处相继失陷，陈炳文等飞书告急，促忠王驰救。忠王虽欲出去调排，而天王益发不放他走。城中士民男女老少，听得忠王要到外面去的消息，大家发生恐慌，每天至少有数千人跑到忠王府邸大门上来，焚香跪求忠王不要离城，因恐忠王一去，这岌岌可危的京城立刻就要被清军攻入了。忠王迫于环境，无可如何，只得死守于此，以待同尽。那时外边的诸王纷纷请求忠王出行而不得许准，于是大家又都失望起来。接着常州、丹阳、嘉兴都又失去，忠王知道大势已去，苦于无计可施。

　　李鸿章既已收复了苏、常各处，乃亦进兵金陵，和曾国荃取得联络，合围孤城。此时的金陵真的可说得是孤城了，外面一个救兵也没有，各路守将都被清军围攻，自顾不暇，而翼王石达开又远在川边，好久不通消息了。城中所留的精锐已丧亡了不少，粮草也大大缺乏，因各路的粮道都已被清军截断，没有粮船可来了。城中人民渐渐地掘取草根树皮把来充饥。幸亏将士们尚能一致死守，所以清军虽然日夜攻城，尚是无隙可乘。忠王日夜登陴，用温和的话安慰他的部下，杀了他自己所坐的爱马给士卒们吃。士卒敬爱忠王，所以虽然常不得食而无怨言。

　　一日清兵攻城，十分紧急，忠王在城上指挥军士们死守勿退。清兵用云梯爬城的都被城上放下大石辗毙，死伤不少。太平军受伤的也很多。忠王立在城墙边，有一流矢射至忠王面前，恰被忠王的侍卫用刀击落。左右劝忠王稍退，忠王勃然怒道："现在是什么时候？我早已有令，无故后退者斩。我既在城上督师，死生有命，何畏之有？我若一退，大家都将有退缩之心了。我宁死于此，你们不要陷我于不义。"

　　清兵攻城益急，矢如飞蝗，且有许多火箭射上城来。幸今天上忽然推来许多乌云，狂风骤起，大雨倾盆而下，于是清军只得停止进攻而退去了。忠王在雨中淋得衣服尽湿，方才回邸去休息。途上见部下鹄立水中，忠王遂对他们说道："孤不德，致使你们都在此遭难，孤心里实在不忍。现闻曾国荃设局招抚难民，你们何不往那边去求生呢？"众人都道："王爷捐躯以卫社稷，我们怎敢逃生？义当从王爷同生死。"忠王听了，不觉泪下。回去后，吩咐邸中悉出金珠首饰以劳士卒。可是士卒们往往拿了金银珠宝而无处得食，托在手掌中痛泣。忠王又闻人民因为得不到粮食而自杀的，每天有数百人之多，恻隐之心，感伤不已。遂向天王请命，每日定一时刻释放难民出城。天王起初不允，后经忠王再三请求，遂允开放难民，容他们逃生。可是城里惊慌的情形有加无减。天王忧愤成疾，病情日重，双足暴肿，到了这个地步，方悔不从忠王突围迁都之言。他挥泪对忠王说道："孤恨不早听卿言，致有今日，孤死不足惜，其如天国何！且卿等赤胆忠心，相从已久，孤不能护持卿等，累卿等至此，悔之无及了！"忠王亦相对汜澜。

在这时候金陵已被清军包围得重重叠叠，各路均断，无处可以突围。城中兵力亦已日损，远不如前，所以虽有忠王之智，也有到了山穷水尽、无可为力的境遇了。天王的病日渐沉重，环境如此，也不容他不死，到底在甲子年四月里宫车晏驾，遗诏进忠王辅国君师，兼通天大主师，托孤于忠王。那天王享年六十有五，一世之雄，如此结局，令人可叹！

天王既卒，忠王秉承遗命，辅佐太子真福即位，那时的真福也只有十六岁呢。一切军国大事都在忠王的仔肩，日综政务，夜则巡军，寝食俱废，憔悴骨立，比了当时的诸葛武侯更是处境艰危，劳瘁万分。那时曾国荃一心要攻下金陵，这个大功万万不肯让他人得去的。别的方法没有奏效，只有从地道着想了。他开了十余处地道，已坏其五。有一处是从南门穿河底而过，历三年始抵城下。但是忠王令锐卒缒城而下，横凿浙濠，去截断地道。后来曾国荃纳入火药万斤，猝然轰发，山摇地动，幸亏忠王早已凿濠，泄了气势，所以城墙震坍得不多，而清兵知城中有备，也不敢猛扑。忠王赶修城垣，加意防范。

那时扶王陈得才自汉中挟重兵趋京解围，扬言有百万之众，也是忠王想法召来的，欲解金陵之围，前锋已抵英霍。忠王自然每日延颈跂足，盼望这支兵来解围。城上所架设的大炮，因火药已尽，亦不能开放了。曾国荃料知城中药尽，炮不得燃，遂令部下在太平门外堆积了蒿秫，成一覆道，直达城下，明掘地道，七日而成。忠王察知敌情，也令士卒在城内穿凿地道，以便截击。但士卒大都饿不能起，忠王没有办法了。知道明晨地道必崩，围城可危，遂选死士三千人，在五鼓时缒城而下，突击清兵。守地道的清兵狼狈退去。太平军既夺地道，便四散去觅食，可是药引未曾拔去。曾国荃得到消息，登到钟山上去俯瞰形势，计算必可成功。

恰巧城内有几个天王旧时的宠臣，松王陈得风、吏部尚书朱兆英等，他们妒忌忠王独揽大权，自己失势，又因天王业已鼎湖龙去，顿怀二心，暗暗向曾国荃通款输诚，愿降清军，把此事泄露出去。待至午时，地道大崩，城墙倒陷，清军大呼冲入，宛如天崩地裂，江倒海啸。城内饿羸的太平军难以抵御，自然阻遏不住，秩序大乱。诸王也各自为战，死战的也有，逃命的也有。章王林绍璋投河而死，顾王吴汝孝投缳而死。

忠王率领心腹将士百十骑，驰突堵御。可是大厦已倾，一木难支，哪里有效呢？他知道金陵已不能保，连忙驰入宫去。只见御林军已四散逃亡，宫门大开，无人驻守。宫女们纷纷逃出，有许多妃嫔奋身跃入御河，军民男妇也争相投河，一霎时河中死尸堆积如桥，流水为之不通。那天王的王后赖氏，一手携着幼主真福，背负一剑，踉跄趋出。忠王连忙上前拜见。赖氏一见忠王，挥涕说道："我正要寻找忠王，难得贤卿来了，很好很好。唉，天王创业一生，今竟覆亡，这岂是天意断绝我们洪氏吗？"说到这里，又指着真福对忠王说道："此子幼弱，今以付卿，赖卿保护出险，洪氏之幸，他日若能复仇，我死也瞑目了。"忠王跪在地上说道："臣敢不竭智尽力以报先王，请娘娘放心。万一不济，则以死继之，臣决没有二心，可誓天日。"赖氏点点头，反身投入御河而死。忠王遂救了幼主出宫，扶上马，一同驰回邸中，拜别他的老母，不由放声大恸。他的老母对他挥手说道："你已以身许国，尽忠不能尽孝，快快护着太子出城去吧。"等到忠王回身时，老母已向床头投缳。恰逢忠王的兄弟世贤奔回，一见这情状，忙救下老母，回顾忠王大呼道："兄护幼主，弟护老母，努力冲出围城，生死听之天命。"遂会合着匆匆出邸。

忠王想要突出西门，世贤劝道："西门水险，恐不可渡。"忠王不听，将至西门时，清军大至，不得已折向南门，急急赶路。但将进南门，忽见许多清军又已缘垣而入，埤堄皆满，喊声震天，自己方面正有一小队孤军尚在那边做困兽之斗，殊死不退。忠王遥看着，不由太息流涕。遂又转道赶西门，刚至半途，遇见兵部尚书刘庆汉率十数骑驰至，对忠王说道："王爷速登清凉山，聚残卒数千，方才可以杀出城去呢。"世贤道："我们可从缺口突出，他们必不防备的。"忠王听了世贤的话，遂向缺口处冲去。但遥望敌兵甚众，自己兵力寡薄，恐难幸免，不得已又冲向北门。然那边清军布满，火杂杂的声势甚盛，自己如何冲得出呢？退至鼓楼，天色已暮，忠王十分焦虑。世贤道："昏夜中敌人不知我兵多少，不如仍冲缺口，较易杀出。"

忠王以为世贤之言不错，遂解下黄带，令刘庆汉缚于竿上为号，拥护幼主居中，忠王率勇士数十，跨马当先，向缺口处悄悄地行去。恰逢一清兵正从民家抢掠而出，肩上累累然地背了许多东西走来，被忠王部下擒获，夺去其物，解到忠王马前来。忠王遂向清兵问明白了口号，然后把他一刀杀却。黑暗中掩至缺口处。前有清军守着。忠王叫部下说了口号，赚出缺口，然又为城上兵望见生疑，派一队人马追来。忠王等且战且却，沿着城边奔向孝陵卫，掠过钟山的山腰，侥幸没有遇见一兵。黎明时众人入街饱食而行，背后却没有一个追兵。将到下坝的当儿，天色将晚，部下忽有一将是从鄂省来的，姓吉名庆元，当众提议道："现在势已急迫，沿江清军甚多。我们除幼主外，其余的人都要剃了发，方可前行，以免耳目。"众人都赞成此议。忠王闻得这话，遂对左右说道："此议若行，完了！一剃发后，人人便可各自逃生，叫幼主一人怎样办呢？谁献此谋的当斩！"吉庆元等遂不敢再说。

及至下坝，见有清兵一营屯扎在桥下，世贤向忠王献计道："前面桥上已有敌兵把守，其数虽然不多，我们是败残之卒，恐怕杀不过他们，不如伪降，出其不意，突然袭击，方可过去。"忠王也以为然，遂使一人前行，先到清兵营中去报降，使清兵生懈怠之心，自己部下却列队而前。清兵不知有诈，刚在欢喜，不料太平军将近清营百步外，突起掩击，清军大败而走。忠王等方才护着幼主，脱出难关，跑了三百余里，所过之处，都很荒芜，无所得食。途中又遇堵王黄文金的败军，合在一起，总数不过七百余人。

忠王和世贤文金一度商议之后，径奔湖州。但是走得不多路时，突然杀来一队清军，把他们围住。忠王率众冲突，逃出重围时，身边只有九骑，和世贤幼主等失散了。忠王仰天大叹道："我受天王遗诏，护持幼主，逃出围城。方拟卷土重来，兴复天国，谁知在这里仓促间彼此失散了？我死后尚有何面目见天王于地下呢？"遂于马上，拔佩剑即欲自刎，却被左右劝住，夺去他的佩剑，说道："幼主有世贤和二殿下等一起，他们或能保护无恙，我等且到了湖州探听消息，再作道理，也许他们会和我们同时到达呢。"忠王听了这话，又叹了一口气，便和部下九骑先至方山，白昼不敢行路，恐遇清兵，匿伏在山庙之中。

这时正在六月中，天气酷热，忠王在庙中解去腰带，坐树荫中纳凉，在他那条腰带上，嵌着宝珠十数粒，价值十余万金，挂在树枝上，及至天暮下山之时，匆匆间忘记了那条带。下水水道纵横，若蚁旋磨，他们曲折盘旋到天明，方才得路。见河旁有一小船，只容三骑，他们遂分三批渡河。忠王因为正要便溺，遂让部下先渡。那小船一来一往地载了六骑过河，但是有一个舟子十分黠巧，觉察他们正是太平军的余孽，遂假说力乏，去找伙伴代他摇船。一到村中，鸣锣聚众，村民纷集，听那舟子报告后，大家为自卫计，各带刀尺钉耙，一拥上前，把那已渡河的六骑一齐围住。六个骑兵怎敌得过许多乡民，抗拒了一会儿，都被乡民结果了性命。

忠王在对岸瞧见后，知道不妙，和身边的三骑一齐跨马南奔。众乡民渡过河来奋勇追赶。忠王苦不识路，走入死浜，回旋不出，追赶的乡民已渐渐逼近。他遂和部下三骑士弃马步行，伏在泥草中，希望可以躲过。乡民早已瞧见他们的影踪，见草长没胫，知道他们必然伏在草间，遂向草中搜寻。忠王再也不能避免了，遂和三骑士挺身而出。骑士挥动宝剑，要向乡民猛斫。忠王摇手止住道："这是天意要亡我，不干他们的事，休要伤害良民。"众乡民中有个姓濮的，以前曾在忠王出师时供荷担之役，所以认得忠王，忙跪在忠王面前，大声说道："这位就是忠王，平素爱护我们老百姓的，非他人可比，我们不可加害贤王，当护送他过去。听说湖州、广德之间，王爷尚留有大兵屯驻，我们何不送忠王到那边去呢？这位真是贤明的王爷，我们切不可害他。"众乡民也知忠王平日爱民如子，都和他有好感，所以齐声说

"是"。忠王听了，暗暗欢喜，连忙扶起姓濮的，温语道："你们既有好意，我当重重报酬，他日可共富贵，只要你们好好引路，送我出境，不要在清兵前泄露一点风声。"众乡民自然答应，遂引导忠王渡河过去。行得不到一里，忠王忽然想起他的腰带遗忘在山庙中，遂叫姓濮的去取，取得即以此带酬谢乡民。姓濮的欢欢喜喜地奉命而去。谁知他到得山上庙中时，那条宝贵的腰带已被别处的乡人取在手里了。姓濮的向他们理论，乡人不服，彼此互哄，遂给官军知道，把那腰带夺去，却又逼着姓濮的说出忠王行踪，立即派出骑兵五百人，押着姓濮的旋风般地追来。

忠王在途中见背后尘土大起，知有追兵，连忙向斜刺里逃走，急急忙忙又和骑兵失散，身边只有一骑，山径中又迷了路。遇见樵夫八人，内中有两人认得忠王，上前拦住道："来者莫非太平军中的忠王吗？"忠王知不可赖，遂直承道："我就是忠王，兵败至此，但平日待百姓不薄，从不妄戮一人。你们倘然有良心的，只要导我至湖州，愿以篓中三万金为酬。"一边说，一边指着他身后骑兵背上负着的藤篓。樵夫中间有一半人情愿放忠王过去，有一半人却很想擒获忠王。见那骑兵在旁挺着宝剑，怒目而视，他们也不敢造次下手，遂请忠王到前面一个村子里去进食，然后启行。

那村名唤涧西村，樵夫就是村中乡民。他们把忠王留在家里，杀鸡做黍，好好款待。背地里商量道："我们若把忠王导至湖州，得金与否，还是在不可知之数，而且途中难免危险，我们何不把他缚住了，献于大营，那么忠王藤篓中的金银尽为我有，且可得重赏。"于是他们决定要擒住忠王去邀功了。

八人中间有一个姓陶的，因为有一个族人在太平门外李臣典营中服役，遂要去那里密告。又畏骑士勇猛，遂在酒中放下迷药，给二人喝。忠王不知阴谋，果和那骑士一同玉山倾倒，而被乡民缚住。姓陶的大喜，立即往太平门外报告。他走过钟山时，忽遇见一个同乡人，是在提督萧孚泗营中做伙夫的，留住姓陶的到他营中去叙谈。姓陶的把这事露出来，那伙夫便去告知萧孚泗的亲兵。那时萧孚泗驻营钟山，恰巧他正在营中，经亲兵去禀告了，他知道后不胜之喜，立刻命伙夫留住姓陶的在营中，饷以酒食，雅意系维，千万不得放他去李臣典那边报信。萧孚泗自率亲兵百余人，驰至涧西村，把忠王和骑士双双擒住，可怜忠王模模糊糊的尚如在梦中呢。至于忠王所带的金珠也都被萧孚泗强行没收而去。萧孚泗回营后，将要把那姓陶的杀却，以灭其口。伙夫不忍，暗暗告知了姓陶的，给他一匹良马，乘夜逃去。后来萧孚泗把忠王解送到曾国荃那边去，得了大功，膺一等男爵之封，哪知他完全是攫夺而来的呢？

曾国荃既得忠王，把他监禁起来，要他招供。忠王在狱中作书，尽写其事，凡十日方才写毕，卒不屈被害。忠王殉节时，人人都为他痛惜，没有一个人说他的不好，可以说得青史留名，忠王虽死不死了。

那忠王的弟弟李世贤自和忠王分散后，奉着老母和幼主，奔至广德，和黄文金同攻湖州，取了湖州城，世贤劝黄文金离湖远去，很慷慨地说道：“现在京都虽失，幼主尚存，江南侍王、堵二王部下合汪海洋的士卒，尚有三十余万，而江北也有扶王、尊王，合了张宗禹兵，尚有六七十万，共计百万，犹足以横行天下。所以我们快快和侍王、汪海祥联合，以厚声势，奉幼主为号召，直捣湖湘，进取长沙，联合汉中陈得才之兵，大兵可集，然后疾趋关中，取咸阳，可成中兴之业，岂非比徒守在这里好得多吗？湖州非用兵之地，稍借以立足则可，否则死守一隅，徒糜时日，清军一集，大事不可为了。"

世贤的话虽然说得很明白，无奈黄文金不肯听从，世贤也奈何他不得。及闻忠王被擒，世贤终日痛哭，以为天亡太平，失此擎天之柱，三军无不哀泣。后来左宗棠率大军掩至，黄文金率师迫战，中炮而死。太平军败退，湖州失陷。世贤奉真福逃至徽州，又遇清兵，二殿下亦战死。真福一路奔避南下，到了福建延平府白水寨，部下散失大半，只剩一二千人。清将席宝田又在后追至，夜半突击。真福仓促之间，独自逃遁，又和世贤相失，匿在山中，要想投奔汪海洋。而海洋部众又败于清军，纷纷奔窜。

真福在山中藏匿了三日三夜，无所得食，脚上也没有履穿，勉强走至山下，两足起泡，坐地啜泣，等到海洋军过时，真福已不及赶上。次日有难民数千迤逦奔过，真福不得已跟了他们同行，杂在难民队里，流转经月，误投清营。忽逢见一人曾在他叔父仁政那里牧牛的，识得真福，引见营官苏元春，席宝田闻知，使人持令来取，送往江西巡抚沈葆桢处。沈葆桢因为曾国藩已奏洪氏没有遗类，现在忽得真福，恐怕这事要发生困难，遂暗地里把真福杀死。也有人说真福逃到岭南去的，没有遇害。至于李世贤却匿民间，奉养老母，隐居不出，未为清军侦知，因此尚得终老天年。然而太平天国的事业也就此消灭了，有志之士当然要同声慨叹！岂知忠王尚有一位后裔，隐匿在山明水秀的太湖边，他日正有一番石破天惊、笛声剑气、可歌可泣的事迹演出哩！

第十三回

杜门养晦怪客窥人
借酒浇愁病魔为祟

　　自从苏州失去以后，李仁霖匿伏在太湖边上，更是忧心忡忡，不但为了自身的安危，而多顾虑，更因天国的存亡，实在千钧一发，不寒而栗。董祥虽非天国一方面的人，对于天国的倾覆，当然没有任何责任，可是他和忠王感情很厚，且十分敬重忠王的为人，自然不希望忠王有如末路重瞳的一日。平常时候鉴于天国种种军事上的失败和政治上的乖谬，觉得天国的前途，实在黯淡得很，难有成功的可能。现在目睹太平军节节失败，苏、常沦陷，京师被围，宛如病入膏肓，不可救药。虽有忠王一人，亦复何济？不幸而言中，天国的命运，快要告终了，那么自己对于贤王所托的孤，又当如何小心翼翼，保护着他成人呢？然而孟吉老渔翁又已惨遭杀害，自己踽踽凉凉，更无侣伴，心中未免更是感觉到萧飒。所以除了教授仁霖和小翠剑术以外，终日唯以曲糵自遣，常在醉乡中过光阴。

　　小翠却仍是一味娇憨，博老父的笑颜，逗引仁霖的喜欢，解除他的忧闷。仁霖尽心学习，所以他的剑术真像百尺竿头，蒸蒸日上。董祥见仁霖的武术大有进步，这一点稍觉足以慰情，但到后来曾国荃陷金陵，小天王出走的消息传来，大家对于天国，当然已是绝望，为了它而悲哀，尤其是为了忠王，不知这位辛苦支撑的贤王可能突出重围，逃避清兵耳目，达到安全的地方，整军聚粮，为将来卷土重来之计，这是仁霖和董祥非常悬念于胸的。

仁霖朝晚向天献祷，但愿他的老父逢凶化吉，没有什么危险。可是不幸的噩耗隔了些时日，又已传送到他们耳朵里。就是忠王被逮，义不降清，甘愿身殉的事。仁霖晕倒于地，经董祥父女把他救醒。他哀哀哭泣，饭食俱废。董祥劝他道："忠王如此结局，固是可怜，但他是和天国共存亡的，天国覆亡，他既不幸而落于敌手，自然只有殉节不屈、舍生取义了。你是忠王托孤于我的，我不能不向你劝慰。想忠王既然把你预先交托于我，这就是他明知天国的局势难以持久，最后的劫运十九难免，他早已决心为国牺牲，杀身成仁，遂留下你这个爱子，预备他日为李氏留传一脉，所以忠王见危授命，与天国同殉，他已决志这样做了。人死不能复生，古人所谓求仁而得仁，又何怨焉。我虽然是个武夫，这些话以前也尝听得。一个人应该从大处着想，此后只要你有志向上，勤习学术，好好儿做个人，这就是你父亲希望于你的。倘然万一而有良好的机会给你，闻鸡起舞，击楫渡江，将来再能为天国创造一番事业，扫除胡虏，复君父之仇，那么你父亲虽在九泉，亦当含笑了。"

仁霖听了董祥的话，含泪说道："仁丈金玉良言，敢不敬听。先父为国尽忠，本来也是死得其所。第念父子恩爱已成泡影，欲报之德，昊天罔极，这不能不使我泣血椎心呢。"董祥听了，也觉凄然欲泣，便又劝解了一回。小翠也来相劝，暂且止住仁霖的哀毁，然而他心头的悲痛终是不能消除的。午夜梦回，泪湿枕衾，一个人顿然消瘦了不少。董祥见了，自然代他忧虑。更因清廷官吏贪得功劳，对于太平天国的余党遗孽，诛求详尽，也是为了斩草除根之计，风声甚紧，所以他更代仁霖担心，希望不要出什么乱子，庶几不负忠王之托。这样过了一二个月，还算平安无事，董祥心里的一块大石放下了一半。

有一天下午董祥正在后园看仁霖、小翠二人舞剑，丑丫头在外面扫除庭阶，忽听门上剥啄声起。丑丫头暗想自从孟吉老渔翁惨死后，这里门可罗雀，简直没有什么客人上门来，现在有何人来呢？不能无疑了。伊先从门缝里向外面张望了一下，见门外人影不多，遂大着胆子开门。只见门前站着的就是丹枫村里的那个鲍老四，背后还站着一个中年汉子，鹰鼻鼠目，容貌十分猥琐，一双眼睛尽对着丑丫头细睃。鲍老四便对丑丫头带笑，打个招呼说道："对不起，你家主人可在家中吗？我要拜见他，烦你通报一声。"

丑丫头见了鲍老四，白了一眼，心中已是厌恶。可是人家走上门来专诚拜访，自己未奉主人命令，也不能回答什么话的。只得说道："你要看见我家主人吗？不知道他有暇没有暇。你且在此站着等一回，我去通报后再说。"说罢，又对鲍老四瞪了一眼。鲍老四见丑丫头这般情态，不由回过头去对那中年汉子霎一霎眼，摇一摇头。丑丫头跟着扑的一声，将双扉闭上，跑到里面去。只见仁霖在场中舞着宝剑，剑影夭矫，如龙飞凤舞，董祥和小翠都立在一旁观看。丑丫头走至董祥身边，报告说，外边有鲍老四求见主人，要不要见他？董祥听了，不由一怔道："鲍老四又要来见我吗？真讨厌。"小翠走过来说道："什么？可是鲍老四又来了吗？这种人不怀好意的，父亲休要去理睬他。"董祥点点头道："不错，我不愿意见他，你快去对他说，我身体有些不适，一概不见客人。"小翠把足一蹬道："丑丫头快去回绝吧！这种人

138

上门来，你还要代他通报，难道你不知此人可恶吗？"

丑丫头被小翠埋怨了一句话，心里也有好几分气恼，连忙走到外边去。开门出来，见鲍老四和那个中年汉子立在那边，正凑着耳朵，喊喊喳喳地讲话。伊就一瞪眼睛，向鲍老四说道："主人有病，一概不见客。你这种人下次不要来吧。"说了这话，回身进去，扑的一声立刻将双扉闭上，不管鲍老四怎样了。

董祥吩咐丑丫头回话后，依旧和小翠看仁霖舞剑。丑丫头从外面跑进来复命。小翠点点头道："这样很好。"仁霖已把一路剑舞毕，将剑带住，立定身躯，对董祥说道："小子自知近来心绪不佳，没有什么进步，惭愧得很。"董祥道："也好，今天这一路剑法舞得精神饱满，小女不及多多了。"小翠带笑说道："父亲，待我来使一路单刀，和仁霖兄的梅花剑走上一趟，可好？"董祥微微一笑道："你又要来了。"但却并没有不许的意思。丑丫头在旁却插口道："翠小姐，你和李公子走上一趟，很好看的，小婢要在这里一瞧呢。但你要小心莫再被……"

丑丫头的话还未说完时，小翠早对伊紧睃了一眼，丑丫头立刻缩住，不说下去了。小翠知道父亲已是许可，伊就脱去外面一件衣服，从地下取过一柄单刀，正要和仁霖去交手，蓦地一眼瞥见东边短垣外一株大榆树上正有两个人趴在树枝中间，向这里偷窥。伊认得其中一个正是鲍老四，还有一个鹰鼻鼠目的汉子，却不认识是谁。连忙将手指着，对伊父亲说道："父亲，你看那边不是鲍老四这狗头吗？"董祥跟着伊的手一看，点点头道："果然是的，我已回绝了他们，再来鬼鬼祟祟地探望做什么呢？"小翠倏地俯身从草际拾起一块小小尖石来，将手一扬，向墙外榆树上飞去，只听"哎哟"一声，正中鲍老四的额上，接着便见两个人很快地溜下树去了。丑丫头拍手称快。小翠道："那厮可恶，给他吃一石子，略吃些小苦头，看他下次再敢来墙外偷窥吗？"仁霖笑笑道："就是那个鲍老四吗？"刚要说下去，小翠对他霎霎眼睛。仁霖转变着说道："现在我识得此人的面貌了。世妹给他吃一石子，算是请他吃一些小点心。"丑丫头道："可让婢子出去看看他们作何光景？"董祥摇摇手道："不必了。你休要出去多事，随他去休。"又对小翠说道："他明知我是托词的，却还来墙外偷窥，不知他可安有什么歹心肠？"小翠笑道："鲍老四是父亲手下的败将，武艺平常，怕他作甚？他到这里来，也许又要嬲你收他做徒弟呢。"

董祥瞧着仁霖，沉吟不语。小翠再向墙外望了一下，见树上已无影踪，便走到场中，对仁霖说道："世兄快来，我在这里领教了。"仁霖笑笑，走过去，将宝剑使个旗鼓，说一声"请"。二人便你一刀我一剑地舞将起来。丑丫头立在一边，嘻着嘴看。董祥虽然也在看他们舞剑舞刀，可是他的心神不属，时时要向墙外那株榆树上观望。小翠、仁霖好胜心重，各人施展平生本领，所以这一路刀和剑使得甚是紧凑，很有几手出神入奇之处。因为两人是游戏性质，绝不愿使对方受到损伤，所以一趟刀剑走完，两人并没有受到剑伤，各将兵器收住。小翠回过头来说道："父亲，你看我们这一趟谁使得好？"董祥点点头道："都好！你们可以休息去了。"小翠见父亲不肯说，也就付之一笑。向仁霖一招手道："我们到外边书室里去坐坐吧。"仁霖跟着伊便走。丑丫头收拾地上的兵器。董祥把手搔着头，仰天看了一会儿，然后走向里面去。见小翠又和仁霖并肩坐在一起，絮絮地讲话了。他不欲去打散他们的讲话，自去烫了酒独酌。想起了孟吉，心中未免不快，喝得有些半醉便回到房中去睡眠。

傍晚时天气忽然转变，刮得好大风，他房里的窗没有关闭，都被风吹开了。但董祥酣睡着，一些儿没有觉得。小翠从书房里出来，天色已黑，刚要回房，见父亲房中黑漆一般黑。伊知道父亲是在睡息，便悄悄地走进房去，一阵风来，吹得伊身上寒冷。黑暗中运用夜眼一瞧，数扇窗都大开而特开，伊父亲睡熟在床上。连忙唤丑丫头掌上灯来。伊去把窗一一关上，唤醒父亲。董祥摩挲双眼说道："我正酣睡，你唤醒我作甚？"小翠道："父亲喝了酒，睡在这里，一扇窗也没关，外面起了大风，满屋子都是冷风，父亲怕不要受寒吗？所以我唤醒你了。"董祥坐起身来，点点头道："果然身上觉得有些凉了。"遂去披上一件外衣，和小翠一同走出房来，说道："我方才酒喝得不畅，你去唤仁霖来和我对饮。"

小翠听了父亲的吩咐，马上跑至书室中去唤仁霖出来喝酒。伊为要博取老父的欢心，自己到厨下去和丑丫头一同烫酒煮菜。今天日间红烧了一只很大的豚蹄，吃去了三分之一，便把来炖热了，预备做吃晚饭的菜。又炒了几个鸭蛋，蒸了一块火腿，煮一段鲞鱼，一齐拿出去请他们吃。此外还有花生米、豆腐干、盐萝卜丝、糟蟛蜞等摆满了一桌子。董祥和仁霖对饮，喝了数杯，很感慨地对仁霖说道："现在这个时势，可谓纷乱之世，干戈扰攘，太平天国既不能成功它的革命事业，那么我们汉人又不得不在满人羁轭之下过奴隶的生活，大概这也是天意了。像我这样已届烈士暮年，虎龙豪气亦已消磨殆尽，萦处在这湖滨，未卖邵侯之瓜，学种先生之柳，以一武人而学做了隐士，居然有时也要咬文嚼字，效那些骚人墨客，把酒对明月，自觉可笑亦复可怜，辜负了自己这一身铜筋铁肋。以前忠王虽有用我之心，而我却无意去为天国驰驱，这是我很对不起忠王的。所以今日唯有把生平本领一齐传授给你，以赎我的罪愆。但望你他日有以树立，那么就不

141

负我，也不负忠王了。"

董祥平常时候对于忠王，在仁霖面前不敢提起只字，恐防伤了仁霖的心。然而他今日有了醉意，不知不觉地大发牢骚，忘记了忌讳，遂又提起了。仁霖听董祥这样说，不禁触动了他的意思，眼眶中隐隐含有泪痕，向董祥说道："仁丈之言甚是。小子身负血海大仇，匿伏湖滨，苟全性命。幸蒙仁丈爱护、栽培，把剑术传授与我，又承时赐教诲，鼓励小子脆弱的心志。不要说小子感激涕零，便是先父在九京，亦当感谢。小子他日倘有成就，一定要驱我横磨，杀尽胡虏，烈烈轰轰地去干他一番。"董祥道："对了，后生可畏，来日方长，我也希望你如此。"两个人各发胸中的牢愁，无处可以宣泄，于是借眼前的杯中物来浇忧了。你一杯我一杯地喝了不少。小翠端了豚蹄走出来，见他们俩酒已喝得很多，各人面上都有不快活的颜色，遂坐在一边，默默然听他们讲话。方知他父亲有些醉意，发起牢骚来了。仁霖也是追念亡父，结辖难解。于是伊就把别的话去拉扯，要使他们忘忧。果然像小翠这样玲珑心肠、娇憨情态，活是解语之花、忘忧之草，所以二人也就谈锋一变了。但是二人酒已喝得很多，董祥仍要仁霖陪他对喝。仁霖不甘示弱，一杯一杯地喝下。倒是小翠恐仁霖大醉，有伤身躯，而老父也不宜如此剧饮，遂再三劝他们停止了酒，而用晚餐。

董祥今日大吃大喝，把豚蹄吃了不少。仁霖已是玉山颓倒了。小翠遂先扶仁霖去睡，再伺候伊父亲安睡后，方才吩咐丑丫头好好收拾一切，又自己掌了灯去屋子前后照了一下，回至自己房中，洗面漱口，解衣安寝。哪知伊父亲睡至半夜，大呕大吐，腹中又是剧痛，惊醒了小翠，跑到父亲房中去。见了董祥那种情状，心中一惊，以为伊父亲患了急痧，村里又无什么名医，如何施救呢？不得已取出痧药来，用开水给父亲吞了十数粒。幸亏腹痛渐渐停止，身上只觉十分怕冷。小翠遂扶伊父亲睡下，又代他盖上一条棉被。董祥拥被而卧。他对小翠说道："我不要紧的，恐怕多喝了些酒，多吃了些肉，以致如此。但我平日常常喝很多的酒，也没有这种呕吐的。大概今日心中不快，喝得不巧吧。"小翠道："方才父亲睡熟了，窗都开着，一室里都是风，受了一些风寒咧。"董祥道："那么只要我出了一身汗便好了。你且去睡吧，天还未明哩。"小翠哪里再肯去睡，坐在一边伺候父亲。董祥见小翠不去，知道小翠很孝顺的，必是不放心走开，也就让伊坐着，自己闭上眼睛，养养神，一会儿不知不觉又睡熟了。小翠坐在一旁守到天明，熄了灯，唤丑丫头来帮着伊收拾地上呕吐狼藉之物。自己又去洗脸梳头，忙了一回，再回到父亲房里来。见董祥仍睡着，伸手摸摸他额角上很烫，知道伊父亲有了寒热，不觉忧形于色。一会儿董祥醒来，嘴里很渴，叫小翠倒了一杯热茶来给他吃下。小翠问道："父亲这时候觉得怎样？"董祥皱着眉头说道："我的肚子里仍有些痛得不爽快，两眼有些昏眩，如在云雾中，一定有寒热了，又想要出恭。"小翠道："父亲有了寒热，不好上茅厕里去的，我去呼丑丫头端一个马桶来吧。"董祥点点头道："也好，我此刻很是便急，你快去叫伊端来吧。"小翠遂去叫丑丫头端了一个马桶来。董祥立刻坐起身去大解时，可是解了一些，又解不出了，腹中仍痛，只得又到床上去睡。

　　小翠见父亲病了，心中很是忧虑，便去告诉仁霖。仁霖听了，当然也觉有些焦灼，马上走到董祥房里来探视。见董祥又坐在马桶上了，面色很不好看。仁霖便问道："仁丈如何病了？莫不是昨天多喝了些酒？"董祥道："我的身体自以为素质很强壮的，绝少疾病。至于酒是常喝的，昨天虽然喝得多一些，然而何至于因此生病呢？大概有些积食，现在常常要大解，却又解不出，腹中很痛，胸口非常不舒适，莫非生起痢疾来了？"小翠道："也许是的，到哪里去请大夫来诊治呢？孟伯伯已不在人世，同谁去商量呢？"董祥叹了一口气道："我听人说长板桥边有一个姓韩的大夫，医道还算不错，以前会医好东村王姓的伤寒重症，今天去请他来诊治一下吧，也许他会治好我的。"小翠道："很好，待我立刻去请他来。"小翠说罢，便请仁霖守着门，伊和丑丫头出门去请大夫。

隔得不多时候那位姓韩的大夫来了，是个五旬左右的老者，头上戴一顶小帽，又戴一副老光眼镜，身上衣服也很敝旧，嘴边留着一撮短须，见了仁霖便深深作揖。小翠、仁霖把他让到董祥房中，把过脉，看过舌苔，细细诊察一过，遂对董祥说道："董先生，你有了湿热，加以饮食不慎，肠胃积滞，所以有痢疾。不妨事的，吃了两剂药，便可渐愈了。"董祥向他拱拱手道："全赖韩大夫医道高明，治愈我这病了。"姓韩的大夫又叮咛了数语，遂到外边去开了一张药方，对小翠说道："吃了一剂，明天看情形再说吧。"小翠谢了他三百青佛，送他去后，便差丑丫头拿了药方坐船到西山镇上去赎药。等到丑丫头赎药回来，小翠便煎给父亲吃。这天董祥泻了二十多次，总是不畅，而且腹痛如割，晚上寒热更高，口里呓语喃喃，一天到晚饮食不进，服药后虽然睡着，而没有什么良好的影响。小翠很不放心，夜间搭了临时床榻，睡父亲房中伺候。

到了次日，董祥的病势仍不见好转，依然腹泻。小翠没奈何再去请那姓韩的大夫来诊治。姓韩的皱着眉头说道："瞧这情形是噤口痢了，病情很是危险。我再开了一张药方，让他服下试试，倘然再不减轻时，请你们另请高明吧。"遂费了很多时间的思索，开好一张药方而去。丑丫头立即去赎了药来，煎给董祥吃。这两天小翠闹得心乱如麻、寝食俱废，平时脸上常带着愉快的笑容，现在却蛾眉深锁、玉靥寡欢了。晚饭时，伊虽伴着仁霖同吃，但是吃了半碗便放下筷子，吃不下了。仁霖也只吃了一碗。他知道小翠有了心事，所以如此，遂勉强用话安慰伊道："世妹不要忧坏了玉体，想吉人自有天相，你父亲的病虽然凶险，或不至于……"仁霖说到这里，小翠的眼眶里已流出珠泪来了。伊对仁霖说道："我自幼就没母亲的，父亲是严父而兼慈母的，父女二人相依为命，我是一辈子离不了父亲的。倘我父亲不幸而有三长两短时，叫我怎能独自活着呢？"仁霖听了这话，又触动了他的心事，几乎失声哭出来，强自忍着，又用话劝解一番。丑丫头在旁瞧着，也是满肚皮的不快活。

晚餐后，二人进房，又去看看董祥。他虽然是一英雄好汉，可是到了此时，却已疲惫得坐不起来，连上马桶也摇摇欲倒了。仁霖觉得董祥的病不但丝毫没见减轻，反而加重，这无怪小翠要发急。英雄只怕病来磨，所以他呆呆地站在一旁，不说什么。小翠却坐在伊父亲床边，背着父亲不时地流泪。董祥反安慰伊说："小翠，你不要为我忧急，我服了韩大夫的药，不久自会好的，总不至于就此送命吧。"小翠只得说道："父亲且静心睡着，我希望你明天可以好一些。"董祥点点头。二人伴了一回，仁霖告辞回房去安寝。小翠仍睡在父亲房里，侍奉汤药，昼夜辛勤，目不交睫。

直到天明时，小翠方才似睡非睡地蒙眬了一会儿。董祥又起来大解，小翠惊醒，一骨碌坐身起，走过去扶着伊父亲上床，摸摸伊父亲头上依旧烫得炙手，心里不由闷上加闷。董祥的头刚着枕时，忽听外面大门上有人敲门声，敲得很是急促，父女俩都惊奇起来，这个时候有什么人来呢？好不奇怪！

第十四回

一舸匆匆避身古刹
百年寂寂埋骨青山

董祥带着喘对小翠说道："这个时候，有谁到此？你且去看看，千万小心，不要让歹人进来。我为着仁霖时常担忧的。"小翠答应一声。伊暗暗地带上明月宝剑，走出房去开门。这时候丑丫头也已跑出来了，伊手里拿着一对双锤，悄悄地对小翠低声说道："这时候来的人必是坏蛋，他们将要不利于我们的。主人病了，人家便要来欺侮我们吗？我知道小姐不肯让人的，我也不怕谁。开了门，一锤一个把他们结束了性命，也给人家知道这里翠云村董家是不好欺侮的。"小翠道："你别鲁莽，待我开了门见机行事。"丑丫头道："小姐，你站开一边，让我来开吧。"

丑丫头上前去拔去门闩，呀的一声，把两扇柴扉开了，右手的锤高高举起，正要向面前站着的一个人打下去时，那人喊了一声"啊呀"，又道："慢慢动手，怎么要打我哩？"小翠在后也已娇声喝住。此时丑丫头凝眸看时，原来门前来的人乃是绿树村里的贺懋。贺懋见他们手里各拿着兵器，倒吓得退后数步。丑丫头哈哈笑道："我道是谁，却原来是贺家的公子，恕婢子失礼了。"小翠也点点头，招呼贺懋入内。贺懋方才放大了胆，走到门里来。

这时候仁霖在客房里也已闻声惊起，披衣出外。丑丫头闭了门，他们把贺戆让到客堂中去坐。丑丫头赶紧去放下双锤，炉上烹茶，小翠也放去了剑，和仁霖陪坐在侧。瞧贺戆额汗涔涔，像有紧要事一般。小翠便开口问道："请问尊驾今天一清早惠临敝舍，可有什么要事？"贺戆点点头道："正有些要事奉告。董老丈在哪里？"小翠皱着蛾眉答道："我父亲正患很重的痢疾，睡在床上，不能起身。"贺戆不由把手搔搔头道："董老丈卧病吗？这如何是好！不知姑娘可曾延医代他诊治？"小翠道："已请得一位大夫，看过两次，但是服药后如水沃石，一点没有效验，因此我们心里十分忧急呢。"贺戆道："无怪姑娘要忧烦了。"跟着口里咄了一声，小翠又问道："你有什么事情？不妨对我说，是一样的。"贺戆把足顿着道："真是不巧！唉！这事怎么办呢？"

仁霖以为贺戆自己或有什么需要董祥相助的事，遂忍不住说道："贺先生，你有什么事？董丈虽然病倒，我们若能为力，也可仗义相助的。"贺戆道："这倒不是我自己的事，而是你们的事，很重要的，我不能不和你们一说啊。然而……"贺戆的话还未说完，小翠听到是他们自己的事，突然一怔，再也忍不住，立刻又问道："咦！奇了！我们的事吗？快快告诉吧。"贺戆道："董老丈在房中吗？请你们领我去见了他，再行告诉，好听取他老人家的主张。"于是小翠、仁霖只得陪着贺戆来见董祥。

贺戆见了董祥先是请安行礼。董祥见来的是他，便请贺戆坐在一边。丑丫头端上茶来，站在小翠背后，听贺戆特地来讲什么话。小翠早催促贺戆道："你快快说吧，有什么事呢？使我难过煞了。"董祥也喘着说道："可是有谁来欺侮你吗？"贺戆道："不是的。我向你们说明白了，你不要惊慌，慢慢儿想对付之策便

147

了。昨天我和馨姑回丹枫村，恰见鲍老四家来了不少人，有几个像是城里衙门里的公差，我便觉这事有些蹊跷。但邹家虽和鲍老四住在贴邻，然这一回的事却丝毫不能知道。我有了好奇之心，便托馨姑假作送些东西到鲍家去，因为馨姑后母生下的妹妹和鲍家的姑娘很熟的。他们到了鲍家，窥见鲍老四正和几位差人在一间屋子里秘密谈话，外边人完全禁止旁听的。鲍家的姑娘本是出名的快嘴，馨姑把伊引到僻处，细细问伊家中可有什么大事，做什么衙门里的人出出进进？鲍家姑娘遂告诉馨姑说，伊的哥哥鲍老四正和一个姓秦的，昨日往城中去告密，今日衙门里派人来乡，预备明天要往翠云村去捉人。馨姑听了这话，不由心里一动，再问翠云村去捕什么人的，鲍家姑娘说伊也不十分明白，只知翠云村董祥家中藏着一个什么太平天国里的小王子。他们告发后，官中已定明天前去搜捕，要伊的哥哥做眼线。又闻董祥父女都会武艺，所以要等晚上官兵来村会齐后，然后一同上翠云村动手捉拿。馨姑听了伊的话，知道这事很和恩公有关系的，不敢怠慢，立即回到家中，把鲍家姑娘讲的话一齐告诉我听。那时候小子非常代恩公发急，明知恩公这里住的一位贤公子必是他们所说的王子了。这种事牵连恩公很大的，不比寻常之事。"

　　贺鸾说到这里，对仁霖看了一眼。大家脸上的神情顿时紧张。仁霖早忍不住说道："这事可是真的吗？这……这……这如何是好呢？"贺鸾道："小子怎敢胡说八道？一想到了明天便来不及报信了。小子受恩公再生之德，一向只恨没有报答，此番岂可漠视？所以立即和馨姑坐船回去，即在半夜坐船摇到这里来，报个信息与恩公知道，好使恩公早早防备。他们若然在早晨动身，那么将近午时便要到达这村了。"

　　董祥听了这话望望窗上还没有阳光，知道时候尚早，便点点

148

头道："多谢足下前来报信。只是我不幸得很，恰才病倒，否则也不怕他们那些脓包的。"小翠把眼一瞪道："嘿！那个鲍老四要来这里捕人吗？父亲虽然病了，但凭着我一口剑，包管也能杀得他们片甲不返。"仁霖的脸上露出万分不安的情态，说道："小子在此有累仁丈了！我想这事也不可鲁莽动手的。"贺鼙道："不错，若是单单几个捕役前来，当然容易对付。现在他们十分郑重其事，派有官军前来，不知其数多少，众寡不敌，是蹈险的事。况且恩公正在卧病，如何照顾得到呢？"小翠听了，把嘴一噘道："依你们这样说，我们难道只有束手就缚吗？"

仁霖知道小翠已生了气，不敢说什么。董祥皱着双眉说道："前日鲍老四上门来窥探，我已疑心他不怀好意了，今天果然有此意外的事。只恨病魔欺人，致难对付。唉！"董祥叹了一口气，一手握着拳头，在床边轻轻捶了一下，显出他愤恨的情绪。贺鼙道："小子倒想得一个办法，不知恩公等以为如何？"董祥道："愿闻其详。"贺鼙道："小子以为恩公已病，万难和清兵对垒，不如预先避到别地方去，让他们扑个空，他们自然也奈何不得，也许鲍老四反要受处分呢。"董祥点点头道："我也是这样想，舍此以外，没有别的良策。可是我在此虽已多年，而仍是人地生疏，除了翠云村也没有去处，以前有个老友孟吉，现在他已不幸而死于锋镝，一时难找安稳的地方。"

贺鼙道："小子有一个去处，可以介绍恩公等前去暂避。只是我们应该秘之又秘，万万不能给官军知道的。"董祥道："你且说什么去处。如属稳安，那是再好也没有了。"贺鼙道："在西山的后山，有一座古刹，名唤'白莲寺'，筑在山坳之内，十分隐僻。寺中有一个老和尚，法名慧静，和我家父子很熟的。他能弹琴弈棋，很是风雅。山中有一果树园，每年出产些水果，僧侣也不多，只有二三人，其中有一个是哑巴，看守寺门。那寺香火甚少，所以外人难得去的。不若小子介绍恩公往那边去住，不要说起什么，只说是他方到此，投亲不遇，病倒旅舍，所以借居寺中养病，他们便不会疑心了。且待恩公病好以后，如风势紧急时，恩公便可远走他处，以避其祸。不知这个办法可好吗？"董祥道："很好很好，但一则多多麻烦你，二则你也未免代我担一些干系咧。"贺戆道："我只望恩公一家平安，他非所虑。好在那边也是暂时居住的。"小翠道："父亲病了，不能和那些鼠辈周旋，请世兄伴同前去。我可和丑丫头留在这里，断不让他们占便宜。"

丑丫头听小翠这样说，以为自己可以和人家交一回手了，不觉喜形于色。董祥把手向小翠摇摇道："小翠别胡说。你们两个小女儿怎去抵敌官兵，不要闯出乱子来吗？自己有了一些本领怎能恃勇轻敌？外边能人很多。你万万不可傲视一切，牢记吾言。现在我们决从贺君的计划，你们伴我一同到西山去暂避一下。我若得病好，自可从长计议。小翠，你切不要鲁莽啊。"小翠给伊父亲这么一说，噘着嘴不响了。贺戆道："既然恩公决定往西山去暂避，那么快请预备一切，不妨坐了我的来船前去。时刻局促，事情紧急，不能稍缓了。"董祥点点头道："不错。"又叹了一声，吩咐小翠快去收拾一些细软以及随身衣服，和忠王所赠的宝物，一起带去，其余的都可丢下。小翠不敢怠慢，忙和丑丫头去收拾。仁霖也回到他房中去收拾要带的东西。

这里贺戆坐着和董祥谈谈。但他瞧董祥病势十分沉重，心里头不免代他暗暗发急。又恐怕清兵便要由鲍老四领导到此捕人，自己本和鲍老四有宿怨的，今天若被他见我在这里时，定要攀陷我一起在内，虽用太湖之水也洗刷不清了。他这样想着，如坐针毡，心头很不宁静。董祥只是呻吟，英雄只怕病来磨，平日铜筋铁肋之躯，天不怕，地不怕，到了此时，他也是徒唤奈何了。

过了一个时辰，小翠、仁霖、丑丫头三人各将东西收拾在行箧之内，跑来请示。红日已照到窗上来了，大家虽然都没有吃早餐，饿着肚皮也不顾了。贺懋先引小翠和丑丫头将行李箱箧搬到门外水滨自己摇来的小船上去，然后由贺懋和仁霖扶着董祥下船，因为董祥此时已走不动路了，只好让人扶掖着行走。董祥下船后，小翠又去闭上了门户，悄悄地从后园到墙外来。幸亏左右邻居都到田里去了，没有什么人窥见。然而伊回头望着家园，一步一回头，大有恋恋不舍之意呢。

贺懋等候小翠下船后，便叫舟子开船，快快离开这里，驶往西山。舟子是贺家的心腹人，奉命维谨，船出了港，在浩渺的湖波中，挂起一张大帆，向西山而去。且喜背后没有什么船追来，贺懋心中方才安定一些。董祥躺在船里，只是哼，小翠把手去摸摸他的额角，依然很是烫手。伊为了伊的父亲而担忧，更为了仁霖的事而加上一重烦闷。仁霖更是有切肤之忧，且觉董祥父女为了他而有家难住，病中奔波，心里更是抱歉万分，因此湖上风景虽好，各人都无心观览。

舟至西山，在湾里泊了船。贺懋去唤了一肩笋舆来，抬着董祥上岸，望山坞里走。贺懋陪着仁霖、小翠、丑丫头等携了行李，随着简舆而行。

行了好一段路，方才到达山坞。贺懋熟悉路径，指点着一行人，到了白莲寺和慧静长老相见。那慧静年纪虽老，而精神很是矍铄，面貌也还和蔼可亲。贺懋把假托的言辞告诉慧静，要假这里一室之地，暂养疾病，慧静当然一口答应，便把一行人引至大雄宝殿后面左首一个月亮洞门里进去，有两间客室，现成有三四张床铺搭好在那里，花木扶疏，颇为幽静，便请董祥父女等暂居于此。当下董祥和仁霖住了外房，小翠和丑丫头住了内房，各把行李箱箧安放讫。董祥早由小翠扶他到床上去睡。慧静又端整素斋，请大家出去吃饭。仁霖和小翠心绪历乱，饭也无心吃，勉强用了半碗，仍回至房中来看董祥。董祥今天为了迁避之故，药也没有吃，病势未退，更是疲惫。贺戆并托慧静长老代在附近招请一位医道高明些的大夫来治董祥的病，慧静也应允。贺戆便要辞别了董祥，再回到丹枫村去刺探消息。倘然鲍老四等到翠云村去扑了一个空，这事又怎么办，且叮嘱仁霖、小翠好好留心服侍董祥，自己回去后倘有什么消息，当再来报告。且叫他们深居简出，万不可越雷池一步。

贺戆去后，慧静长老已去附近山里请了一位大夫前来，代董祥诊疾。那大夫诊过后，也是颦蹙双眉，说此病十分凶险，医治非常棘手，开了一张药方而去。慧静长老又代董祥去赎了药来，交给小翠当心去煎。小翠不敢懈怠，立即和丑丫头煎好了药，给伊父亲服下，希望伊父亲服了这位大夫的药，能有转机。

晚上小翠和仁霖饭也吃不下，坐在董祥榻前愁眉相对，愀然无言。董祥睡着了一会儿，张开眼来，惨淡的灯光下，瞧见他的女儿和仁霖对面坐着，一个低着头，一个支着颐，并不谈什么话，一变平日活泼跳跶之态。他知道此时小翠的一颗心业已给整个忧患笼罩住了，他不为自己的病发急，倒反代小翠可怜，不由悠悠地叹了一口气。小翠听得伊父亲太息之声，回过脸来，见父亲已醒，遂立起身走至董祥身边轻轻问道："父亲现在可觉得好些？"仁霖也侧转身子听董祥说什么话。董祥摇摇头道："我这一遭病恐怕不会好了，世无扁鹊，厥疾不瘳，这也是天数吧。"小翠一听伊父亲说出"不会好"三个字来，顿时眼眶里泪如泉涌。

董祥又说道："小翠，你别哭。生死有数，修短随命，人力不可勉强的。即使我现在不死，将来总有此一日。你也不必过于悲伤。"小翠把足一蹬道："父亲别这样说，我愿你活个一百岁，现在怎么要……"说到这里，哇的一声，哭将出来了。仁霖立在一旁，也偷弹着同情之泪。

董祥见小翠这么一哭，他的后话倒不好说下去了，只把手向伊摇着，叫伊不要哭。停了一会儿，小翠渐渐不哭了。董祥方才又说道："我有几句话要叮嘱你，你千万不要哭，听我讲完了再说。"小翠点点头。董祥道："我的病假使能有转机，这自然是最好的事。万一不幸而无救，我便要离开这个浊世。别的都不足恋，唯有你这块心头之肉，我却十二分放心不下。"说到这里，董祥的声音更是抖颤而凄咽了。

小翠几乎哭出来，极力忍住，听父亲又说道："你年纪还轻，世路崎岖，尚未经历，人心鬼蜮，尚未认识。此地不是安乐之窝，所以我要你和李公子带着丑丫头，快些到四川鸡足山白云上人那边去栖身。上人是我的方外知交，虽然这许多年来我们睽离已久，没有通过音讯，可是我托他的事，他无有不当作自己之事的。你到那边去说起了我，他自然竭诚招待。他的武艺远胜于我，你们可以拜他为师，从事习艺，隐居在山上，以避清兵耳目。倘然天下有变，你们有机会可以出去建些事业，为天国复仇，达到本来的宗旨，那就是侥天之幸了。你的性情很执拗，很高傲，一向在你慈父的怀抱中，由得你如此。你以后年龄渐渐长大，他日遇人接物，却不可如此，切宜警戒。至于洁身自爱，不堕淫邪，这是我深信得过你的。知道你赋性尚不错，必能操守，毋烦我过虑。我也说不动许多话，希望你善体亲意就是了。"又把手招招仁霖。

仁霖走近两步，低着头，含着眼泪问道："仁丈有何吩咐？"董祥道："方才我和小翠说的话，你也听得了，所以不须赘述。我死后，你可同你世妹一齐到鸡足山去投奔白云上人，待时而出，路上一切小心。我知道你是天潢贵胄，与众不同，他日必然是个大丈夫，也不用我今天多说什么话，只把'自强不息'四个字赠给你。你待小翠要和你自己的妹妹一样。伊的脾气很有些不好之处，你也要原谅伊，规劝伊，大家好好儿在世间做一个人，方才对得住天地，对得住祖宗，对得住自己。除恶行善也是我侠义之徒所优为的。一切希望你自己勉励吧。我……我不能多说了。"

董祥说至此，气喘不已，要喝些水。仁霖连忙去倒了一杯热水来给董祥喝。小翠见父亲不说话了，伊又呜呜咽咽地哭起来。丑丫头在外边听得声音，走进房来见了这个光景，也不由双手连连拭泪。董祥又说道："你们不要哭，徒乱人意。生死大限，无可逃避，我为人一世，扪心自问，虽没有功业建立，可是磊磊落落，并无不可告人之处，虽死无憾。你们何必这个样子呢？"小翠颤声说道："我不能离开父亲的，我不要父亲死。"董祥叹气说道："好在我已和你们说过，你不要我死，我就不死便了。"遂闭目养神，果然不说话。

小翠没法想，揩着眼泪，走到外面佛殿上去拈香祷祝，要求观音大士挽救伊父亲的沉疴，可是小翠的祷祝有什么灵效？一到明日，董祥的病益发沉重，双目常常闭着，言语也说不动了，仍是常常要下痢。慧静长老又去请那大夫前来救治。那大夫诊过脉只是摇头，勉强开了一张方子，对慧静说道："这一剂药若然吃了下去仍不能止时，请早办后事吧，也不必再来请我了。"小翠听着更是发急，忙由慧静差人去赎了药来，小翠煎好了给伊父亲服下，切切期望着这剂药或有万一之效。然而服了药后仍是如水沃石，毫不见效。慧静长老也代他们非常担忧。仁霖不见贺鸾前来通信，未知鲍老四等到翠云村去捕人不着后又将有什么诡谋要来算计自己，也足令人悬念。

这天晚上小翠侍奉在董祥病榻之前，一夜没有合眼。仁霖也陪着坐在一起，虽然小翠屡次催他安睡，他心中充满着忧愁和惊惶，哪里能够安睡，两人直坐到天明。董祥越发不支了，面色大变，额上有了冷汗，两眼已定，口里出气多进气少了。

慧静长老走来，瞧见了董祥垂死的情景，不由口里念了一声"阿弥陀佛"，说道："这位居士今日即将物化，你们是远来的人，可有什么准备？要不要通个信与贺公子？"董祥此时已说不出话，只把双目微微地向慧静长老抬了两抬。小翠道："我们虽没有什么准备，但箧中尚有金银，即请长老代我们做主。贺公子那里倘能差人去给个信也好。"大家正在论时，只见贺鸾正从外面匆匆跑入，一见这情景，搔搔头道："怎么？恩公不好了啊！"小翠带着哭声说道："我父亲已是病危，这事如何是好呢？"贺鸾走至董祥床边，叫了一声"恩公"。董祥见了贺鸾，似乎有些认得他，口里虽然不说，眼睛对他望了一望。贺鸾安慰他道："恩公你放心，恩公身后之事，有小子一同襄助办理，决不使你遗憾的，你放心吧。"董祥口角边方才勉强笑了一笑，闭目而逝。小翠匍匐榻前，哭得死去活来。此时贺鸾也不好和他们讲什么话，跟着挥泪。仁霖也在一旁垂涕。丑丫头跟着小翠哭，哭了好一会儿，方经慧静长老劝住。便和贺鸾商议收殓董祥遗体之计。好在寺中一切都有。贺鸾即去镇上购了棺木衣衾各物，把董祥遗体如礼收殓，且请寺中慧静长老邀集几位僧侣，为董祥诵经，追荐亡魂。忙了一天，方才过去。董祥的灵柩暂时就寄放在白莲寺内。晚上小翠仍自哭哭啼啼，哀思无已。仁霖心里更是难过。

次日早晨，小翠、仁霖等刚才起身，用过早餐，贺戆走了进来，和二人一同在外房坐下。小翠谢了贺戆。贺戆也安慰小翠数话。仁霖向他问起鲍老四那边有何消息。贺戆道："此来本是要通信与你们的，不幸恩公逝世，一切漫漫的，我遂没有和你们提起，今天我告诉你们吧。"仁霖十分心急道："快说快说！"

第十五回

天涯托足小侠遁踪
湖上飞头狂徒伏诛

　　当时贺戆就对仁霖、小翠二人说道："我从这里回去后，连夜便和内子又到丹枫村鲍老四那边去刺探消息时，方知鲍老四在那天和姓秦的引导官兵赶到你们村子里去扑了一个空，拘捕左右邻舍询问，只知你们在上午坐了船出去的，却不知往何处去。可怜那几个乡民受尽榜掠之苦，也招不出什么来。"贺戆刚才说得这几句话，小翠早忍不住叹口气道："唉！我们平日也没有什么好处给左邻右舍，现在却叫他们去吃官司，这是十分过意不去的事。"贺戆道："现在已释放了。官军因为捉不到要犯，却把鲍老四和那姓秦的扣留为质，要他们必要交出人来，所以鲍老四正在叫苦连天之时呢。"

　　小翠听了，破颜一笑道："阿弥陀佛，这种坏蛋应该给他吃些苦头，也是报应不爽。"仁霖道："鲍老四为什么要去告密？他怎样知道我的行踪？"小翠道："他前番来我家窥探，就是可疑了。"贺戆道："我也细细探听过的。原来那姓秦的是苏州城里的地痞，平常时候专会兴风作浪、敲诈人民，本在天国谭绍洸麾下一个姓程的将军那边吃闲饭的。后来清军克复了苏州，他又投降

157

了那边，和新任苏州太守幕府里的朱师爷相结识，朋比为奸，专一搜检天国的余党，报告官吏去捕拿，希望可以得到赏金，借此又可任意敲诈、鱼肉良民。此次他偶然有事到丹枫村来，鲍老四和他本通声气的，请他在鲍家喝酒。酒后，鲍老四大发牢骚。姓秦的问鲍老四可有什么仇人，鲍老四说出董恩公姓名，并提起恩公家里的少年佳客。姓秦的就说他以前在程将军处，曾闻忠王有一幼子，十分宠爱，忠王回返南京时没有带去，且把幼子送往太湖中一个隐士家中去藏身，莫非就是此人。鲍老四也说行踪可疑，他在某处村子里窃听得王子和小翠姑娘的谈话，似乎是天国中王爷的后裔。两人商酌之下，遂假作到翠云村来拜访董恩公。姓秦的窥探以后，他认得王子的，他们回去后便一同到太守那边去告发。太守便禀明上宪，派马守备率兵五百，以及府衙全班捕役，下乡来捉拿的。"

仁霖听到这里，说道："好险哪！多谢贺君通信，我们不致落网。"小翠道："若非我父亲病危时，我们父女偏不走开，和他们对垒一番，也未必吃他们的亏。我虽一小女子，然视官兵如腐鼠一般，全不在我的心上。"仁霖微笑道："仁丈若不病倒时，合着我们的力量，也未必怕他们。只是为谨慎计，我们还是避去为妙。鸿飞冥冥，弋人何慕。"贺懋又道："听说官军限鲍老四在十天之内交出人来，否则便要治鲍老四和姓秦的罪。所以，鲍老四发了急，会同他门下许多徒弟以及衙中捕役，正在四处湖滨村庄里搜寻，也有少数官军帮着他们行事，所以各乡人都受骚扰，叫苦不绝。"仁霖听了，说道："那么他们也许要搜查到这里来的，不要连累了他人。"贺懋皱皱眉头说道："这件事风势很严厉，更兼有鲍老四等为虎作伥，他们都是湖上的地理鬼，说不定别处搜不着，最后要到这里来的。所以我来通知你们一声，这两天千万不要出去。"

小翠噘起嘴，依着伊的心理，最好和鲍老四等厮杀一场，试试伊的明月宝剑。可是怵于环境，未便鲁莽从事。仁霖又道："仁丈曾有遗嘱教我们两人到四川鸡足山白云寺白云上人那边去栖身。我们与其藏在这里，担惊受恐，连累他人，还不如投奔那边去吧。且可随上人学艺，比较在此好得多了。只是道途遥远一些。"贺戆道："这样也好，此处本是暂图。现在仁丈业已故世，当然不必久居。不过仁丈厝柩于此，亟须埋葬入土为安。"小翠道："这件事比较麻烦一些，因为我们在此没有墓地，营葬之事不得不费时日了。"贺戆道："山前有一块墓地，乡人袁某曾向小子兜售过，小子也曾和一位堪舆家往那里看过。据那位堪舆家说，这块墓地枕山临水，气势也很雄壮，可做墓地。袁某索价也不大，小子早想买下，尚未成交。现在待小子立即去向袁某认购，然后选个吉日，把恩公灵柩安葬，但不知你们之意如何？"小翠道："能得贺君如此惠助，茕茕孤女，感幸何似！但这样去办时也非十天八天所能了事的，而缇骑之来，朝夕可至，我们在此又是急不容缓啊。"贺戆道："那么二位不妨先行，恩公告窆之事，由小子妥为代办，谅二位必能信托的。"小翠道："当然信托，这是再好也没有的事，可是怎能完全丢在贺君身上呢？"贺戆很诚恳地说道："这个倒没有什么关系。你们的事就是小子的事。小子前日若无恩公援救，此生早已罢休。有生之日都是恩公所赐的。这一些小事何足报德于万一，该让小子去办吧。只要你们二位可以安然脱险，或可慰恩公幽魂于九京。"

小翠很爽直的，也就谢了贺戆，托他办理父亲安葬之事。伊便预备和仁霖离开太湖，远适蜀中。贺戆要赠送盘缠，小翠再三推辞，说道："盘缠我们尽有，并不缺少，不敢拜领。父亲安葬，尚需种种费用，我理当交给你呢。"贺矗道："不必客气了，这件事小子已允代办，何必你们再拿出钱来呢？"仁霖在旁说道："那么彼此不要拿出来了。此次贺君代我们如此出力，援助我们脱险，真是不胜感谢之至。以后如有机缘，当再来湖上拜谢。"贺矗道："这是小子应尽的事，何足挂齿。但愿二位前程万里。"于是小翠把所有的东西收拾好了，取出二十两纹银托贺矗交与慧静长老，聊表一些谢意。贺矗自己又取出二十两银子，一齐谢了慧静。

贺矗又因湖上各处巡逻甚严，叮嘱二人出行时切须留神，莫上圈套。自己也不敢去雇舟，恐怕万一发生事故，自己难免波及。只指点仁霖、小翠说，山下某处有个船埠，那边有一船家姓王名唤小毛的，有两三艘快船，专乘客人行驶各处，可以雇用他们的船只，驶至湖州，然后从泗安、广德而至安庆，溯江西上，走这条路较为稳当一些。仁霖又谢贺矗的指示，且请他先回绿树村去。贺矗必要送他们出寺以后方去。

小翠遂和仁霖、丑丫头等又至伊父亲的灵柩前，拈了香，拜别幽魂，从此一去，也不知何日再来，只好硬着头皮抛开了。小翠洒了数点眼泪，强抑悲怀，自己一向依依在老父膝下的，想不到现在老父物化，自己又不能守孝帏前，偏要跋涉关山，到数千里外去，心里真是说不出的难过。仁霖也是异常黯然，无语可慰。他伴了小翠，携着行囊，拜别慧静长老。慧静长老和贺矗送出寺来。贺矗当着慧静长老之面，也不好再和二人说什么话，只说一声"前途珍重"。二人谢了，带同丑丫头下山去。贺矗等到他们去后，返身入内，和慧静长老谈了一刻话，方才辞别回去，预备办理安葬董祥灵柩的事。他业已答应小翠，自当忠人之事，何况董祥是救他的大恩人呢？

那小翠、仁霖、丑丫头三人携着行李，迤逦下山，且喜尚没有人注意。他们遵了贺蘅所嘱，跑至船埠，唤问王小毛。便有一个瘦长的舟子出来，问他们呼唤何事。仁霖遂说要雇他的船到湖州去，许以五两银子的船钱，饭食另付。王小毛听客人如此慷慨，自然乐于答应。遂由他自己和一个伙计载送他们三人前去。他引着三人下船。仁霖等安放好行李，小翠立刻取出五两银子给他。王小毛欢欢喜喜地便去买了些蔬菜、鱼肉下船。仁霖催着他们开船。王小毛遂把船摇出西山去，挂上了一道巨帆，正遇顺风，其疾如箭。

小翠和仁霖对坐舱中，丑丫头立在头舱里。小翠蛾眉深锁，杏脸不舒，伊心里怀念着翠云村，业已住了许多年月，山色湖光，朝夕饱览，春花秋月，尽人流连，现在竟要离开这可爱的太湖，而自己不能再回到翠云村了。又想起老父的声容笑貌，宛然在目，而人天永隔，风对兴悲，这恨事永远没有可以补偿的了。所以伊心里充满着悲哀的情绪，一变往日活泼泼的态度，闷闷不语。而仁霖也因此次为了自己的关系，累得董祥易篑之时，也不能在家中。丧后又急急他避，心中对于小翠万分不安。虽然董祥的逝世是死于病魔，而总是多少为了自己。耿耿在怀，负疚莫赎。因此两人在舱里各有心事，坐听着汤汤的湖波声。

王小毛一边驶舟，一边在船艄煮饭，饭香送到鼻管里。他们到这时候腹中也有些饿了。少停王小毛端上饭和菜来，乃是一碗红烧肉，一碗虾仁蛋汤，其他两样素菜。小翠和仁霖吃了，便叫丑丫头吃。主仆三人吃毕，由王小毛收去。仁霖暗计行程，约莫行了二十多里水程了。忽然斜刺里小港中驶出两艘小快船来，正和他们的坐船撞个正着。船头上站着几个人，当先一个汉子正是鲍老四，旁边站的就是姓秦的，还有数人都是鲍老四的徒弟。旁一艘船上面都是捕役。

原来他们刚才搜罢了芦雁村而回来。鲍老四眼快，一眼已瞥见头舱里的丑丫头。此时丑丫头也已瞧见鲍老四，要想闪避已是不及。鲍老四这几天寝食不安，朝夕奔波，正在四处找寻董祥父女和仁霖的踪迹，恐防捉不到人，自己反要锒铛入狱，害人自害，心里有无限彷徨、无限惊恐。此刻忽然在湖面上碰见了他们，正是求之不得，无异在黑暗里找到灯光。心中大喜，把手向来船一指，回顾姓秦的说道："秦兄，我们东搜西查，踏破铁鞋无觅处，原来他们并未远飏，仍在湖上，今番相遇，天叫我等破案了。"大家立刻取出兵刃，一声呼哨，把来船阻住。

鲍老四还没有知道董祥已在西山物化，他是吃过苦头的，心里不免依旧有些惴惴然。不过他倚仗着人多，而捕役中间很有几个能武的人，尤以捕头"铁尺"何三元武艺最是高强，或可以以此取胜。而铁尺何三元还不知道董祥的厉害，他在那边船舱里，一闻鲍老四的报告，取了两柄惯使的铁尺，连蹿带跳，跑至船头，高声大喊："发匪余逆在哪里？"他生平惯捕江洋大盗，自恃其能，以为对付乳臭小儿，真是毫不费力之事。他的身躯果然高大，站在船首，宛如一座镔铁宝塔，威风凛凛。

那小翠和仁霖在船中窥见鲍老四等两艘船拦在前面，知道狭路相逢，少不得要厮杀一番。他们两人都是初生之虎，气吞全牛，一些儿也没有什么怕惧。而小翠心里更是求之难得。伊本来深恨鲍老四助纣为虐，掀起这意外的风波，使他们不能安居湖滨，而老父也在病中耽误了，无异是自己的仇人，不见面也罢，今日相见，岂肯轻恕。各人从行囊里取出宝剑来。丑丫头见有厮杀，十分高兴，也去取了一双鸳鸯铜锤，跟他们一齐到了船头上。

鲍老四手横双刀，见对面船舱里走出小翠主婢及仁霖，而不见董祥。又见小翠全身缟素，戴着孝，心里不免有些狐疑。遂扬起双刀，向小翠喝问道："你家老头儿何在？他胆敢窝藏着忠王之后，匿迹湖边，叛逆不道。我引人去捕他时，不知他又得了谁的报告，事先逃逸，连累我担着心事，哪一处不去寻找你们过？今日在此相逢，这是老天把你们交与我了。"小翠忍不住答口道："鲍贼，你敢挟嫌诬害吗？我父亲不幸患病去世，否则他决不肯饶赦你这贼的。你要找他吗？我送你上鬼门关去也好。"鲍老四听了小翠的话，方知董祥已死，那么剩这一双小儿女更是容易对付了。但听小翠说话很厉害，手里又是握着明晃晃的宝剑，也非没有本领的人可比。遂回头对何三元说道："对面立着的女娃娃就是董祥的女儿，站在伊身边的就是忠王后裔了。我们快快上前把他们捉住了再说。"于是鲍老四挥动双刀，直取小翠。何三元横着铁尺，径奔仁霖。三艘船成了一个品字形。

　　小翠举起明月宝剑，迎住鲍老四交锋。宝剑如银龙取水，直奔鲍老四要害之处。鲍老四的双刀只好欺侮一些外行，他哪里是小翠的敌手？小翠在这几年来跟随伊父亲学剑，进步很快，自从仁霖来后，有了良好的同伴，伊的剑术更是突飞猛进，年纪虽小，而伊的一口剑已非常人可敌，很有几路杀手的剑法，用出来时可以出奇制胜。今日伊和鲍老四一交上手，便觉鲍老四的本领肤浅平庸，从容对付。所以两人交手不到六七合，只听锵的一声，鲍老四右手的一柄刀已被明月剑削作两截，刀头飞落水中。鲍老四陡吃一惊，而小翠早乘此机会，踏进一步，一剑飞到了鲍老四的头上，鲍老四刚要把左手刀去架格时，一颗头已霍地滚落。他的徒弟见鲍老四丧身在这小女子手里，一齐惊惶失色。

　　小翠杀了鲍老四，回头看仁霖已跳在捕役的船上，正和铁尺何三元猛扑。何三元的铁尺，果然使得不错，呼呼然有风雨之声。他的脾气就是在自己和人家对垒之时，不欢喜自己弟兄相助一臂之力，也是他好胜的心理太重。万一不敌时，须待他把铁尺向上一举，做个暗号，然后要他人去助他。所以他和仁霖动手时，众捕役立在一边，并不上前协助。他起初以为这些乳臭小儿只消他走上三四合，马上可以手到擒拿的。谁知仁霖一口剑上下翻飞，居然变成一道白光，一些儿没有间隙。何三元心中暗暗奇讶，怎样一个少年公子竟有这般高深的武艺，真是猜度不到的了。不得不用出生平力量来对付。而仁霖今天也遇到了对头，他起初以为这些捕役怎在他的心上，现见何三果然勇猛，而一双铁尺又是沉重非常，自己的宝剑削它不断，反恐损坏了自己的剑锋，所以格外当心。两个人你防着我，我防着你，这样斗了七八十回合，还是不分胜负。

小翠见何三元如此厉害，自己不能不去相助了，便一摆明月剑，跳过去帮助仁霖。此时鲍老四的徒弟们见师父已被小翠所杀，又恨又惊。见小翠去助仁霖，伊船上只留着一个小小丑丫头了，遂想过去把伊捉住，聊为师父泄恨。大家举起兵刃，跳到小翠船上去，要把丑丫头生擒活捉。丑丫头挥着双锤，本来技痒难搔，渴欲厮杀，试试自己的本领。现在鲍老四的徒弟来了，正是自己的大好机会，立刻举起双锤，向众徒弟横扫过去。众徒弟扫着的不是头破，便是折臂。又有两人都被丑丫头的锤头打落水中去了。大家方才识得伊的厉害，退回自己船上去，不敢上前。

那何三元虽然艺高，却被这一双小儿女缠住，竟一些儿得不到便宜。而小翠和仁霖的两柄宝剑，不是在他头顶盘旋，便是在他腰里围绕。又战了十数合，渐渐觉得手中只有招架功夫了，心中好不焦急，暗想自己在外很难得栽过跟斗，今天若跌翻在这两个小儿女手里，一世英名，行将扫地了。遂把左手铁尺向上一举。他的同伴本都代他捏把汗，今见他举铁尺，大家立即舞动刀枪棍棒，上前来一齐动手，想以多取胜。丑丫头见众捕役动手，伊也迎前去一同助战。当然船头上地方小，不够许多人盘旋，有个捕役已跳至丑丫头船上来狠斗。他们已见丑丫头身手便捷，锤法甚佳，所以不敢怠慢，把伊围在里面。丑丫头见那些捕役本领平常，所以从容对付。

那仁霖和小翠二人愈杀愈勇，剑光飞处已有二三个捕役受伤退下。何三元勇气沮丧。小翠一剑向他面门刺来，何三元把铁尺去架开时，仁霖却又踏进一步，手中的龙泉宝剑望他下三路扫至，喝声"着"。何三元急忙跳避时，右腿已中了一剑，向后仆跌，被众捕役抢救去。小翠还想多杀几个，倒是仁霖把伊的胳膊一拉道："世妹，我们业已战胜，不必多杀了，且去自己船上肃清一下。"于是二人跳回自己船上，两剑横扫，又有两个捕役击落水中，其余的都逃回去。只见两艘快船很快向东北面逸去。仁霖、小翠也不追赶，只叫自己船上的舟子快快前驶。那王小毛和他的伙计都吓得伏在船艄底下，战战兢兢的，动也不敢动，经丑丫头把他们唤出来。二人见了小翠等手中的宝剑，仍是害怕，不知是什么一回事，也不知小翠、仁霖又是何许人，为什么官军要来捕捉，不敢向小翠等询问，只好依着小翠的吩咐，驶向湖州而去。

小翠、仁霖、丑丫头各将兵器拂拭去血迹，藏在行囊中。坐定后，小翠对仁霖说道："今天我杀得很是爽快，鲍老四那厮已死在我的剑下。只是那个姓秦的被他逃匿，我倒忘记到他们船上去细细搜索一番，便宜了那厮。"仁霖道："天下竟有这种巧事！鲍老四害人自害，今天会自来送死。料贺鬷知道了，一定要为我们欢喜哩。"小翠道："那个捕头使铁尺的武艺很好，不知他姓甚名谁?"仁霖道："果然不错，但到后来他的手法也乱了，他哪里及世妹的勇武呢?"小翠给仁霖这么一说，不由嫣然一笑道："我有什么本领? 还是你的好。"仁霖道："哪里哪里? 丑丫头也很好，可谓强将手下无弱兵。"丑丫头立在旁边，听仁霖赞伊，也笑了一笑。仁霖又道："别的不要说，今日他们逃回去后，一定要报告官兵来湖上追赶的。我们究竟人少，寡固不可以敌众，须得连夜驶行，早早逃了湖州，免被他们包围。"小翠也以为然。幸喜是顺风，舟行的速率加倍，直到天色渐暮时，他们的船已驶了七八十里。问问王小毛，知道到湖州只有八十多里水程了。

舟傍野猫墩泊住，煮了晚餐。大家吃过后，小翠吩咐王小毛在夜里开船，不得迟延。王小毛不敢违拗，遵命开船。黑夜里在太湖行舟，当然是带着危险性的，幸亏王小毛是个精明熟练的舟子，在湖上行舟，很有经验。他们一个在船头，一个在船后，照料着那船，仍挂了巨帆，破浪疾驶。王小毛坐在后艄掌舵，不使方向偏乱，安安稳稳地驶着。小翠和仁霖面对面地靠坐在船舱中，各自假寐着，灯火也不点。有时月光从篷窗中射进来，二人有着心事，哪里睡得着? 但也不言语，听丑丫头独自睡在头舱里，鼾声已起了。船底水声，汤汤入耳。

直到下半夜，二人蒙眬入睡了一会儿，睁开眼来时，天色已明，小翠伸了一个懒腰，便向后艄问道："湖州可到了吗?"王小毛答道："到了到了，不满二十里了。"二人暗暗欢喜。丑丫头闻声爬起。王小毛早在船后倒上洗脸水来，请二人盥洗。并煮起早饭，端进舱来，请他们主仆充饥。

大家吃过早餐，舟行迅速，前面已隐约窥见湖州城郊了。小翠、仁霖见背后并无追兵，更是放心。等到舟至埠头靠住，王小毛从后艄头钻进舱来，对二人说道："公子，小姐，今已到湖州，请上岸吧。"小翠遂又取出五两银子给他算饭钱和酒力的。王小毛接过谢谢。丑丫头遂代他们提了行箧，伺候二人上岸。

他们还是初次出门，湖州人地生疏，只管向城外闹热的街市走去，心里要想找了一家旅店，暂且歇下，再作道理。刚才走至一条街上，前面高耸耸的有一座吊桥，三人跨上桥时，小翠低着头走，仁霖却左右观望市景。忽然旁边走上一个人来，高声喊道："小翠姑娘，你们竟在这里吗?"三人听了，不由吓了一跳。

第十六回

客地遇乡人乔装避目
名湖探古迹鏖战惊心

　　小翠回过脸来看时，原来就是他的左邻"快嘴"长根，常来帮着董祥修理屋宇、编扎篱笆，也是村上的一个工匠，所以和他们很熟的，不料在此邂逅相逢。小翠只得停了脚步，带笑说道："我们来湖州有些小事，就要回去的。"快嘴长根把手摇摇，轻轻地对小翠说道："你们回去不得了。"小翠假作痴呆，反问道："你说这话是什么意思？"快嘴长根向左右看了两看，又向小翠一招手道："你们随我来。"

　　三人只得跟了他走下桥去，在桥堍转弯处立定，那边行人较少。快嘴长根便低声说道："你们还不知道吗？前天苏州城里全班捕役以及官军由一个丹枫村里姓鲍的做眼线，坐了大小船只三十余艘，赶到我们村子里来捉什么太平天国的小王子。先把你们的家团团围住，破门而入，不见你们的踪影。又把我们左右邻舍拘捕，一家家地搜寻，要我们招出你们藏匿的所在。但我们怎知你们父女上哪里去了呢？招不出口供，受尽鞭挞之苦。可怜我也挨受过二十下皮鞭，打得我遍体青紫，处处有伤呢。"他说时，一边做出呻吟痛苦的样子，一边两只眼珠子滴溜溜地只向仁霖身

168

上打转。小翠说了一声"这却难为你了"，也不多说什么，因伊早已知晓，毋庸他再申说了。快嘴长根又问道："小翠姑娘，你的父亲在哪里？你头上戴的谁人的孝？莫不是……"他的话没有说完，小翠早说道："是我的父亲已故世了！我们现在要往杭州去呢。"小翠这句话明明是哄骗他的，所以说了这话，立即说一声"再会吧"，便和仁霖、丑丫头匆匆地向城中走去，那快嘴长根却还立在桥边呆望着他们的背后影呢。

三人进得城门，不多路，见有一个招商客栈，小翠便和仁霖等进去打尖。大家歇息一会儿，午餐后，小翠对仁霖说道："我们本拟在此歇宿一宵，赶奔泗安。但我的意思最好不要逗留，马上动身。"仁霖道："莫不是世妹方才遇见了那乡人，恐他要泄露我们的踪迹吗？"小翠点点头道："世兄真是聪明人。他是著名的快嘴长根，什么不肯留在肚里，必欲一吐为快的。恐怕他回到翠云村必要告诉乡人知道，难免无人报告清军，那么清军必然即将蹑踪而至，我们便受其累了。所以我们千万不可在这里多耽搁。"仁霖道："世妹说得是。我们付了店饭钱走吧。"小翠道："再且等一刻，方可动身。"仁霖道："事不宜迟，早走为妙。世妹何以又要等待？"小翠笑笑道："我们两个年轻女子和你一个少年同行，在外面最容易惹人注意。况且庐山真面目不可掩没，是于旅途上极不方便的事，所以我要和丑丫头都改装男子。我和世兄可作兄弟称呼，而丑丫头算是我们的小厮，这样岂非省却许多麻烦呢？况古人花木兰易钗而弁，代父从军，瞒过了多多少少的伙伴。我何不可呢？"仁霖微笑道："妙战妙哉！世妹豪爽的性情不输于丈夫，倘然乔装了男子，我们犹如弟兄一般，更无用避嫌疑，不亦快哉！"说罢，哈哈地笑起来。丑丫头立在门外，听得仁霖笑声，走进来叩问缘由。小翠把这事告诉了伊，丑丫头也很赞成。当前的问题就是缺少衣服巾履。仁霖便说我们身边有钱，可以到外面街上衣店里去选购的。小翠一想也只有这个办法。于是三人带了银子，走出客寓，到街上来找衣裳铺。走了一段路，瞧见左边有一家衣店。三人就进去挑选了十几件单夹和薄棉的衣服，约莫可合小翠和丑丫头的身体的，花去十两银子，什么都有了，只缺鞋袜。三人又到一家鞋子店里买了数双靴鞋，携回店中。他们在店里不便改扮，只得付了房饭钱，携带行李，立即登程。

出了湖州城，望泗安那方走去。仁霖在路上问小翠道："世妹买了衣服，何时改装？"小翠道："便在今宵。我们不要去投客寓，可以向乡下人家借宿。改扮之后，悄悄一走，便无人识得我们的庐山面目了。"仁霖道："就是这样办吧。"

三人赶了十数里路，看看天色渐晚，前面有一个小小乡村。小翠、仁霖、丑丫头便走到一家人家门前，正有一个乡妇抱着小孩，立在门前。小翠向伊说明要告借一宿之意，且许重酬。乡妇便进去禀告了一位老人，得到他的应允，方把三人让到里面。靠右首有一间小小瓦屋，甚为黑暗，房中只屋面上开了一个天窗，地下是砌的方砖，也没有铺地板，正中放一张床，有几张桌子和椅子，是老人儿媳的房间。那抱小儿的乡妇便是老人的媳妇，丈夫尚在镇上未归呢。伊放下小孩，去掌上灯来，泡上一壶茶，请三人坐。小翠取出五两银子给伊，教伊去预备一些晚餐。乡妇见有银子，欢欢喜喜地去了。便听后面有磨刀杀鸡声，三人坐在房间里闲谈一切，等了好多时候，听得外面男子的声音，老人的儿子也回来了。乡妇早送上酒菜来，居然鸡咧，肉咧，鱼咧，样样都有，放满了一桌子。仁霖笑笑道："有劳他们忙一会儿了。"二人遂教丑丫头一同坐着吃喝，不必分开。晚餐后丑丫头帮着乡妇将残肴搬去。又泡上了茶，坐谈至二鼓时分，便阖门安寝。

　　小翠和丑丫头合睡在床上，仁霖却睡在旁边一张竹榻上，铺上枕褥，做了临时的床铺。小翠和丑丫头都觉得倦疲，酣睡不醒，仁霖却时时醒着。将近五更时，仁霖先穿衣起来，唤醒了她们，催她们连连改装。于是小翠和丑丫头各将从衣店里买来的衣服穿着起来，各人都梳了一条辫子。仁霖站在旁边观看。只见小翠乔装之后，果然是一个美男子，有子都之姣，不由暗暗喝声彩。丑丫头也还像个奚奴。遂对二人说道："你们俩改扮得甚好。"小翠走至仁霖身边，和他并立着，对丑丫头说道："你看我和李公子哪个模样儿好？"丑丫头指着二人带笑低声说道："一样好，都像王孙公子。"仁霖笑道："恐怕世妹比我好得多了。我哪里及得世妹的妍丽呢？"小翠摇摇头道："我不信。乔装男子最要有英俊之气，若有脂粉气便不像了，我就怕这个。"仁霖道："世妹乃巾帼之英，所以一经易装，便惟妙惟肖。并不是我面谀，你若不信，将来给陌生的人看后，便知分晓了。"

　　这时丑丫头指着小翠衣裳下面的双趺笑道："翠小姐，唯有这个是大大的破绽，我们必须掩盖过去。"小翠望下一看，吃吃地笑道："当然这绣花鞋儿是不好穿的。幸亏我的双足没有多缠过，并不十分窄。以前我父亲常嫌我双足太大，无金莲贴地之致，恐怕我因此没有婆……"说到"婆"字就连忙缩住，不由脸上红了一红，又说道："现在我可便宜了，只要略缠些布，外面套了靴子就得了。"丑丫头道："我也是这样办吧。我的脚比翠小姐还大呢。"于是二人各自脱下绣鞋，把两条白布缠紧在足上，然后穿上靴子，在室中走了数步，果然如男子一般，无袅娜之态。仁霖回头向窗上望了一望，对二人说道："天快亮了，你们快快预备好，便可上路。"说话时，远近鸡声已起，纸窗上已有些鱼肚色。小翠道："快好了，我们只要略再修饰，就得啦。"于是，小翠又戴上一顶小帽，帽上钉着一粒东珠，果然益发像了。三人收拾了行装。仁霖又摸出五两银子留在桌上，给屋主人的。他们三人趁屋子里的人尚酣睡未起时，便偷偷地走出室来，开了大门，一径去了。

他们走在路上，到了泗安，果然没有人看出破绽。但在交谈的当儿，仁霖仍唤小翠为世妹。小翠对他低声说道："我们业已改装，请世兄留意，千万别再以兄妹称呼，以致人疑。我叫你哥哥，你称我弟弟便了。还有丑丫头我们也要改口了。"仁霖点点头道："不错，这是我的失于检点，以后当兄弟相呼，不妨起个假名，我唤李仁，你唤董义，算为结义兄弟，可好吗？丑丫头可以称伊董贵。"小翠道："如此很好，总之大家不要露出破绽。"又对丑丫头说道："以后你千万不可称呼我翠小姐，给人听了生疑。你可唤我二公子，称李公子为大公子，决不会忘记了。"丑丫头道："婢子理会得。"小翠指着伊笑道："你自称婢子，不是大大的破绽吗？"仁霖道："你可自称小的。"丑丫头道："小的理会得。"仁霖点点头道："这样便对了。"在泗安他们又在客店里耽搁一宵，次日动身至广德，一路至安度。其时太平军倾覆未久，各处军事状态尚未全除，盘查很严。幸亏没有破绽给人瞧出。

安庆有巡抚驻守，十分闹热。三人因为陆行不便，遂雇了一艘帆船，讲明驶至武昌。下了船，溯江上驶。小翠坐在船里，眺望长江风景，气势雄壮，又和太湖不同了。恰逢提督彭玉麟自九江赴南京，长江水师处处迎候。彭玉麟坐着大号艨艟，带着不少战船，旌旗飘扬，舳舻衔接，从上流头顺流而下。许多民船都避在一边，让彭玉麟的战船驶过。

仁霖、小翠等在船中隐身偷窥，见彭玉麟的水军果然军容严整，无懈可击。虽然没有瞧见他的面目，而彭玉麟总是一位大将之才。惜乎太平天国的在上者未能做到尊贤使能，俊杰在位，以致有许多良好的人才反被清廷所用，未尝非天国的致命伤。而彭玉麟等大好英杰，甘心去做清廷的鹰犬，也是至可扼腕的事。他们等候彭玉麟的水师过去时，然后开船西进。

　　有一天到了马当，仁霖因为自己读古文时，尝读苏轼所作的《石钟山记》，在彭蠡之口确是一个奇妙的古迹。彭蠡就是鄱阳湖的别名，现在距离鄱阳不近，正可便道一游，遂和小翠一说。小翠是年轻的人，正喜游览。伊虽然对于这个古迹是不甚领会的，但也十分高兴地怂恿仁霖往游。仁霖遂吩咐舟子要到鄱阳湖石钟山一游，叫坐船往那边去绕道一下，可以多加些舟资。舟子听得仁霖许加舟资，当然听命，遂上岸办了些食物，立即开往鄱阳湖去。仁霖在舟中起先讲一篇《滕王阁序》给小翠听，讲至"落霞与孤鹜齐飞，秋水共长天一色"，小翠也叹为佳句、丽词，不可多得。到了彭蠡之口，时已近晚，水面上帆影渐少，有许多渔舟结队而归，真是渔舟唱晚，水乡风景。小翠觉得又和太湖有些仿佛了。

　　他们的船泊在芦苇边小港口，舟子便在船尾煮饭。仁霖同小翠立到船头上来眺望晚景。见一轮皓月，已从东面升上，远处湖波浩渺，汪洋万顷，不再见片帆一苇。丑丫头也立在一旁，看了一会儿。晚饭已熟，遂进舱去用餐。餐后略坐片刻，即命舟子把船驶往石钟山去。丑丫头听说去采古迹，聆石钟之声，心里也是异常高兴。

　　舟子把船行驶时，却请仁霖等在中舱静默而坐，熄去灯火，因闻战事初定，各地方匪气尚未全靖，鄱阳湖中素有湖匪出劫行舟，不可不防。仁霖、小翠等虽然窃笑舟子胆小如鼠，但也未便固拒其请，只得坐在黑暗里，不发一言。舟行湖中，唯闻波涛澎湃之声，因为黄昏时湖上起了些西风，而风浪遂较平时为大了。舟子小心翼翼地把船驶向前去。月光甚是皎洁，波光如银，拥着一阵阵银浪打向船头来。仁霖虽忧浪大，而因有了风，一定可以听到石钟的佳奏。

舟行多时，遥见前面一座高山，巍峨如巨灵神矗立湖上一般，就是石钟山了。仁霖、小翠各自欣然，以为目的已达到了。一会儿坐船已至绝壁之下，左边大石侧立千尺，宛似猛兽奇鬼，森森然择人而噬的样子。仰视山上树木荫翳，草莽行列，除了风声水声，四围静悄悄地不闻人声。

此时仁霖、小翠、丑丫头三人都立至船头上，不顾浪花溅衣。小翠对仁霖说道："这山上难道没有人住的吗？"仁霖道："也许有些樵夫渔户，但是这时候十九已入睡乡了。"正在说话时，忽听山崖树际有老翁欬且笑的声音，仁霖等都惊奇起来。听了数声，方知是鹳鹤叫。丑丫头学着鹳鹤的声音，叫了一声，山上有数头栖鹘，闻得人声，惊飞而起，在云霄间叫出磔磔之声，盘旋在明月下，好似向下侦察。小翠又对仁霖说道："我们已到石钟山下，只听鸟声而不闻钟声，莫非古书欺人吗？"仁霖道："这石钟得名的历史是在《水经》上，郦道元说，下临深潭，微风鼓浪，水石相搏，声如洪钟。而唐顺宗时有个少室山人李渤，也曾一度来此访寻遗迹，得双石于潭上。试聆它的声音，南声函胡，作宫音，北声清越作商音，抱止响腾，余韵徐歇，自以为得到了。但是苏东坡却都怀疑不信。后来苏东坡和他的儿子亲自到此间来访问，也是在夜间来的，被他听到石钟的声音，以为郦道元的话虽是对的，却嫌他说得太简略，不能使人明白；而李渤得的双石是欺人之谈。所以苏东坡游此后，作了一篇《石钟山记》。我因读了这篇文章，恰又逢路过彭蠡，遂顺便纤道一游。至于是否有钟声可听，这却要看我们的机会如何，不得而知了。"遂吩咐舟子沿着山下驶去。

月光下又驶了一程，只听那山下突然一片大声发于水上，其声噌吰如钟鼓不绝。小翠欣喜道："试听这声音不是很像钟鸣吗？"仁霖一边倾耳静听，一边向小翠点点头道："这大概是了。"丑丫头也喜滋滋地侧耳听着。舟子听到了这声音，更是用力前驶，沿着山壁绕圈儿。仁霖一听，一边细察山下都是石穴罅，不知道有多少浅深，涵澹澎湃，方才发出这个声音来的。舟行了若干水程，回至两山中间，前面将入港口，见有很大的一块砥石，恰当中流可坐百人。舟至石旁，月光下细视这石空中而为窍，和风水相吞吐、有窍坎镗鞳之声，和方才那处的噌吰之声相应，宛如奏乐一般。仁霖笑谓小翠道："你听得吗？今夜我们不让郦翁专美于先了。"因在船首引吭高歌苏东坡《浪淘沙》一阕，豪情壮气，勃然而兴。

他们正在徘徊聆音的时候，忽然北面湖上驶来三四艘很大的帆船，激起了高高的波澜。舟子眼快，早已瞧见，连忙过来悄悄地叫仁霖摆手说道："公子请你别声张吧。你们快瞧那边飞驶而来的帆船，不是很可疑的吗？在这时商船怎敢在湖中冒险夜行？十九是盗船啊。我们快快逃避吧。"仁霖听了舟子的话，他和小翠一齐向北面睇视了一下，也觉得这几艘帆船来路不正。然而他们仗着自己有本领，并不放在心上。仁霖对舟子道："管他盗匪不盗匪，你照常驶回去就是了。"舟子道："月光清白，我们恐怕逃不脱吧。不如到前面芦苇丛中去暂躲一下，免得遭殃。"仁霖也不去理会他。

舟子和他的伙伴在后艄赶紧驶动这船向芦苇丛中去了。可是一片清光，照澈湖上远近，他们既然瞧见了帆船，当然那边船上的人也已窥见了仁霖等所坐的船，于是这艘帆船飞也似的向这边小船驶来，自然小船行得迟慢，帆船驶得迅速，一会儿帆船越追越近，船上的人已望得见了。忽然有一支响箭嘚剌剌的一声响，射到仁霖船边，掠蓬顶而过。仁霖、小翠知道这些帆船果然是盗船了。放出响箭，就是要叫自己的船停驶。今晚看来难免又要动手一下。

舟子在船艄头听得响箭，吓得他们脸上变色，船也摇不动了。仁霖、小翠、丑丫头一齐走到船里去，向行李中取出自己所用的武器，脱去外边衣服，结束一下，准备御敌。仁霖且安慰舟子道：“你们只顾当心摇船，盗匪虽然追来，但你们别看我们都是年轻的人，有我们在船上，杀几个狗盗如探囊取物，并非难事。”说毕，各人亮出兵刃，走向船头去。舟子听仁霖的话，虽有些将信将疑，然瞧他们一种勇武之慨，绝非虚饰，换了别的青年在此时候，也早唬得一团糟了。事已至此，唬也无益，且看他们怎样厮杀吧。

背后的帆船渐渐追近，船上喊声大起。仁霖叫舟子掉转船首，以便迎战。舟子也觉背后危险，立刻把船掉过身来。仁霖等在船头上望到帆船中站着许多彪形大汉，一时看不清楚什么人，然而手中都扬着明晃晃的兵刃。唰的一声，早有一弹打向仁霖头上来。仁霖把手中龙泉剑迎着一击，铛的一声，早已击落到水里去了。仁霖回顾小翠道：“你看他们竟会用暗器伤人。”方说了这话，又是一弹打向小翠身上。小翠柳腰一侧，闪避过去，那弹扑地中在船舱门上。小翠大怒，喝一声：“狗盗不要抛弹掷丸，快快放船过来，一决雌雄。”

176

这时盗船已和仁霖的船相距不过一丈，共有四艘，正中两艘船身较大，左右各一艘好似雁行般列着。正中右边一船最先和仁霖的船接触。船上有一个少年，手握双刀，蓝布扎额，全身黑衣，身躯瘦小如猿猴一般，向仁霖等大声喊道："你们是哪里来的客舟？船上有何财物？快快献将上来。"仁霖冷笑一声道："我等是来游湖的，别无财物可献。你们如不要性命的，可来试试我的宝剑利与不利。"那少年听仁霖说话如此倔强，手中又有长剑，知道他们也谙武艺的，所以口出大言。但瞧他们年纪都轻，遂也笑了一笑道："你们这些小竖子，从哪里来的？难道不知道鄱阳湖饶家的厉害吗？"小翠道："什么饶不饶？你要求饶命吗？我手中的青锋却不肯饶你。"

少年听了小翠的话，艴然大怒，舞开双刀，上前径取仁霖。仁霖把龙泉剑迎住便斗，少年船上又有一个黄脸大汉，手中挺着铁棍，飞身一跃，直跳到仁霖船上来。小翠见他来势凶猛，不敢怠慢，将明月剑使开，接住那大汉。黄脸大汉骂声"乳臭小儿"，呼的一棍打向小翠头顶。小翠把剑一架，虽然被伊拦住，但觉这大汉的棍势沉重，膂力不小，自己的力气不及他，不得不用取巧的姿势相斗。而且又怕损坏自己的宝剑，不敢去削他的铁棍。那大汉把铁棍使急了，好似一团黑云，骁勇无比。小翠也施展平生本领，和他恶战。丑丫头舞开双锤，来助小翠。左外面的船又已和他们的船接近。船上有一个面目狰狞的盗党，挥动大刀，向丑丫头劈来。丑丫头只得和他战住。盗船上的人虽然不来相助，可是人数甚伙，呐喊助威。仁霖虽无畏的，然见盗党人数多出自己数倍，而又都是劲敌，久战恐要吃亏，急欲取胜。待那少年一刀劈向他的怀里来时，把龙泉剑迎着他的刀锋，顺势用力一削。只听锵的一声，那少年右手所握的刀已被仁霖削作两段。仁霖又是一剑刺去，少年唬了一跳，急忙闪身避开，不敢恋战。

　　左面船上早有一个少女青绢裹首，身穿黑色夜行衣服，脚下双肤纤小，穿着大红弓鞋，手里横着一柄宝剑，娇喝一声："哥哥闪开，待我来战三合。"少年闻言，立即退下。仁霖见盗党中来一女子，不由一愕。可是那女子的剑早已扫至腰际，说声"看剑"，这是一个玉带围腰式。仁霖不慌不忙，将剑望下一扫，两剑相遇，只听嗒啷啷一声，宛如龙吟虎啸，两剑火星乱迸。两人各吃一惊，各个收回宝剑，借着月光一看，各无损伤，方才安心。仁霖知道女子手中也是一口宝剑，遂不敢去削伊的剑，只想以技取胜，使开梅花剑法，向女子进逼。女子也把浑身解数使出来，倏忽之间两柄剑都化作两道白光，但见剑光，不睹人影。战够多时，尚不分胜负。可是左面船上走出一个七旬以上的老翁来。一部花白长髯，飘垂胸前，精神矍铄，相貌奇伟，向这里三对厮杀的人看了一下，便对左右说道："怎么我儿和孙女等，还不能战胜这三个乳臭小儿？岂非将损我饶家威名？使老夫费些手脚吧。"遂向身边一个侍奉的盗党手里取过一柄镔铁龙头拐杖，跑至女子身边说道："琪姑，待我来擒这小子，看他能在老夫手里逞能吗？"女子回头叫一声："老祖宗，你高兴动手吗？千万要生擒住，不要伤他的性命。"老翁点点头。女子遂虚晃一剑，跳开一边。

　　老翁将铁杖轻轻摆动，仁霖的宝剑和拐杖相遇时，立刻直荡开去，将仁霖虎口震裂，知道这老翁是个非常之人，本领又在女子之上了。正踌躇间，老翁的铁杖又已呼的一声，打向他的头上去了。仁霖迸住气，运足全副力量，将剑望上一迎，要想拦开老翁的拐杖。可是觉得那拐杖犹如泰山压顶，向下直沉，自己哪里架格得住？拐杖将及头顶时，他只得向旁边一跳，躲过这一杖。

可是老翁趁他立足未稳时，早已转变拐杖，迅速望下一落，向仁霖的下三路扫来。仁霖急急再跳时，足踝上已略被拂着，推金山倒玉柱的仆倒船边。老翁将他一脚踏住，夺去宝剑，提将起来向自己船上一掷，喝声"拿下了"，女子早已吩咐盗党擒住。小翠见了，心中又惊又急，要想来援救时，却被大汉纠缠住，不能脱身，暗暗叫苦。

老翁既擒仁霖，又来对付小翠。小翠究竟是初出茅庐的人，想不到在这里遇见了强硬的对头。眼见仁霖被擒，老翁武艺高强，自己也必凶多吉少，只得硬着头皮迎战。然而小翠的一口剑任伊怎样使得厉害，如何敌得过老翁的拐杖和大汉的铁棍？刚才架开棍，杖来了，避过杖，棍又到了头顶，两膀酸麻，香汗淋漓，勉强战了三四合，背上被铁棍带了一下，一个翻身，跌入湖波去了。丑丫头一见小翠落水，喊了一声"啊呀"，双锤架开盗党的大刀，跟着小翠，奋身跃入水中。老翁哈哈大笑，说道："初生之犊，辄不畏死，让她们与波臣为伍吧。且喜擒住了一个，可以带回去问问口供哩。"遂吩咐众盗速入舱中搜查。

那两个舟子在后艄头唬得瘫软了身子，动也不敢动。众盗入舱翻开行箧，得不到什么，唯有少数金银和忠王相赠的珍玩，被他们搜刮了去。回报老叟说，舱中没有客人了。于是老翁长啸一声表示胜利，下令诸船返棹。立刻这四艘帆船一齐掉转船头，向南面疾驶而去。月光照射湖波，依然银光腾跃，汤汤有声。唉！石钟之声方听，蛟龙之舞已起，杖影剑光，虎斗猿拏，竟使一双小儿女乐极生悲，死生莫卜。甫离缇骑之手，又遭暴徒之侵，这真是令人可念了。

第十七回

被虏上牛山王孙誓死
劝降来石室女盗多情

　　鄱阳湖上一幕血战告终后，仁霖被盗党擒住，跟着盗船前去。将近天明时，已到一座小山之下。那座小山屹立湖中，好似一条水牛，晨曦中望去，山上也有屋舍树木。红日从水平线上涌起，映着绮丽的云霞，湖波都作浅蓝色，湖上的景色美丽极了。可惜仁霖心中充满着忧虑与愤怒，无心去领略，和昨晚泛舟石钟的豪情逸致，大不相同了。

　　盗船泊定后，早有那个瘦小如猿猴般的少年，吩咐两盗押解仁霖上山。此时仁霖陷身虎穴，已将自己生命置之度外。迤逦登山，见关上一处处皆有寨栅，插着旌旗，知是到了匪窟。一会儿被盗党推到一座厅前，两廊插满着刀枪剑戟，庭中矗立着一根高巍巍的旗杆，杆上有一面红旗，随风飘展，上有一个斗大的"饶"字。厅上正中虎皮椅内坐着的便是自己被他擒获的银髯老翁。右手椅子里坐着一个黄面大汉，下面椅中坐着二三个壮士，还有那个舞剑的女子也坐在黄面大汉的下首。

　　那瘦少年押着他自己在阶前站定，向老翁说道："老祖宗，这个俘虏如何发落？"老翁又对仁霖上下相视了一会儿，一手摸着颔下的须髯，说道："我们起初以为必是什么奸细�夤夜来湖上窥探我们的动静，但是现在觉得不对了。此人年轻貌美，不像平常之辈，颇似天潢贵胄，剑术也确乎不错。若非我亲自出马，恐怕一时也捉他不住哩。"那个黄面大汉在旁也说道："这几个人虽然不是奸细，却也很奇怪的。方才那落水的两少年像是主仆，不知和此人有何关系。月夜孤舟，来此湖上，真好大胆。我们不妨向他问个明白。"老翁点点头，遂对仁霖正色说道："你的姓名是什么？从何处到此？为何在夜间到这水乡深处？快快实说。"仁霖不欲吐露真姓名，便答道："你们这辈狗盗，聚众横行，为害闾里，你家小爷恨不能将你们悉数除灭。既已被擒，我也不想再活，快给我爽爽快快的一死，何必多言。"

老翁见仁霖说话如此倔强，倒也是难得遇见的，便冷笑一声道："我若要叫你一死，当然是极容易的事。但我念你年幼无知，所以想问明白了，或许可以饶你的性命。你又何必这样急急求死呢？你的同伴早已葬身湖波，蝼蚁尚且贪生，何况是人？难道你真的不想活吗？"仁霖道："狗盗，我的兄弟已死，我无意再活人世。你们是我的仇人，我又岂肯觍颜事仇？狗盗，何必多言？你们的末日也不远了。狗盗何必逞能？"

旁边站着的瘦少年听仁霖口里狗盗长狗盗短的谩骂，按不住心头火起，又向老翁说道："老祖宗宅心仁慈，不欲妄戮非辜。然那厮不知好歹，非但不肯听命直说，反而任意谩骂，孙儿实在忍耐不住了。请老祖宗快快把他一刀两段，或是将他抛在湖上，让他和他的同伴一块儿去做水中游魂吧。"老翁道："好，既然他自己不要命活，那么赐他一个全尸，将他抛入湖波也好。"瘦少年听老翁既已有令，立刻就教盗党推着仁霖，回身走去。

这时候下首坐的那个少女忽然立起身止住瘦少年道："哥哥

且慢把那人推去。"瘦少年对伊睁着双目，露出很奇怪的神情，说道："妹妹，这是老祖宗的命令，你又何能阻止？"

少女且不理会他，回转娇躯，向老翁跪倒说道："老祖宗不是在前天当着大众宣过誓，说此后不再妄戮无辜吗？现在这少年既然不是歹人，我们劫了他的钱财，伤了他的同伴，似乎已是很厉害了，何以又要不留他的性命呢？况且此人武艺不错，是个俊杰之士，他使用的兵器又是宝剑，绝不是没有来历的人，杀之可惜。不如把他软禁在山上，慢慢儿再行详询，或可知其底蕴。倘能收为己用，岂不使我们山寨中多一人才吗？老祖宗千万请听孙女之言，宥其一死。"旁边的黄面大汉也对老翁欠身说道："父亲，芳儿的说话也不错，不如姑且把此人监禁山上，过几天再行询问。如若他有意投降我们的，那是最好的事，否则到那时再把他杀却，也不为迟。"老翁听了，微微一笑道："你们倒能体上天好生之德，我却不能不答应了。"遂又吩咐盗党把仁霖押送到后面石室里去监禁，不可给他逃走。

瘦少年听他们如此主张，只得怏怏地押着仁霖前去。仁霖本已拼了一死，现在盗匪忽又赦而不杀，他心里反而踌躇起来了。被那瘦少年押解而行，曲曲折折地走至后面。见有一间石室，靠着山壁而筑，门上有锁。瘦少年将钥匙开了，推开一扇小小的铁门，里面光线十分惨淡。瘦少年把仁霖推至里面，解去了束缚，对他狞笑了一下，说道："便宜你这厮，且在这里多活几天吧。"随即把铁门闭上，加了锁，走回去。

仁霖在石室中徐徐镇定心神，向四面详细看了一看，虽然不甚分明，而已知四下里都是石壁，上面又是天然的大石倾斜下盖，只有对面开着一个小小圆洞，透些亮光进来。像这种地方实在是生平难得到的，被囚在这石室里面，任凭什么英雄好汉也难想法逃出去了。至于室中也没有什么器物，只有一张小小的石台，把它当桌子，或是凳子也可。壁隅堆着些稻草，恐怕这就算是睡榻呢，真是十分凄惨。

仁霖在石台上坐下身子，一手支撑着，默默思量。他深觉对不起小翠主婢两人了，都是自己忽发奇想，要来湖上探访石钟名胜，谁知因此而遇到了盗匪。初以为凭着自己的本领，足够对付。哪知道盗匪都是劲敌，而那个长髯的老头儿，本领尤其高强，我等都非他的敌手，无怪我要被擒。我死虽不足惜，咎由自取，只是小翠和丑丫头双双落水，在那洪涛巨浪之中，她们是不谙水性的，一定与波臣为伍了，可怜得很。想小翠花容月貌，年纪轻，本领好，前途正要开放灿烂的奇葩，现在却为了我而牺牲，我怎样对得起他们父女呢？除非我也死了，魂兮有知，地下相会，当不寂寞。他这样哀痛地追思着，眼眶里滴下几点英雄之泪，忘记了自己处境的危险，悲悼小翠的身死，不幸之至。然而他又有什么办法呢？肚子里渐觉饿起来了。听得外面有了步履之声，只见砉然一声，铁门上开了一个小方框，有一个儿郎站在门外，手里托着一盘，对他大声说道："好小子，这是你的午餐，快拿去吃吧。"说毕，将两碗菜肴、两大碗白米饭从小方框里递送进来。仁霖饥肠辘辘，熬不住饿，只得走过来接了进去，胡乱吃着。那儿郎守在外面，等到仁霖吃毕，收了碗盏关闭了小方框走去了。

仁霖吃过了饭，坐在稻草堆上，养了一会儿神，精神已是全复。看看天色渐暮，石室里更是黑暗，不能瞧见什么，只可看到对面小洞里透进一些灰白色的光。那儿郎又开了门上的小方框送晚餐进来了。仁霖又将晚餐吃毕，室中已是黑得伸手不见五指。他知道已是到了黑夜，除掉睡觉而外，简直没有法儿想。可是他到了此时，一颗雄心又复燃起。自思他们不杀我，虽然不知是何用意，然而我不是傻子，为什么不乘此时机设法逃出牢笼呢？小翠已死，而我尚在世间，当然不免辜负了伊，可是我若不死，将来还要偿我的志愿。我父亲临别叮咛的话，言犹在耳，岂能忘之？我还要去做一番事业，完成我亡父未竟之志，那么我又何必一定要死？不如别谋生路的好。想到此际，黑暗中一闭眼睛，好似瞧见他的父亲忠王李秀成站在他的面前，脸上露出很渴望的神情。于是仁霖更不欲死了，只想如何逃遁出去。然而睁眼四顾，一片漆黑，四周都是坚硬的石壁，一些儿没有隙缝，自己手中又没有器械，一柄随身的龙泉剑早已给盗匪夺去了，怎样能够走得出这个石室呢？

他正在如此想着，忽见石洞外面有火光一亮，他心里不由一动，忖度外面必有人在，难道是来救援自己的吗？但天下安有是理？自己一个人孤单单地被囚在盗窟中，小翠已死，世上更无一个亲近的人，怎会有人来救呢？那么莫非盗党要来害我的性命吗？跟着听得步履细碎之声，有女子咳嗽之声，很像小翠。咦！奇了！世间安有第二个小翠？难道伊昨晚竟没有死，知道我被盗众擒去而来援救我出险吗？他心里不由活跃着，几乎要喊出小翠的芳名来。接着便听门上锁钥声音响了一下，轧轧的一声，那扇铁门已是开了，走进一个苗条的人影来，正是一个女子，左手托着烛台，右手提着宝剑。咦！难道真是小翠吗？借着烛光，仔细向那女子望了一望。哪里会是小翠？原来就是山上的女盗，曾和自己决斗过的。他就睁圆了眼睛，愤然无语。那女子却去把门关上了，将手中烛台放在石台上，走近仁霖身边。

此刻仁霖心中十分奇异，对那女子厉声说道："狗盗，你莫不是要来杀害我吗？那么快快动手吧，只要死得爽快……"仁霖的话尚未说完，女子早向他微微一笑，摇摇手道："你不要骂人。我若然要来杀你时，早晨我又何必向老祖宗阻止，劝他们不要杀你呢？你不知道感谢我，真是不识好歹了。"仁霖道："你既然不要杀我，那么手执兵器，夜间来此做么？你们既不杀我，把我监禁于此，不是侮辱我吗？"女子道："这都是我的好意，若没有我劝止时，恐怕你早已饱了龟鳖之腹哩。还要说侮辱你吗？"仁霖道："奇哉怪哉！你是盗匪的女儿吗？不杀我做什么？"女子笑道："好好的人不做，为什么口口声声只求死？一个人要死总是容易，只消我的宝剑一挥，你便身首两处了。"仁霖道："要杀就杀，何必多言？"女子却叹一口气说道："唉！你这人真是不识好歹。我一心救你，又不要杀你，你何必这样说呢？"仁霖听了这话，便不说了。女子又对他说道："你是谁？请你先告诉我。我对于你一片好意，并没有坏心肠，你也不用隐瞒，老实告诉我听。"仁霖遂说道："我姓李，名仁，世居吴下。此次同我的结义兄弟董义以及童儿董贵，赶到四川去投奔亲戚的。路过此间，因闻鄱阳湖上石钟山的名胜，遂乘月夜驾舟探访，一聆异声，哪里知道遇见你们前来行劫？我们既谙武术，当然不肯束手受戮，而要和你们厮杀了。我既不幸被擒，义弟又遭于难，所以不忍独活受辱，而愿一死。"

女子听了，点点头道："原来如此。昨晚的事我们也并非要来劫夺你们的财物，因为夜间湖上绝少行舟，恐防你们是官中派来的奸细，刺探我们山寨情形的，所以上前查询。你们却胆敢抵抗，当然我们不能饶恕了。但是你们的武艺也是非常之好，尤其是你的宝剑，现在已被我拿去藏着，细细看过，珍贵异常，剑鞘上镶的翡翠和精金，也非平常人所能有的，不知你何以有此宝剑？"仁霖道："这是我家祖传之物，被你拿了去，诚堪痛心。"

女子又笑道："你若投降了我们，此剑也可归还原主了。"仁霖道："大丈夫何事不可为而偏要做盗匪呢？要我投降，这是无异呓语。"女子哼了一声道："你不要看轻我们绿林中人。我们也是很有志气的人，只因老祖宗受了清廷官吏的虐待，所以报复了深仇，而隐身在此间的。英雄不怕出身低，古今成大事立大业的，起初时候谁不卑贱？便是皇帝老子也是如此。太平天国中诸王，十有七八是出身草莽，只可惜他们还不能用人，以致覆亡呢。我老祖宗曾向九江的太平军输诚，愿代画策，尽取江西诸郡。可惜他们听了谗间之言，不能采纳老祖宗的献计，反而派遣部下，要来除去我们的一伙人。恼了我家老祖宗，在湖上埋伏了数路健儿，把太平军杀得大败而去，从此他们也不敢再来侵犯了。清军虽也有招抚我们之意，但因老祖宗不肯顺服他们，所以我们兀自藏身湖上，待时而动呢。"

仁霖听了这一番说话，心中不能无动，便问女子道："你家姓饶吗？所谓老祖宗又是何人？"女子道："老祖宗就是我的祖父。我家姓饶，我祖父名唤尚义，在这鄱阳湖上称霸山林已有二十多年了。因为他生得一部花白长髯，江湖上大家称他为'银髯翁'，提起这三个字来谁人不知？我父亲名唤天健，因他面色常黄，所以别号'黄面虎'。生我兄妹二人，哥哥名唤志武，别号'小猿猴'，我唤志芳。"

仁霖点点头道："好个志芳！我也但愿你真能志芳。你的武艺果然不错，未知你可有什么别号？"志芳笑了一笑道："你要问我的别号吗？就是'胭脂虎'三个字。"仁霖又点点头道："名副其实。"志芳道："你不要以我为盗家之女而以为可怕，其实我们也讲道理的。尤其是我的脾气，只喜欢杀掉贪官污吏、骄兵悍将。对于一般无拳无勇的小百姓，却从来不肯轻加杀害，而又喜济困扶危，帮助人家的。"仁霖道："这就是江湖上人的一点美德，若是连这些也不能做到时，简直是祸国殃民的狗盗了。但是你们昨晚到什么地方去的呢？"志芳答道："你倒问得精细。前日我们是到星子一家富户那里去借粮，因闻那富户为富不仁，积了不少造孽钱，所以我们去向他借一些来。果然被我们借了三十万来，可是一个人也没有杀伤。回来时恰巧遇见了你们。"仁霖叹道："这是我们的不幸。现在我的义弟业已葬身湖波，我还有什么生趣留在这浊世呢"志芳道："你是一个少年，不应该这样悲观。你若能入我们的伙，包你逍遥快活。死了一个义弟，多了许多朋友，不是很值得的事吗？"

仁霖听志芳说到值得的事，他暗暗嗟叹，想志芳怎知道我的义弟是一个女子呢？自然伊不知道我内心的悲痛了。我既是一个俘虏，他们留着不杀，难道真的要劝我入伙吗？然而一则小翠死在他们的手里，他们就是我的仇人，我应该代小翠报仇的，岂可和仇人同处？二则我是一个王子，岂可屈身绿林，贻祖宗之羞？所以我宁可一死，不愿苟活。志芳这女盗明明是来劝我投降的。此人虽是盗女，倒也妖媚，说话也很爽快，宛如小翠第二。但伊怎知我们的真相呢？我只有毅然拒绝伊了。

仁霖低着头凝思。志芳以为仁霖的心已有些软化，遂又说道："你现在可觉悟了吗？我们决不亏待你的。待我明天和老祖宗说明白了，立刻可以释放你出这石室。这地方我也知道你不能住的呢。"仁霖忍不住摇摇手说道："你要我投降你们吗？这是不可能的。我早已说过我姓李的是个大丈夫，决不为盗。"志芳听仁霖说来说去仍是不肯，便冷笑一声道："世间只有你一个人是大丈夫，他人都不是好汉吗？我早已告诉你鄱阳湖上大牛山饶家是天下闻名的，哪一个不是英雄好汉？你休要藐视。我老祖宗的本领你也领教过了，天下没有敌手，难道你还不佩服吗？"仁霖道："不是这样讲。你们纵然有了天大的本领，可惜总是个盗匪，千秋万世，难逃恶名。"

志芳听了这句话，顿时柳眉倒竖，露出一脸的杀气，将手中宝剑一拐道："你还要这样辱骂吗？休怪我无情，把你一剑两段。"仁霖道："死便死，我并不怕的。"说着话，伸出了脖子，准备受志芳的一剑。志芳将宝剑往仁霖面上磨了一下，说道："好，你这个人真是铁石心肠。要死总好办的，你家姑娘姑且饶你多活一夜，明天禀告了老祖宗再作道理吧。"志芳说了这话，又对仁霖紧瞧了一眼，拿起石台上的烛台，提着宝剑，回身走出去，砰的一声仍把铁门关上，加了锁，履声与火光渐杳。

仁霖依旧坐在稻草堆上，瞑目自思。他本来心中懊丧万状，准备一死了，却不料盗魁的孙女黑夜前来，向他劝说了一番。他虽然不愿意投降他们，耻与盗跖为伍，向志芳坚决地拒绝，可是他的一颗心不免已有少许活动。因为他所以要死，完全是为了小翠之故，自己觉得非常对不起伊的。既而又想到亡父所以把自己托孤于董祥，完全是要留下我这一支小小根蘖，将来可以光大后裔，继承宗祧，完成亡父生前未竟之志。那么自己一身的责任却是非常宏大的，不幸而死，那是没有话说；假使可以不死的话，还要保留将来的希望，岂可效匹夫匹妇之为谅也，自经于沟渎而莫之知也？我还是别谋良法吧。

所以在饶志芳来说降的当儿，仁霖仍是秉着一往无畏的勇气，誓死不屈，而在志芳去后，他思前想后起来，心头又起了变化。想到后来，他竟在无办法之中找出了一个办法，就是自己不妨乘此机会来一个假降，虚和他们周旋其间，让他们可以恢复自己的自由。等到有下手的空隙，自己就可击刃于饶家仇人之胸，而代小翠复仇。这样岂非比较延颈受戮好得多吗？因此仁霖的思潮往复上下了好久，到底他又决定变更原来的宗旨了。

他横在稻草堆上，黑暗里听得远远的更锣的声音，乃是山上巡逻者依稀打了三下。精神十分疲乏，闭着双眼，蒙眬地睡去。昏昏沉沉一觉睡至天明，那小洞里已有亮光透入。他站起身子，在石室中负着双手，往来踱着，不知道今天盗匪要把自己怎样发落。少停，有人送洗脸水和早餐前来，他方始知道饶家对他仍无恶意。吃罢早饭，他坐在石台上十分无聊。回想到太湖里和小翠相聚的光景，好如隔了一世，芒乎芴乎，此乐不可复得了。

他正在深深感叹，忽然铁门开了，两个儿郎握着短刃走进室来，对他说道："姓李的，我家寨主唤你去问话。"仁霖到底要显出自己是好汉，仍是不屈不挠，面色阳阳如平常一般，跟着他们挺身就走。到得厅堂阶下，只见那个老祖宗饶尚义踞坐胡床，脸上十分严肃，旁边坐着饶天健父子，却不见饶志芳。他心里知道有些不妙，对着饶尚义屹然而立，神情自如，静候他们发落。饶尚义指着仁霖，喝问道："你姓李吗？我们因为见你年纪虽轻，本领尚好，所以不忍把你杀却。今天我再要问你，究竟可肯投降我们？在我们山上做个小弟兄？快快想定了回答。如其不识抬举，我就也不再留你的性命。"仁霖道："我要问你们究竟要不要杀了我，若然要杀我的，快快杀了我，何必多言？我是誓不屈辱的。"饶尚义冷笑一声道："你这人可是有些傻的吗？若我们真心要杀害你，何必留至今日。便是因为爱惜你的人才，遂一再问你。你须三思，莫要辜负了老夫的美意。"

仁霖心里暗想这个机会不再要放过吧，不妨假许了，以后再作道理。遂说道："你们若果能招贤下士，何以对我并无礼貌？倘然要我归心，须要许我自由之权。"饶尚义哈哈笑道："你肯归降吗？当然我们要好好款待你，并不干涉你的自由的，只要你一心对我们便了。"仁霖乘势说道："那么我也可以答应在山上追随骥尾。"

饶尚义大喜，立即请仁霖登堂，且对屏后哈哈笑道："李仁已归降了，孙女快出来吧。"饶尚义方说完这话，只见屏后闪出饶志芳来，丰容盛鬓，绮装华服，宛如新嫁娘一般，向他嫣然浅笑道："你真肯归降我们吗？很好，这是你的幸福，也不辜负我的一片心了。"仁霖听了志芳的话，不由一怔。此时饶尚义走过来，一摆手道："孙女，待我来和他讲吧。"仁霖听了，更是惊异，不知道饶尚义要和他讲什么话？

第十八回

山中作甥馆剧盗招亲
水上逢渔舟双姝获救

仁霖站在一边，双目瞧着饶志芳的娇容，静听饶尚义向他讲话。饶尚义一手摸着颌下银髯，对仁霖说道："老夫因为不愿在满清政府之下效力，所以聚合同志，借这牛山暂作栖身之地。一向招贤下士，不肯妄杀一人。今日得见你年少英俊，愿意将老夫一件心事托付于你，却不知你意下如何？"仁霖还不明白饶尚义的用意，遂拱拱手道："老英雄有什么事见委？即请明告，小子自当努力。"饶尚义道："老夫有一孙女名唤志芳。"说着话一手向饶志芳一指，又说道："是我一生最宠爱的人了。今年芳龄十九，小姑居处尚无郎，早欲为伊物色一位佳婿，使伊终身有托。但因伊心高气傲，少所许可，长久不得其人。且喜你英俊不凡，武艺也很不弱。老夫颇有此心。问得孙女同意，愿侍巾栉，所以不忍将你杀害。难得你已肯和我们一起聚义，现老夫做主将孙女妻你，招你在山上做我饶家的赘婿。至于我孙女的本领，谅你见过的了，或不至于不屑一顾吧。"

仁霖听了饶尚义的一席话，明知自己的性命得以保留，都是志芳之力，这个时候也不能不答应了。虽然我心已爱小翠，对于他人绝不属意，然而我为要谋将来兔脱之计，此时也不能不权宜行事。小翠幸而不死，他日若知此事，也不能深责我的啊。于是他就对饶尚义说道："小子无才无能，蒙老英雄宽恕其咎，赐以优渥，已觉感幸万千。又承将令孙女下嫁，受宠若惊，何以克当？"饶尚义道："不要客气。你们先来见见。待老夫选个吉日，便在山上代你们二人成婚吧。"仁霖道："谢老英雄的恩。"志芳走过来向仁霖微微一笑，又伸出柔荑，一拉仁霖的衣襟，说道："这是老祖宗的恩典，我们快快叩谢吧。"仁霖遂跟着伊一齐向饶尚义下拜。

　　饶尚义笑容满面，双手扶起二人，连说"好，好"。又对仁霖说道："你去拜见你的岳父吧。"仁霖便和志芳又走到饶天健面前拜倒。饶天键倒不过如此，并无十分欢喜的形色，一摆手说声"请起"。瘦少年饶志武也上前和仁霖相见。饶尚义又对志芳说道："孙女，你母亲听得这消息，也该欢喜。你当领他入内去一见。"志芳答应一声，便引导仁霖到后厅去拜见志芳的母亲贺氏。仁霖见是一个四十多岁的中年妇人，青布抹额，一双柳眉，颇含杀气，也像懂武艺的人。仁霖拜见后，志芳将老祖宗说的话告知贺氏。贺氏听了，见仁霖一表人才，果然是个美郎君，足当相匹，所以心中很是喜悦，叫仁霖坐在一边，和他谈谈，细问仁霖的家世。仁霖照着昨夜和志芳说的话重述一遍。贺氏闻得仁霖已失怙恃，倒很有怜惜之意，便对仁霖说道："很好，你家中既已没有他人，天涯何处不为家，在我这里做赘婿，相助我们一起共成大业，将来自有希望。我的女儿容貌生得不错，和你匹配，正是佳偶。伊别样技能虽没有，而一柄剑却是不弱于男子。将来你们二人正可一同研究武艺，自有老祖宗指示你们。不过我女儿娇养已惯，十分任性，恼怒了伊时，伊就要大发脾气的，这一点请你须要加以爱护而原谅的。"仁霖连忙点头说道："敢不遵命，我决不触犯伊的脾气。"志芳笑近："我自问也没有什么怪脾气。母亲这样说，真是爱我，所以如此不放心吗？你看我不会和他闹什么脾气的。"贺氏笑道："你能不闹脾气，这是再好也没有的事了。本来你年纪渐大，切不可再有孩子气，惹人好笑的。"仁霖坐了一会儿，又告退出来。

饶尚义吩咐厨下预备一桌丰盛的筵席，为仁霖压惊。祖孙四人以及山上几个大头目坐在一起，陪伴仁霖喝酒。仁霖本有酒胆拳风，和大家对喝起来，一杯一杯的，不甘示弱。志芳坐在一旁，玉靥微笑，看仁霖喝酒。见仁霖有些半醉时，伊就要劝止了。志武笑道："妹妹，你还没有和妹夫成婚，已是袒护他吗？今天我一定要和他喝个畅。"别瞧他人虽瘦，酒量却大，真是仁霖的劲敌。彼此又喝了数杯，仁霖喝不过他了，还是饶尚义吩咐停杯。散席后由志武、志芳兄妹二人招待他到一间精美的客室中去休坐，不再尝那石窟风味了。

次日，由饶尚义选定一个吉期，要为仁霖和志芳二人成婚。仁霖等做新郎，一些儿没有事做，除每日清晨去见老祖宗及岳父天健，其余的时间却是和志武、志芳兄妹俩在山上散步闲谈，优游自适。然静中思量，自己的奇遇真是不可思议，谁料到会在牛山做赘婿的呢？

一到吉日，山寨里悬灯结彩，鼓乐竞奏，铺排得十分富丽堂皇，众儿郎欢天喜地地都来吃喜酒。饶尚义年纪虽老，兴致最好。仁霖本来潇洒出群，俊美异常，今日装扮了新郎，更是如卫玠璧人一般。而志芳的新娘也是艳丽若仙，真是一对好匹配，金童玉女，齐临人间。参拜天地毕，逐一拜见家长。仁霖遂改称饶尚义为太岳丈，而称天健为岳父了。见礼之时，贺氏也是笑容满面，唯有天健却淡淡然不过如此，仁霖也没有留心。

洞房设在里面楼上，房中另有四名女婢伺候，陈设华丽，耀眼生缬，妆台上华烛双辉，锦帐中鸳衾灿烂，此时的仁霖宛如处身别一境界了。深宵人静，仁霖对此粲者，罗襦襟解，芗泽微闻，携手同入鸳帏，不觉销魂真个。

婚后，饶志芳对待仁霖万种温柔，如小绵羊一般，所以仁霖起初虽然假意爱伊，而后来一颗心却被情丝所缚，觉得志芳自有可爱了。他的龙泉宝剑也已向志芳取了回来，悬在自己房里。每天下午无事，便同志芳到山中空旷之处练习剑术。两人舞剑的功夫彼此不相上下，不甘示弱，舞得非常尽力。饶尚义有时在旁指点一二，仁霖心里也很佩服。

他在山上虽然过着甜蜜的光阴，但是志芳不在他身边之时，静中独坐，自思自量，不由暗暗嗟叹。想自己本来奉着董祥的遗命和小翠主婢一同投奔四川鸡足山白云上人的，谁料中途闹出这个大大的岔儿来呢？一念之故，铸此大错。假使当时自己不主张来鄱阳湖边听石钟之声，那么此时恐已安抵浔阳，何至于会逢着饶氏群雄，以致和小翠生死异途，换了一番情景呢？又想小翠投身清波，伊是不谙水性的，在那万顷波涛中间，如何能够挣扎出水，脱险就夷呢？一定如三闾大夫一样，葬身鱼鳖之腹了。这样我的内心歉疚，恐怕永没有已时。但愿苍天护佑，有如万分之一，小翠能逢凶化吉，出死入生，那么如天之福，将来方可以见董祥于九泉了。又想到自己父王的遗嘱，天国事业，惨遭覆亡，将来还要仗我辈后生起来旋乾转坤呢。那么自己倘然一辈子在这牛山上与群盗啸聚，不是辱没了天潢贵胄吗？所以仁霖虽在山上雀屏中选，随遇而安，然而他并不像刘阿斗一样的，此间乐，不思蜀，心里总是要想离开这鄱阳湖，不干盗匪生涯，去创造事业，重兴天国。而小翠尤其是他心上常常思念的人，是死是生，总是一个问题，不能解决呢。然而小翠那晚投身洪涛，究竟是死是活呢？恐怕这也是天意吧。伊坠身湖中时，丑丫头相继而下，一齐没入水中。小翠的双足早被丑丫头拖住。丑丫头的意思是想拉住小翠，然而伊不知道自己已不谙水性，如何能在水中救人。小翠本来尚可在水中挣扎，但是伊的双足已被丑丫头拉住，减少了伊的活动的能力，遂和丑丫头一同没入湖波，而从三闾大夫游了。

那时候盗舟已杳，湖上唯闻风波之声，月光下可以瞧见小翠和丑丫头主仆二人的尸体浮出在水面上，宛如随波之凫，向下流头氽去。恰巧有一艘大渔船从西首小港里驶出，回至石钟山来。船上有一父一子，都是石钟山下的渔夫，今天是从湖滨某村里亲戚家吃喜酒回来。他们姓孙，父名四保，子名阿大，水性精通，常在湖面上下网捕鱼，出入风涛之中。因为生长在水云乡里，不但水路熟悉，而且湖上的人都相与无事，盗匪遇见了他们，也不伤害，所以敢在月夜驶舟，无所畏忌。四保多喝了酒，有些醉醺醺地坐在船舱里，让他儿子独自驾舟。阿大也喝了数杯酒，又从喜事人家回来，默想日间见到的新娘子，大家都在称赞美丽。我阿大今年已有十八岁，却因家里贫穷，老父好赌，一个钱也没有积蓄，至今还没有老婆，真是令人羡煞。只恨我父亲不代我好好论婚，苦哉苦哉。

阿大正在沉思，忽然瞧见上流头浮来两样东西，他的眼睛很尖，早已见到是两个溺沉波涛的人体，恰恰撞到船舷上来，不知是死是活，连忙拿起篙子，轻轻一拨，正触着一个人的头发，头发绕在篙子上，便不流过去了。阿大唤一声："父亲，你来看看这两个活不活？"

四保听得儿子的呼声，惊醒了他的酒意，忙从舱里走到后艄边，看了一看，说道："救人一命，胜造七级浮屠。我们且把他们救了上来再说。"于是四保就帮同阿大将两个人体救了上来，一看乃是两个少年，像是主仆模样。一个少主手里还握着一柄宝剑。四保便俯身下去，伸手向两人胸口一摸，觉得还有些温和。遂对阿大说道："我们且救救看。这二人入水不久，虽是吃了水，还没有完全气绝。只有吐出水来，或可有复活的希望。我们且把他们颠倒提起，让他们呕出水来吧。"阿大答应一声。二人遂各个如法炮制，果然各人口里都吐出了好多的水。四保道："把他们拉到舱里去，待我再来施救。"

　　阿大又帮着他父亲将二人舁入船舱，放去宝剑，解开各人的衣襟，向上推揉，要二人再把余水吐出。一会儿阿大好似探得奇迹一般，突然回头向他父亲惊呼起来道："奇了奇了！这一个美少年，我在他胸前发现他并不是男子，而是一个女人。父亲，你手里的一个怎样？"四保听了这话，留心一摸，说道："呀，果然是女子，奇哉怪哉！"父子俩同声呼奇。原来四保手里的是丑丫头，而阿大手里的乃是小翠。她们在水中随波逐流，半死半活，现在却被四保父子救起了。四保又对阿大说道："既然是女子，我们更要好好对待，等她们醒时，可以细细叩问。"阿大口里含糊答应一声，正又要动手推揉时，小翠早又吐出几口水来。伊立刻苏醒，张开双目，也不知自己身睡何处。惨淡的烛光下，只见身边站着一个年轻的渔夫，正用双手摸到自己胸口。伊连忙把手一推，挺身坐了起来，口里喊了一声："啊呀。"阿大慌忙把手缩回去。四保道："这位小……"说到"小"字又缩住。小翠早开口问道："这是什么地方？我们方才落水，幸被你们救起？"四保道："这是在渔船上。我们是鄱阳湖上的渔夫，今晚恰从邻近村子里吃喜酒回来，遇见你们二人浮在水面，遂将你们捞起救醒。且喜你们入水时间不久，所以尚能复活。但不知二位从哪里来的，如何落水？可能告诉我们听吗？"

四保说时，丑丫头已醒转，坐起身来，张圆着眼睛，静听他们说话。小翠遂指着丑丫头说道："我姓董，名义。他叫董贵，是我的书童。苏州人氏，方才和一个朋友坐船经过鄱阳湖，不想……"小翠本要说遇盗战败，无奈伊生性高傲异常，不肯在人家面前说自己的技劣，丢自己的脸，所以改变语调，说道："遇着覆舟之厄，以致和那朋友分散了。"阿大抢着说道："这鄱阳湖是个汪洋巨浸，此处又是水深的地方，你那朋友一定葬身鱼腹了。你们二人也是命该不死，恰遇我们把你们救起。"小翠道："是啊，我们深感二位救援之德。"四保又指着旁边的宝剑问道："这柄宝剑是你们的吗？大概二位熟谙武艺的了。"

丑丫头听了这话，一看自己手里的双锤却不知到哪里去了，这是因为伊入水后要去拉小翠，所以不觉把双锤抛去。而小翠对于这柄明月宝剑是心爱之物，所以虽然落水也不肯放弃呢。小翠答道："这剑是我们家传之物，所以带在身边，我们实在不懂什么武艺，可惜行囊都去了。"阿大道："身外之物不要顾它吧。有了性命，已是万幸。现在寂寂深夜，在这湖上，谅你们也没有去处，不如且随我们到石钟山去休息休息再说。不知你们意下如何？"小翠道："多谢美意，此刻我们也没有去处，既已在你们船上，只得跟二位去，将来再补偿大德吧。"

小翠刚才说了这话，丑丫头早说道："小姐，你不是有一副珠环藏在你身边吗？环上的珠子也可摘一粒下来谢谢他们的。小……"再要说下去时，小翠已对丑丫头白了一眼。丑丫头方觉自己又不留神，连忙缩住。四保遂问小翠道："我倒要请问你是董先生呢还是董小姐？何不对我们说个明白，也好称呼。"小翠忙正色说道："我们都是男子，老渔翁休要多疑。"阿大冷笑道："不管男子是女子，我们既已救了二位，古话说得好，送佛送到西天，我们总是一例招待的，也何必查根究底呢。"四保道："不错，我们且载她们到了村里再说。"于是唤阿大回到后艄去掌舵，免得误了行驶。自己请二人坐了，又去船后烧了两杯姜汤来，请小翠和丑丫头喝下去，以解寒气。小翠心里自然更是感激。

那渔船遂向石钟山驶去。小翠和丑丫头对坐在船舱之内，听着水声汤汤，都默默无语，因为此时各人都觉十分疲乏，而且身上都已湿透，一时无衣可换，觉得非常不适。小翠心里又默念着仁霖已为盗匪擒去，一定凶多吉少，不知那盗匪又是何等样人？本领都很高强。尤其是那个银髯老叟，他手里的一支镔铁拐杖，果然厉害，自己万万不是他的对手，这仇恨恐怕难报了。万一仁霖有什么三长两短，那么不是白费我亡父的心思吗？小翠愈想愈恨，心中十分懊怅。

隔了一炊许，渔舟已驶入一条小港，前面正有一个小村。这时月影已西，已在下半夜，村中人都入睡梦，四下静寂如死。渔舟靠岸泊住，四保父子走入舱里，对小翠主仆说道："我们的茅舍便在岸上，请你们上去坐一回，待我们生个火炉，给你们烘干了衣服，方可穿在身上呢。"小翠道："这样很好。你们父子的大德真是难报咧。"于是四保搁上跳板，让小翠主仆走上岸去。小翠带了宝剑，跟着四保、阿大二人，借着月光，向对面桑树边三间小矮屋走去。听得远远的村犬的吠声。四保叩门数下，门开了，里面有一个老妇掌灯来迎，说道："你们父子俩到这时候才回家吗？"一眼看见小翠和丑丫头二人，身上水淋淋的，便又问道："这二位是谁？"四保道："阿大娘，且到里边去讲话。"阿大娘把灯照着他们进去。阿大把门闭上。

　　里面是三间小屋，灯光惨淡，黑魆魆地也瞧不清楚。老渔翁四保引导小翠二人走进一间房里，点起一支烛台，请二人坐。小翠见屋中器具十分简陋，靠里有一张小床，张着布帐，若和老渔翁孟吉的家里相较，真有天渊之隔了。小翠坐定后，四保又问他们肚子饿不饿。小翠很感老人之意，不欲多扰他们，便说不饿。四保走出房去了。

　　隔了一会儿，阿大端着一只小火炉进来，请她们烤火。又去拿了几件干净的旧衣服来，笑嘻嘻地对二人说道："如不嫌肮脏，请你们将就换一换吧。"小翠谢了一声。阿大又对小翠脸上望了一望，退出室去。小翠对着热烘烘的炉子，便对丑丫头说道："我们穿了湿衣，非常不舒适的。现在有此火炉，我们只得脱下来烘干了再穿。这虽是渔夫的旧衣服，我们也不得不暂穿一下了。"丑丫头遂去关上了房门。二人立在火炉前，各将衣服脱下，穿上了渔夫的旧衣，把衣服放在炉边去烘。但当小翠脱衣之时，瞥见窗前有一人影一闪，似乎有人在外面偷窥。小翠忙问是谁？影子便不见了，并无什么动静。小翠终有些疑心，十分注意外面的声音，然而也没有什么事。

　　等到远近鸡鸣，天色已曙时，衣服也已烘干。二人方才在床上略睡片刻，红日已照满窗上。二人醒后，披上自己的衣服，炉火已熄，开了房门出去。四保早已起来，吩咐他的妻子在厨下煮了粥，请二人用早餐。阿大也走过来。小翠和丑丫头用过早餐，和老渔翁四保谈谈，知道他们父子在这村里打鱼已有数世了。四保问小翠既遭覆舟之厄，此后当投何处。小翠叹道："我们的伴侣已死，此后东飘西泊，也无定处。或至九江一行，请你们把渔舟送我们到了南昌再定行止。"说罢，便从怀中取出一粒又大又圆的明珠，这就是小翠环瑱上拆下来的。小翠本有一对珠环，上缀四粒明珠，是伊父亲给予伊戴的，说是小翠母亲的遗物。所以小翠十分珍贵此环，平时常戴耳上。自从改妆后，便藏在贴身衣袋中，丑丫头是知道的，所以在舟中提醒伊。昨夜小翠在烘衣之时，曾取出珠环，拆了两粒珠子下来。一粒要拿来赠送与渔翁，聊谢救命之恩，一粒是预备变卖了充盘费。

四保一见这明珠，知是价值甚巨的珍宝，虽然小翠说明送与他们父子，却不敢接受。小翠再三要他们收受，四保遂谢了收下。阿大瞧着这粒明珠，只是张开着嘴笑。四保便留二人住下，应许明天把船载送她们到南昌去。小翠听了，自然答应。四保又吩咐他的妻子预备些菜，请二人用午饭。阿大自至外边去买了一大块猪肉回来，忙着在厨下做菜。小翠见他们接待甚是殷勤，心里当然安慰。

午饭后，主仆二人坐在室里闲谈。小翠双眉深锁，因为仁霖被盗所擒，自己不能救援，耿耿此心，无以自解。最好要探听明白是哪一路盗匪，自己去想法援救仁霖。丑丫头却说道："我们不谙水性，况又人少，无能人相助，怎能前去和那些剧盗对垒呢？况且此时要去设法援救李公子，也恐来不及了。这是无可奈何的事，请小姐不要悲伤。"小翠道："李公子是忠王托孤于我父亲的。不幸我父中道病故，不能始终护持他，这已是莫大的缺憾。现在我和李公子奉了父亲遗嘱一同赶赴蜀中，又谁知在此突遇这样不幸的事，真使我心中难过得很。从此好似飞雁失侣，叫我到哪里去才好呢？"丑丫头道："我们到了南昌，再想法探知仇人姓名，然后到四川去拜见白云上人，请他下山来代我们报仇。"小翠冷笑一声道："你的话真是越说越远了。我们自己不能复仇，而去请那素不相识的上人。你想他肯千里迢迢为我们复仇吗？"

丑丫头给小翠这么一说，默然无语了。小翠又长长地叹了一口气。

到得晚上，四保父子请二人用晚餐。阿大送上一瓶酒来，劝二人饮酒解闷。小翠说不会喝的，一杯也不喝。晚餐后回至房中，小翠因昨夜受了惊恐，没有好睡，精神十分疲倦，明天又要坐船动身，所以伊和丑丫头都要早些安眠。脱了外面衣服，熄灭了烛台，和丑丫头一同睡在那小床上，抵足而眠。一到枕上便栩栩然熟睡了。谁知一觉醒来，似乎有一些很小的火光在眼前一亮，立即不见，伊不觉惊疑起来。

第十九回

漂泊至荒村渔夫好色
缠绵留病榻小婢窃金

　　小翠瞧见了这一点亮光，知道有些不妙，连忙一骨碌坐起身子，但是已觉得有一只冷冰冰的手摸到伊的面门上来。忙将蟆首向里面一闪，定神一看，见有一个黑影站在床前。伊心中早有几分明白，绝不是什么外来的窃贼，不是那厮还有谁呢？伊尚没有开口，然而那只手臂又来掀伊的被窝了。小翠大怒，再不退让了，一伸手捉住那人的手臂，顺势向外一送。只听"啊呀"一声，那人已喊将出来，跟着咕咚跌倒在地。小翠跟着跳至床下，一脚把那人当胸踏住。此时丑丫头也已闻声惊起，去桌上点亮了烛台看时，原来小翠足底踏着的不是别人，正是阿大，手中拿着的小蜡烛已丢在一边了，两手撑着地还想挣扎，而房门也不知在何时已给他偷开了。小翠把手指着他喝道："你这厮夜半跑到我们床边来做什么？"阿大不答，仍旧挺起身子来。恼怒了小翠，俯身用手将阿大的一只臂膀微微一拉，阿大早杀猪一般地叫起来。小翠又对他说道："我早知你这厮不怀好念了。"阿大哀求道："姑娘，请你饶了我吧。我虽察知你是个女子，却不料你有这么厉害的本领的，早知如此，我再也不敢来讨苦吃了。"

202

丑丫头听了这话，走过来向阿大骂道："你这厮真是吃了豹子胆，敢来觊觎我家小姐吗？老实告诉你，我们虽是易钗而弁的人，但都非没有本领的。你们这种酒囊饭袋，如何近得上身呢？你这厮非痛予惩戒不可。"丑丫头说罢，握着拳头，待要向阿大打下时，小翠喝住伊道："不可不可，我们慢慢摆布他。"同时四保和阿大娘早已闻声跑来，见了这般光景，惊骇莫名。阿大早喊着道："父亲快来救我。"

四保瞧着地上的儿子，心里也有几分明白，只得勉强说道："阿大，你怎么得罪这两位客人呢？"小翠早对四保说道："你儿子黐夜跑到我们榻边来，是大不应该的事。他既然知道我们二人是女子改扮的，更不应当跑来了。明明是他心有邪念，故有禽兽之行。若不是我们都有本领，换了别的女子，怕不要遭他蹂躏吗？我本不肯饶他，要给他大大地吃些苦头，但因知道你老人家是好人，并无歹心，而我们堕水也是你们救起的，不可恩将仇报，所以看你老人家之面，姑且饶恕他一遭。"四保连忙说道："多谢二位宽宏大量。这是小儿的不是，多多冒犯，尚乞二位海涵。我们当严加责备，以后不许他胡乱妄行是了。"四保说了这话，谁知那地下躺着的阿大又嚷起来道："这虽是儿子的不是，但父亲不能管我。你们为什么不代我早早娶一个媳妇？那么我也不至于见色起淫心了，唉！父亲，母亲，都是你们害我的。"小翠听阿大这样说，真是闻所未闻，不由笑起来道："我倒没有见过你这种儿子。自己要做非礼之事，都完全怪在父母的身上。我若不看在你父亲的面上，一定不轻恕你的。"阿大娘在旁边苦苦哀求。小翠遂放他起来，说道："你快滚出去吧。"阿大从地上爬起，抱头鼠窜地一溜烟逃出房门去了。

这里四保和阿大娘又向小翠主婢道谢、道歉。小翠叫他们去安寝，不必把这事记在心上，自己也不追究。四保遂和阿大娘退出。他心里很疑小翠婢主以两个女子之身而奔走天涯，女扮男装，不知是何来历，又不敢动问。阿大娘却喃喃地说伊的儿子不好。一对老夫妇自回房中去了。小翠仍和丑丫头关了房门，上床安睡。丑丫头道："那厮真可恶！怎样识破我们的秘密而起邪心？谁知我们都不是寻常妇女，怎让他近得上身？小姐这样处置他，真是给大大便宜的。"小翠道："大概我们给他们在水中捞起的时候，他们已觉察我们都是女子了。不过因他们没有说破，所以我没有防到这么一着。"丑丫头道："现在我也想起了。这老渔翁很诚实，而那厮却是目灼灼如贼，常向小姐偷窥的。老实说，像婢子这样的丑陋，即使他知道了真相，也未必即起歹念。都为小姐的容颜实在美丽，改装了男子，仍旧美好如少女一般，无怪那厮要垂涎了。"小翠道："你说我便宜他吗？我早已说过，看在老渔翁面上，放过了他。并且我们若没有他们父子援救，恐怕也已葬身在鄱阳湖中了，断乎不能反去伤害他们的，我们明天也要仗他们送到南昌呢。"丑丫头听小翠说得有理，也就不再多说，闭目重睡。

睡了不多一刻，天色已明。二人一齐起身，梳洗毕，开了房门出去。四保和阿大娘早已煮好早饭，端出来请二人吃。二人也不再客气，坐下吃时，却不见阿大的影踪，谅他自觉惭愧，匿迹不见了，也就绝不提起昨宵的事。只对四保说道："老渔翁，我们多谢你救了我们的性命，再要请你把渔舟载我们至南昌，好让我们上道何如？"四保点点头道："当然要送二位前去的，请二位稍待一刻，待我去买了一些菜肴，再和阿大娘载送二位动身。"小翠道："很好，有劳你了。"四保遂带一只竹丝篮出门而去。

小翠和丑丫头坐在客堂里等候，隔得一歇，四保已提了满满的一篮东西，走回家来。对阿大娘说道："你同我送二位动身吧。这里可让阿大看守。"阿大娘答应了一声，于是老夫妇俩陪着小翠主婢走出门边，到水滨去下船。小翠的行李都早丧失，唯有那柄明月宝剑却仍被伊取得，带在身边不忍舍弃的。小翠主婢坐上了船，老渔翁四保在船首撑篙，阿大娘在后艄掌舵，渔舟离了村子，向北面驶行。正遇顺风，挂起一道巨帆，其疾如矢，小翠和丑丫头在船舱中回顾石钟山浮起在湖面，白昼所见的风景，又和夜间不同。自己死中逃生，总算侥天之幸。然而仁霖的死活存亡，却不得而知了。心中非常感伤，水波风景也无心玩赏。

舟至南昌城外，四保泊住渔舟，送二人上岸。小翠又谢了他数语，主婢二人方才走向城关而去。在东城附近，找得一家较大的逆旅投宿。因为自己的行李都已失去，身边银钱也缺少，所以在旅店房间里略坐了一会儿，向酒保问明城中珠宝店所在，主婢二人便入城去。走到那家珠宝店里，小翠取出一粒明珠，向他们兑换金银。店中伙计见了这粒明珠，知是珍品，忙拿到经理先生面前去估价。经理先生戴上眼镜，把珠子托在手掌里看了一下，连连点头，自己走过来向小翠问要换多少价钱。小翠也不知道什么时值价钱，只说你们看价几何就付我几何便了。经理先生大喜，就说这粒明珠可值六十两银子。小翠道："那么请付我六十两吧。"经理先生立即秤足纹银，付与小翠。

主婢二人得了银子，又去别家店铺里购备行李衣服。她们因决定依然乔装，所以只买男子穿的衣裳鞋袜，花去了二十多两银子，然后回归客寓。她们因为二夜没有好好安睡，所以各据一榻，安然酣眠。谁知次日早晨，小翠刚要起身，忽觉头脑昏沉，很不舒服，知道自己恐要病了，不能动身。丑丫头见小翠这般模样，便问小姐怎样。小翠道："我有些病的现象，只得再在客寓中耽搁一天吧。"丑丫头听小翠如此说法，也知小翠果然病了，否则伊是好动而不好静的人，岂肯久卧床褥呢？遂皱着双眉答道："那么请小姐多多休睡，缓一天动身也不妨。只望小姐的病快好是了。"小翠也不说什么，倒头枕上，闭目便睡。丑丫头问伊可要吃什么。小翠摇摇头道："我胸膈饱胀，一些儿也吃不下，精神也大为不佳。"小翠说话时好似十分怕烦的样子。丑丫头也不敢多说什么，去烦扰伊的精神。自去吩咐酒保，送早饭来吃了。

午后，丑丫头没事做，守在小翠病榻边，见小翠沉沉酣睡，两颊发红，这病不像一时会好的样子。虽然不敢去惊动伊，而心里十分忧愁。少停小翠醒来，星眸微启，瞧见丑丫头坐在一边，伊觉得此后自己可亲之人，天壤间唯有这一婢了，遂悠悠地叹口气。

丑丫头听小翠叹气，知道伊心头郁闷的缘故，自觉无语可以宽慰伊的芳心。小翠道："我心中气闷得很，大概最近我受的刺激太多了。你知道我在翠云村时，随着父亲学习武术何等逍遥自在。自从李公子来后，使我更多一个良伴，增加学剑的兴趣。谁知天有不测风云，人有旦夕祸福，我父条忽然患病逝世，使我兴风木之悲，哀痛入骨。因为我是父亲鞠养我长大的，平时形影不离，今乃人天永隔，使我顿成无父无母的孤雏，岂不大戚？而又被奸人陷害，不能再在村中安居，不得已从了父亲的遗嘱，我等三人撑舟入蜀，满拟弥造之后，乘时而起。又谁知在鄱阳湖里忽遇饶家群盗，以致李公子被盗所擒，生死莫卜，至今我这颗心也自放不下哩。"

丑丫头道："不错，小姐一向是快乐的人，此次不快活的事接踵而来，难怪小姐要大大悲伤。婢子料李公子性情刚强，为盗擒去，一定不肯屈服，恐怕他的性命早已不保了。婢子也在深深可惜。然而这是天给我们的不幸。况石钟山之游也是李公子的主张，我们业已落水，自己尚且是死中逃生，怎能顾及李公子的安危呢？想李公子死在九泉，也决不能怪我们的。小姐悲伤他又有何用，徒然损坏了玉体。"小翠又叹道："不是这样讲的。我们既然侥幸没有死，当然要想到那里去一探李公子的消息。万一他也如我们一样尚在人世，必要设法把他救出盗窟。倘然他已被害，那么我们也要代他复仇，方才对得住人家。若为丢下了不顾，于心何安？"

丑丫头听小翠这样说，知道小翠的心里依然不能忘情于仁霖，只得说道："小姐的话也不错，且请小姐宽心静养，病愈之后再行设法为李公子复仇吧。"小翠颦蹙双眉说道："我这病自知是很重的，倘然一时难愈，如何是好？"丑丫头道："大概小姐那夜湖中落水，受了寒气所致。婢子侥幸没有发作。但望小姐不要忧愁，忧能伤人，对于病体很是不宜的。"小翠又叹了一声道："我怎能不忧呢？我的身世你是知道的。从今萍飘絮泊，更无一个相亲，在我身边的只有你一人了。我本来常是快快活活的，不料现在忧患之来，层出不已，叫我怎能忍受得住呢？病魔也是欺人的，所以在这个时候，二竖也来作弄我了。万一不幸而厥疾不瘳，那么我的身后事都要托付与你了。想你也是孤苦的人，为我父亲救来。然而为德不终，到今日主婢俩恐也要永远分手了。"

丑丫头从来没有听小翠说过这种萧瑟的话，此刻一听，心中难过非常，双目一酸，险些儿落下泪来，别转着脸说道："小姐莫要说这种话。偶然患病，何足为忧。想吉人天相，不久就会痊愈的。只恨我们在此处人地生疏，否则请个大夫来代小姐一诊病情，服两剂药，自然好得更快了。"小翠道："我一向怕吃药的，

207

也许让我睡到明天，寒热退了凉，自然会好的。就是不好的话，你也莫要悲伤。人生迟早总有一死，譬如那夜我在鄱阳湖里不逢渔翁施救，早与波臣为伍了。"丑丫头是不会说话的，所以也不再说话。这天夜里小翠仍没有进食，寒热很高，全身发烧，口中津液很少，喉咙里干燥异常，呻吟床褥，睡眠的时间很少，只是要喝热水。丑丫头在旁侍奉，目不交睫，直到天明时方才安眠了一炊许，寒热依然不退，丑丫头心中大大焦急起来。恰巧酒保进来，见小翠卧病不起，遂问道："这位少爷有病吗？可要请个大夫来诊治一下？"丑丫头道："我们是过路客人，不知这里有没有名医，店家你可知道吗？倘然有的，便请来一诊也好。"酒保点点头道："有的，离此不远，有个恒山堂药铺子，常有一位姓秦的大夫在内代人诊病，听说医术很是高明。你们如要他看病时，我可以代你们去邀请的。"丑丫头道："很好，烦你去请这位大夫来诊治一下也好。倘得医愈，自当重谢。"酒保答应一声，走出去了。隔得不多时候，请到一位大夫，年纪约有六十多岁，须发皤然，驼背折腰，自称"四世儒医"，坐在小翠病榻边，代小翠诊脉。他说小翠这病恐是伤寒重症，倘然服了药，寒热不退时，须到第七天以后可以愈好。丑丫头很是担忧。姓秦的大夫开了一张药方，叫小翠吃了一帖。丑丫头遂拿出一两银子交与酒保，叫他去代付诊金。等到大夫去后，酒保遂说恒山堂的药是道地药材，可以到那边去赎药。丑丫头又将钱交给他，差他去赎了药来，立刻煎给小翠吃。希望小翠吃了这帖药，寒热可以立刻退凉。谁知一夜过去，到了明天，小翠的病势依然未减。丑丫头没奈何只得又叫酒保去请姓秦的大夫来诊视。姓秦的大夫诊察后，连称这病非常棘手难治，开了药方而去。今天这帖药贵得多了，酒保带了二两银子去，竟没有找余，反欠了一分。丑丫头也不去管他，只望小翠的病会好。然而一连五六天，小翠的病丝毫未减，昏昏沉沉，晚上常有呓语喃喃，有时喊伊的父亲，有时唤仁霖的名字。丑丫头急得没有办法，买了香烛来，当天祈祷，也没有效验。这样小翠的病缠绵难愈，不知不觉已有二十多天，元气亏损不少。姓秦的大夫虽然天天来诊，却是吃下去的药如水沃石，不见功效。医药费倒花去了不少。小翠身边的珠子都已兑换去，欠了五六天店饭钱。

店主见小翠在此患病二十多天，日见沉重，欠了店饭钱付不出账，显见得她们行囊中的旅费已告匮乏，倘然再如此迁延下去，益发难以付清。况且病人一旦死去，那么何来金钱收敛遗骸？这些都是问题，所以他就走进来向丑丫头询问她们主仆从哪里来，到哪里去，近邑可有戚友。丑丫头不便直说，伊又不会措辞，只是含糊而答。店主听了，更是疑虑，以为她们形迹不明，恐非善类，遂向丑丫头催索房饭钱。

丑丫头自己又没有钱可以付出，又不敢告诉小翠，更使病人加忧，伊遂答应店主三天后一定可以再付十两银子。店主遂对伊说道："既然你如此说，我就姑且答应你。可是三天以后若再不能付下时，这里的房间决不能再让你等居住，你们不妨另寻别处，我这里也要别做生意了。"丑丫头听店主这般好利无义，心中十分气恼，恨不得把他痛揿数下，出出这口鸟气。三天的光阴很容易过去，到了第二天，依然没有办法。想来想去，被伊想出一个极好主意来了。伊要在这夜里凭着一些本领出去做一下妙手空空儿，好捞得一些金钱回来，付出房饭钱，并充医药之费，这也是无办法中的一种办法。但是有一个难问题，就是自己常要侍奉小翠病榻之侧，倘然自己溜了出去，小翠唤起来时又将如何？若然老实告诉了小翠，那么小翠一定不许伊出此下策的。

伊正在踌躇间，忽听外面人声。伊走到房门口从门帘里向外偷窥时，只见有一个五旬左右的老者，带了一个童儿，从庭中步入。那老者蓄着短须，精神奕奕，毫无老迈景象，而身上衣服也是十分华贵，像是富贵中人。酒保代他们携着行李，十分殷勤，领到左首一间上房里去住宿了。一会儿又见酒保送酒送菜，十分忙碌，伺候异常周到。丑丫头心中暗想此翁囊箧一定富有，取之也不可谓不义，不妨夜间去向他借取一下吧。

主意既定，于是待至夜间，店内外人声寂静，众人都入睡乡之时，瞧瞧病榻上的小翠也正闭目熟睡，伊就想这个时候，再不动手，更待何时？自己的兵器已在湖中丧失，好在去做肚箧家，也不必携带兵刃的。伊就脱去外边的衣服并不开门，只开了一扇窗，轻轻跳至外边来。又把窗子掩上，蹑足走至那上房边来。见房中灯火也已熄灭，谅室中客人早已安睡。伊推推房门，见那房门是闭上了，没有办法。遂将手指去戳穿了窗纸，向里偷窥进去，见黑暗里并无动静，榻上的人影都已睡熟。于是伊就伸一指进去，拨落了窗上的了鸟，轻轻推开那窗，一跃而入。没有灯光，只好暗中摸索。幸亏窗外有些月光，伊的夜眼也能瞧得清楚。见一主一仆分榻而睡，鼻息齁齁，伊就放胆不小。瞧见床侧有一只小箱子，知道这是老者的行箧，其中必有金银可取。遂悄悄地走过去，摸着了行箧，见上面有一小锁，不能启箧。伊待要用力去折断那小锁时，忽然自己背后突然伸来一手，搭住自己的肩头。不由心中一急，忙想立起身来，反抗那后面袭击的人，可是自己被人家按住了，竟然动弹不得，自己的力气，一时不知到哪里去了。心中一发急，刚要伸拳反击，却被人家轻轻一拉，竟跌倒地上，爬不起来，早被人家用绳子缚住，暗想：室中仅有一个老者和书童，都不像有本领的人，谁和我来弄这花巧呢？自己本领虽不高强，但也并非无勇无技之人，何以一被人家按住便不能动呢？丑丫头正在惊奇骇愕之际，听得有人轻轻唤道："贵儿快起来，燃上烛台。"跟着便见那边榻上有一黑影，迅速地起身，点明了烛台，方见按住自己的人便是老者。童儿掌着烛台，站在一旁。老者指着丑丫头喝问道："你这厮是从哪里来的小窃？胆敢到老夫这边来窃物，快快实招。否则将送你交官司，从严惩办。"

丑丫头想不到自己初出茅庐，即遭失风，遇见了能人，非但一文钱不能到手，反而给人家擒住，出乖露丑。倘给小翠知道了，不要深责自己不应该出此下策吗？况且他们把我送了官，那么小翠的病正在沉重的当儿，无人照顾，一定不会好的了，这如何是好呢？所以伊叹了一口气说道："古语说得好，路极无君子。我本来不是做贼的人，也因一时无奈，被逼而出此啊。"老者道："那么你快直说，为何行窃？"丑丫头道："我姓董名贵，一向住在苏州。此番跟随小主人董义，有事往蜀中去，路过此间。不料小主人在逆旅中生了一场大病，缠绵难愈，旅资用罄，欠了房饭钱，店主苦苦逼索，限我三天之期，须要付清，否则不能再住下去了。但我因客地生疏，无处筹措，又恐小主人病中加愁，所以不敢向他言明。只有自己想法，不得已而来施行肱箧手段，想拿得一些钱去付店饭钱。哪知反给你们擒住？你们要把送官，这也是我自取之咎。不过我的小主人病重得很，你们如把我送官，他没有人服侍，如何是好呢？"

老者听了丑丫头之言，点点头道："如此说来，你的做贼还是情有可原。你若能详细把来历告知，也许我能够帮助你们一臂之力呢。"丑丫头听了这话，不由一喜，便问道："请问老英雄是谁？也让小子知道一二。"老者于是微微一笑，一捋短髭，告诉出来。

第二十回

报德意诚盈盈拜义父
复仇心切仆仆访英豪

丑丫头行窃不成，反被人家捉住，自己没有将真话奉告，反要动问老者姓名，这也因为伊已知道遇了能人，所以渴欲明晓。老者拈着短髭，微微一笑，对伊说道："你要知道老夫的姓名吗？待我老实告诉你吧。老夫姓尤，名麟，世居九江城外浔阳江边，人家都称我'浪里蛟'。因我通谙水性，兼有武艺，江湖上也略有声名。此番带了童儿尤贵，到吉安去祝寿回来，在此歇宿，想不到你来行窃。但当你拨动窗上了鸟之时，我已惊觉。你想我们老走江湖的人，岂会轻易受人暗算？不过要试看谁来施行肱箧手段，所以佯作不觉，让你进来。谅你后生小子有何本领，胆敢妄行。本当送官惩办，姑念你末路幸试，情有可原，遂决定饶恕你了。你说你家小主人病倒在这旅舍里，你们年纪轻轻的做什么不惮远道，跋涉赴川呢？"

丑丫头仍不肯说出真实的来历，只答道："因为老主人临终之时，曾嘱小主人到四川鸡足山去拜访白云上人，学习武艺，所以长途跋涉。不幸中途又病倒客寓，囊无现金，只得不顾耻辱，出此下策了。尚请老英雄原宥。"尤麟道："如此说来，你家小主人也是习武艺的人。可怜病倒客寓，又无旅资。老夫理当竭我棉力，以助他乡游子。待我明天来看看他的病情，或者老夫可以设法的。"丑丫头听尤麟答应相助，不胜之喜，便称谢道："多蒙老爷慨允援助，小婢……"说到"婢"字，连忙缩住，改口道："小的感谢无量。我家小主人便在右首第三个房间里，明晨老爷请早些光临。现在既蒙宽恕，请解去我的束缚吧。"尤麟哈哈笑道："我只顾和你说话，竟忘记了。"便叫贵儿快快将这小厮松了绳索。尤贵上前将丑丫头解去束缚。丑丫头又向尤麟拜谢，然后悄悄地退去，仍从窗间跃出。

远处更锣传声已打三下，幸喜众人已入睡乡，没有他人知觉。伊回至自己房中，空手而回，心中暗暗惭愧。微窥小翠却仍糊里糊涂地睡着，完全没有知道这回事。否则定要受伊的呵责了。丑丫头嗒然废然，只得脱衣安睡。

次日一清早起身，小翠也已醒了，病态依然，口里呼渴。丑丫头到外面去取了一杯热开水给小翠喝下。自己赶紧用过早餐，只见尤麟已从房门外咳嗽一声，走将进来。丑丫头连忙立起叫应。尤麟指着床上的小翠，问丑丫头道："这位就是你家小主人吗？"丑丫头点点头道："正是。"忙请尤麟上坐。小翠却不认得这老者是谁，和自己有什么关系，丑丫头怎会和他相识的？不免有些奇异，便问丑丫头道："这位老丈是谁？来此何干？"丑丫头不敢直说，只得诡辞以答道："这位尤麟老爷，乃是九江地方的老英雄，昨晚来此宿店。我和他偶然相遇，把店主逼索房饭钱的事告诉了他，请他相助。承蒙他慨然允许，所以今天来看小主人了。"尤麟跟着说道："董君，今天老夫听了尊纪之言，特来探望你的。困厄是人常有的事，你们旅途卧病，一钱逼死英雄汉，老夫知道了，很表同情，愿尽力相助。如有所需，老夫囊橐尚不匮乏，总可应命。现在先送上六十两银子，请你们收用了再说吧。"尤麟一边说，一边从他怀里摸出一大包银子，放在桌上。小翠道："多蒙尤老丈盛情照拂，感激无已。小子患病多时，未能起谢。"尤麟道："戋戋之数，何足言谢？董君的来历，尊纪已告知一二了。少年英雄，前途无限。"小翠听了，不由凄然道："承老丈谬赞，愧不敢当。只是小子一病至此，药石无灵，自己的生命也恐难保唎。"尤麟道："你不要悲感。我看你虽已病重而精神尚有数分，面无夭寿之相，不至于有什么变故的。老夫对于医道，以前曾随一位名医研习多年，所以也有些知晓，但未悬壶问世罢了。待我来代你一诊，也许老夫能够代你将病治好。"小翠和丑丫头听尤麟说能医病，一齐大悦。小翠道："小子自恐厥疾难瘳，承老丈惠许诊治，一定能够妙手回春的，那么老丈之德，可谓生死人而肉白骨了。"尤麟道："不用谢的。"遂坐到小翠榻边来代小翠诊脉，诊了好多时刻，又看了小翠的舌苔，细问前后病情，丑丫头又将那姓秦的大夫开的药方一齐呈给尤麟察阅。尤麟一一看过，说道："此人看错了。董君的病，外病十之二三，内病倒有十之七八。据老夫看来，半由心中郁闷而起，姓秦的竟当作伤寒症看，所以服药服在夹层里，弄假成真，迁延多时，元气太伤。待老夫开一方子，一面开发肝经的忧郁，一面补他的虚损。吃了一帖，如没有什么难过，那么可以加添数味，多服数帖，不难霍然了。"小翠和丑丫头闻言，同声致谢。尤麟遂坐到桌子边去开方子。丑丫头取过笔墨纸砚，又敬上香茗。尤麟暝思好久，然后援笔而写，开好了一张药方，交与丑丫头，再对她们说道："老夫今天本来便想动身，但因董君的病还没有知道如何，且待服了我的药后，再看究竟，所以老夫只得在此多耽搁一天了。"小翠又谢道："老丈的恩德真是使人难报。"尤麟叫伊静睡，不要

214

思虑，遂即辞出。丑丫头立即拿了药方和银子到恒山堂去赎了药回来，煎给小翠吃。但是那店主又来催索房饭钱了，店主的意思要叫她们早早离去。丑丫头却取出十两银子，付与店主，且说道："我们交给你十两纹银，可少你店里的钱了，你不要催逼，待我家小主人病愈后，总要动身的。至于店饭钱决不短欠你分文。"店主见丑丫头付出灿灿的白银，马上带笑说道："你们请宽住不妨，小店一样是留客的。"谢了一声，拿着银子出去了。丑丫头伺候了小翠服过药，看小翠睡熟了，伊坐在窗下打瞌睡。

下午小翠醒来，丑丫头忙问小姐服药后胸中可舒服？小翠道："很觉舒服，没有以前的气闷。这位老者代我开的药是很合我病的。我病垂危，且又囊无分文，店主逼索，可谓已至山穷水尽之境，而天遣这位仁义的老人前来救我，我的疾一定会好了。只是我们如何去报他的恩呢？"丑丫头道："他也决不想我们报答的。老主人在世时也不知行过许多见义勇为拯善助贫的事，何尝望人家有什么报酬呢？大家不过各行其心之所安罢了。那位尤老英雄是九江地方的侠士，所以肯这样相助。只要我们以后不忘记他就是了。小姐现在只顾静养，不要管别的事。他不是说小姐胸中忧郁酿成此疾吗？小姐的心事，婢子也有些知道，但这是无可奈何的事，也许苍天护佑，李公子未遭毒手，尚在人间，那么此后安知没有重逢的一日呢？"小翠听了，点点头道："你的话也未尝不是。但我总因为亡父之志未能达到，中途丧失了良伴，不能相救，耿耿此心，无时释怀，怎能使我心中快乐呢？但愿你的话能够应验，那么侥天之幸了。"丑丫头恐防小翠多说了话，未免要伤神，所以劝伊不要多讲话，仍旧安睡。

次日一早，尤麟又来探望。小翠将昨天服药后的经过告诉了尤麟，且谢他关切之情。尤麟道："那么老夫诊察得还算不错，今天可以按照原方，加添数味，连服数帖，定可渐愈。老夫不能在此多留，且叫童儿尤贵在此伺候。等待董君病愈后，请至舍间一叙何如？"小翠道："承老丈不弃，仁恩可感。小子病痊后，定要随尊纪趋府问候起居，拜谢大德的。"于是尤麟又取出一百两银子，交与丑丫头收藏，说道："此数谅可偿付药资与店银钱了，愿董君好好珍重。连服五天药后，不必再吃，只要安心静养数日，便可复原了。"小翠、丑丫头又向尤麟道谢。尤麟叮咛数语，走出房去。他命尤贵换了一间小客房住下，待董义病好后，一同引导赴浔。尤贵自然诺诺遵命。尤麟遂携着行箧，独自回转九江去了。

这天小翠服了第二帖药后，寒热渐退，小溲亦通，胸中更觉舒松，梦间睡眠也很酣适。到了次日，更觉好些，心里自然喜欢。丑丫头心中的一块大石也放了下来，高高兴兴侍奉小翠。晚上小翠要喝些粥汤，丑丫头吩咐酒保去预备一些黄米，煮了薄粥，另外备一些素洁的粥菜，一同送来。小翠喝过粥，胸腹甚是舒适。次日仍服尤麟开的药，一连数天，果然其病若失，渐能起坐，心里自然非常快慰。遵守尤麟的话，不再吃药，只是静养。食欲渐振，想吃鸡，想吃豚蹄。丑丫头都吩咐酒保去办来，好在手里有了银子，不愁不得食物。

又经过了五六天，小翠的病体已是恢复。伊对丑丫头说道："我本一病垂危，幸遇尤麟，既医我病，复助我金，云天高谊，无可报答，这真是彼苍者天，不忍置我于死，而鬼使神差，得遇此人。且闻他也是一位老英雄。我既痊愈，自当到九江去拜谢他援助之德，好在他留一童儿在此，不怕无人引导。"丑丫头道："闻尤老英雄久在江湖，且谙水性。我们此去，若将鄱阳湖饶家水寇的事向他探听，要求他相助一臂之力，或能同去复仇，也未

216

可知。"小翠点点头道："你说得不错，见了尤老英雄，我们要求他相助，谅他无有不允的。"二人谈谈说说，甚是宽慰，又隔了一天，小翠要动身了。遂将房饭钱付清，会同尤贵童儿上道，溯江而行，数日后已至九江城外。

尤贵引二人到得尤家，庄院闳畅，仆人众多。尤麟闻得二人前来，亲自出迎。小翠登堂拜见，谢尤麟相助的恩德。尤麟甚为谦和。他见小翠丰姿俊秀，翩翩美少年，心中甚是喜欢，便引入后堂，拜见他的夫人。尤麟的夫人汤氏，年纪也有五旬。夫妇俩结俪已历三十年，却憾伯道无后，没有子女。所以汤氏见了小翠，也很欢喜。打扫一间精美的客室，为她们主仆下榻。设宴款待，备极殷勤。小翠更是感激。当夜宾主尽欢，住在客房里。次日尤麟又伴小翠到九江城中去游览一天，迨暮而归。晚上仍是饷以酒筵。小翠更觉主人好客，无以报德了。

就在这天夜里散席后，尤麟和小翠在灯下论茗小坐，丑丫头也侍立在侧。尤麟忽然对小翠说道："董君，老夫有一件事要冒昧和你一谈，不知你可肯见允?"小翠道："小子蒙老丈救助，恩同再造，只恨无以报答。老丈如有所命，小子断无不遵从之理。"尤麟道："那么老夫说了吧，不瞒你说，老夫和拙荆结发三十载，却憾未生子女。常欲螟蛉一子，而难得俊杰之士。昨晚拙荆见了董君之后，就对我说起，很欲有屈董君做我们的义子，使我们无子而有子。而董君本已失去怙恃，这样一来，亦可无父母而有父母了。只是自愧衰朽，不足为他人父罢了。现在不辞孟浪，向董君一说，幸勿见笑。"小翠方知尤麟要自己做义子。自己本感觉无父无母的苦痛，羁泊天涯，谁与为亲。既然尤麟要收自己为义子，这是再好也没有的事了。遂欣然答道："老英雄的恩德如同父母一般。辱荷不弃，要我作螟蛉之子，得侍膝下，这是我的荣幸，我岂有不答应之理呢?"尤麟喜道:"既然能得同意，明天便是吉日，愚夫妇准备遍告戚友，邀集一叙，即认董君为义子了。"小翠说道:"很好。"丑丫头在旁听了，也是不胜之喜。

等到尤麟去后，丑丫头说道:"恭喜小姐，你本忧茕茕无亲，现在有了这样好的义父母，真是不容易得到的，连婢子也代欢喜不尽了。"小翠道:"丑丫头，你代我想想吧。我本是女儿身，怎能欺人家的义子呢? 这一遭弄假成真，也是不得已而为之，心中却很觉惭愧，欺骗了这位老英雄。倘然说穿了，一则要使他们大失所望，二则反要使他们疑惑，我们或是歹人呢。"丑丫头道:"男女一样是人，小姐充了男子身，何妨做一做义子，恐怕将来还要给人家做女婿呢。"小翠道:"啐! 你休要乱嚼舌头，给人听了去不是玩的。莫要多说吧。"听外面更锣已打二下，二人方才各自安寝。

次日，尤麟吩咐家丁洒扫堂除，在大厅上燃起一对臂膊粗的绛蜡。将近午时，诸亲友已奉邀而来，宾客满堂。小翠早换好衣履，亭亭出见。尤麟一一介绍与众人，大家啧啧称美，叹为谢家宝树。于是尤麟请出他夫人汤氏，举行拜认义父之礼。丑丫头和尤贵端过两只太师大椅子，朝南排着，请尤麟和汤氏上坐。小翠立正着双膝下跪，拜见义父义母。尤麟老夫妇笑容满面，也还了一半礼。汤氏又取出一个三寸长的白玉美人，系着红丝线，送与小翠作见面礼的，亲自代伊佩挂在腰边。尤麟遂大摆筵席请众宾客饮酒。众人因知小翠习武的，大家要求伊当筵舞剑。小翠遂取了伊的明月剑来，在庭中使出一路梅花剑法，寒光如雪，风声飕飕，罩满了伊的全身。伊的脾气当然不肯示人以弱的，尽量使将出来，瞧得尤麟和众人都呆了。想不到伊小小年纪竟有这种惊人的剑术，决非没有来历的人了。等到小翠一路剑法使毕，抱剑在怀，走至筵席，向众人拜倒道："献丑献丑，还请义父和诸公赐教。"大家见伊面不红，气不喘，一齐拍手称赞。尤麟酌酒以贺。大家又向他们父子俩各贺一杯。汤氏见小翠一表人才，武艺不群，自己晚年得此义儿，何幸如之，掌不住笑声连连，多喝了几杯酒，慈颜微酡。众宾客都尽欢而散，尤麟心中自然更是快活。

从此小翠主婢在尤家一住逾旬。尤麟把小翠钟爱非常，时在一起坐谈江湖轶事。小翠心里急于要找寻饶家父子，探听仁霖生死消息，且复前仇。和丑丫头暗暗商量过，决定要请尤麟相助他们去找那饶老头儿。

这一天，父子俩谈到水路英雄，尤麟便讲起鄱阳湖上的饶尚义来。小翠乘机进言道："不瞒义父说，我们此番从吴下出来的时候，还有一个结义弟兄姓李名仁，结伴同行。不料有一夜在鄱阳湖中游览石钟山之时，突遇盗舟剽劫。李仁被盗擒去。我们主仆二人堕入水中，幸遇渔翁救起，得保性命。耿耿此心，誓复前仇。只因不谙水性，不明地势，怀仇未报。倘然义兄已遭毒手，更是对不起他的。所以要求义父相助一臂之力，同往那边去除掉饶尚义，感谢不尽。"

尤麟听了小翠的话，便摇摇头说道："你要我相助你去报饶家的仇吗？别人我还可以答应，可是饶尚义父子是有名的大盗，本领非常高强，我自问不能胜过他，所以不能答应你同去了。"小翠听着，顿失所望，低倒着头不响。尤麟又隔了一歇，又道："你若一心要报此仇，我是无能为力。但我尚可代你去请求另一位老英雄出来，若得此人应诺，不怕饶家父子厉害了。"小翠于是转愁为喜，急问道："义父，你说是哪一位？"尤麟一摸短髭说道："此人也是我的结义弟兄，姓齐名九如，别号'通天猿'。马上步下，水中陆地，各样武艺莫不精通。住在黄州歧亭山中，隐居多年。我在前年曾去拜望过他一次。若要除却饶尚义，非得此人相助不可。"小翠道："义父既然识得此人，我愿义父代为介绍，踵门求见，务要请他出来相助复仇。"尤麟点点头道："你既如此急切，我就即日带你往黄州去走一遭。但不知他可能答应，这是要碰你的运气了。"小翠道："我只要义父先允了，再去一试，也许他鉴我的诚心，能够一为援手的。"于是尤麟和小翠约定后天动身。丑丫头知道了，暗暗欢喜，也愿随往。

到了后天，尤麟和小翠带着丑丫头，辞别汤氏，束装登程。从九江到黄州，路程还不算远，他们坐船前去的，所以路中并不辛苦。到了黄州，舍舟登陆。丑丫头代他们携着行李，向歧亭山中行去。

这时已在深秋，天高气爽，木叶渐落，远山近岫，刻露清秀。小翠随着尤麟走在山径中，赏观山中景色。忽见那边树林里泼剌剌地蹿出一头白狐来，背上已中一箭，望东边山坡边飞逃。小翠瞧见那白狐身上的毛，白得如玉雪可爱。倘然得了这白狐剥下白狐的皮来，做件狐裘，天气渐冷，真用得着的。伊转了这个念头，立刻拔出伊腰边所佩的明月宝剑，飞步而上，要想拦住这白狐，捉它到手。谁知道白狐十分狡猾，瞥见前面有人拦截，立即回身逃遁。小翠不舍，从后紧紧追赶上去。追了几个转弯，白狐要往林子里蹿。小翠急了，把剑飞去，正中白狐后股，倒扑草际。小翠大喜，赶上前将白狐擒住，拾起自己的明月宝剑，一手倒提着那白狐，走将回来。忽然背后林子里飞驰出数骑，雕鞍上坐着两个少年，臂上系着鞲带，全副猎装，手中各拿兵器。其间又有一个少女，俨如婉娈将军，左手高高举着一弓，大声呼喝道："这是我家射得的狐，来人休要拿！"一齐向小翠这边风驰电掣般追来。

220

第二十一回

求助有诚义儿舞长铗
垂青何辜假凤做东床

　　小翠既得白狐，心中喜欢不迭，不防那些人忽从背后追来，不得已回转身来立住。先前两少年早追到伊的身边，大声对伊说道："这白狐是我家射下的，你怎么可以夺去？"小翠冷笑一声道："山中的野兽任何人都可取得。这白狐方才被我用剑刺倒，所以拿去，怎说是你家的呢？"少年把手一指道："你不信，瞧这白狐背上插上的一支箭便可知道。我们早已射下，怎好给你来凑现成呢？"小翠道："什么你们先射不先射，我却不晓得。只知白狐是给我擒住的，不容他人来夺。"说罢，却又要走。一个方面的少年早勃然变色，对那较长的少年说道："哥哥，我们休要和他讲理，快将他手中的白狐夺过来再说。"于是弟兄二人各自吆喝一声，一个展动手中铜鞭，一个抖开一支长枪，向小翠下三路进攻。小翠岂肯轻易让人，将白狐丢在身边，也就使开明月宝剑，和那两少年狠斗起来。这两人的武艺很好，鞭如黄云，枪如紫电。小翠舞开了剑，却又如银龙腾跃，架开鞭，迎住枪，还要左劈右刺，向两少年进攻，矫捷勇武，令人一看伊的解数，便知非寻常可比。那个挟弓的少女勒住丝缰，在一边张开着樱桃小口作壁上观。

这时尤麟和丑丫头已从后赶至，一见小翠正在和人家交手，不由惊疑。再一看那两少年时，他不由高声呼喊道："前面是齐家贤侄吗？别要决斗，我们都是自己人。"又喝住小翠道："义儿快快住手。这二位就是齐家昆仲，不要失礼。"小翠听了，立即将剑一吐，跳出圈子来。

二少年也已瞧见了尤麟，一齐跳下马来，放下兵器，叫声："大伯父，你老从哪里来？"尤麟道："我今番正从家里携带这位新认的螟蛉子，特地造府奉访尊大人的，方才他追赶白狐，老夫落后了一段路，不想他和二位在此交手了，抱歉得很。"长少年带笑说道："原来这一位乃是伯父的义儿，我们不知道，多多冒犯。因为适才我们同舍妹出猎，舍妹用箭射中一头白狐。那白狐狡甚，带箭逸去。我们从后追寻，却见白狐已给世兄拿去，我们不认识他，向他要时，两下言语冲突，遂争斗起来了。若非伯父至此，我们自己人险些儿伤了和气。"

少年说毕，又回头向那少女呼唤道："华妹，你快来见见尤老伯吧。"少女遂亦从桃花马上跃下银鞍，过来行礼。尤麟笑嘻嘻地向二少年说道："这位姑娘就是你们的妹妹，果然出色。我以前没有见过咧。"长少年道："是的。伊是三妹春华。"尤麟点点头，遂对小翠说道："你来见见这两位世兄。"一手指着身长的少年道："这是齐九如老英雄的长子永华。"又指着方面的道："这是二公子英华，我带你上老英雄的门去拜见拜见，却不道你冒犯了世兄，这白狐可以还给二位世兄，莫要攘夺他人的所有。"小翠一笑道："我也是一时高兴，既然他们心爱此物，不妨以此为贽见之礼。"齐英华道："我们也是一时好胜心重，不一定要此物，尤世兄拿去便了。"尤麟向地上的白狐一瞧，见了白狐背上的箭，又看看春华手中的宝雕弓，便道："这白狐果然是先中了春华小姐的箭，那么请春华小姐取去为是。"春华也笑道："我不要，还是让尤世兄取的好。"尤麟笑道："你们一会儿彼此都不要了，那么待老夫取了，送给九如兄做个上门盘吧。"于是他就俯身去提起那白狐，交与丑丫头，又问永华道："尊大人可在府上吗？"永华答道："家严这一阵常在家中种花养鸟，没有出外，请伯父随小侄去见他吧。"尤麟道："好，烦你引导。"于是永华、英华、春华兄妹三人牵着马，陪同尤麟、小翠、丑丫头，向东面山径中行去。数仆人跟在后面。

小翠已见到齐氏昆仲的武艺，果不愧将门之子，却不知春华小姐的本领如何。伊心里这样想，眼睛便向春华偷瞧。却不料春华也回转杏脸来暗睐伊，四目相视，正成直线。小翠并不觉得异样，而春华却已双涡微红，旋转头去了。走了一段山路，前面有一条清溪，流水深深，老树横覆，又有一座白石小桥，平渡溪岸。四围草木荫翳，境至幽静。远远地在绿树中露出一带半新半旧的土墙，上面冒着女萝之属，绿荫蒙蒙，朱实离离，这就是齐家的庄院了。小翠跟他们走过桥去，转了一个弯，已见庄院大门。门口有两株古槐，隐逸中带着雄伟之姿，又和太湖之滨董祥所居的茅庐迥不相侔了。小翠不由暗暗喝一声彩。

到得庄门，永华等将坐骑、兵器等都交健仆带去。丑丫头也由仆人陪去休息。他们兄妹三人请尤麟、小翠入庄。尤麟本是来过的，旧地重临，更觉可爱。而小翠却还是第一遭，左右睇眄，觉得庭院闳畅，屋宇邃密，在山中有此巨厦，不可为觐。童仆如云，都起赳有雄武态，足见主人是一位在野的英杰了。

此时齐九如在内室已有人报告于他，连忙整冠出迎。小翠见他衣服朴素，容貌清健，年纪和尤麟仿佛，而目光更是炯炯照人，颔下蓄着长髯，盛以锦囊，这一点愈见得此老的威严。尤麟见了齐九如，早抢上前带笑说道："九哥，多时不见，且喜别来无恙。"齐九如也走过来握着尤麟的手说道："尤兄弟，你一向好吗？我时常要想起你。今日且喜你大驾下降，请到里面坐吧。"拉着尤麟，走到大厅上，分宾主坐定。尤麟指着小翠，对齐九如说道："九哥，你瞧这孺子是我新认的义儿，好不好？"遂叫小翠上来拜见齐老伯。齐九如对小翠上下一打量，点点头道："好极了，秀雅英俊，兼而有之。尤兄弟得此千里驹，令我也喜欢不置。"大家寒暄数语，永华、英华侍坐在侧。春华却走到后面去了。

他们谈谈说说，转瞬间天已垂暮，齐九如因为尤麟远道而来，况又多时未见，早命厨下设宴洗尘。齐九如陪尤麟、小翠饮酒吃菜，永华、英华、春华三人也坐在一边，大家谈谈江湖逸事。齐九如对于太平天国的覆灭，以及忠王李秀成、翼王石达开等众豪杰的杀身成仁，非常惋惜。这样更是触动了小翠的芳心，想起仁霖来，不知他是死是活，我未能努力救他，这是中心歉疚之事。此次随义父到这里来，也是为了要代仁霖复仇。但义父尚未向齐九如开口，自己又未便启齿，所以心头闷闷，把着酒杯，默默无言。

尤麟心中也在转念，如何去向齐九如商量，请他出山相助。遂要小翠在齐九如面前显一些本领，以便进言。他喝了一杯酒，向齐九如说道："我们稍微懂一些武艺的人，莫不想传之其人，以为身后之光。如九哥膝下兰桂挺秀、克绍箕裘，当然是很好的。但小弟颇憾伯道无后，寥落声名。现在却认得这一个义儿，本名义字，巧之又巧，带来拜见九哥，将来也可使他向九哥领教。"

齐九如摸着他颔下美髯含笑说道："令义儿相貌俊秀，如此青年，端的令人可爱，你有此义子，当不辱没你了。你可教授他武艺吗？"尤麟答道："他本略知一二的，小弟尚未传授与他。"
尤麟说到这里，永华早在旁说道："尤世兄的武艺甚佳，方才儿
等已领教过了。"齐九如不由惊奇而问道："怎么啦？"永华便将
他们出猎，射中白狐，和小翠争夺而起格斗的事，告诉他的父
亲。齐九如道："原来如此，真所谓大水冲了龙王庙，一家人不
认识一家人了。你们最喜欢好勇斗狠，屡戒不悛的。"尤麟便道：
"我也忘记奉告九哥，那头白狐，小弟业已交与府上下人，为九
哥大寒时添一狐裘以取温了。"齐九如道："这是我不敢当的，还
是给你老弟拿去吧。你的义儿有这般好的本领，真是难得。"尤麟
乘机说道："今夜不妨唤他在筵前使一下剑法，请九哥指正。"齐九
如点点头道："固所愿也，不敢请耳。"于是尤麟便叫小翠舞剑。

　　小翠答应一声，站起身来，将前后衣襟兜扎住，退后数步，
向齐九如说一声"放肆了"。走至庭中，从伊腰间抽出明月宝剑
来，寒光耀目。伊就使出平生得意的梅花剑法。今夜为了座上有
齐九如在，更是竭其所能，抖擞精神，把宝剑舞得如鸾翔凤翥，
众仙齐下，五花八门，变化离奇，宜僚之弄丸，公孙大娘之舞剑
器，也不过如是了。齐九如看得掀髯大笑。

　　等到小翠一路梅花剑舞毕，神色自如，走到筵前，对齐九如
说道："小子献丑而已。"齐九如道："好极了，你非有家学渊源，
不能使这套梅花剑的，谅你也决非没有来历之人。"小翠道："先
父在日，略知武术，悉心传授与小侄，所以略谙此道。弄斧班
门，还请赐教。"尤麟又将他自己如何在南昌客舍中相识情形，
约略告诉。齐九如频频点首，徐徐说道："小女春华也略得我的
指点，喜欢学剑，今晚也叫伊舞一回，以酬嘉宾。"尤麟道："春
华小姐有九哥传授，一定是非常佳妙的。愿得一观。"齐九如又
向春华说道："你也来献一下子丑吧。"春华答应一声，离座而

225

起，回到里面去了。顷刻间从屏后走出，换了一身青色的短衣，怀中捧着一柄青莲宝剑，带笑说道："我的剑术哪里及得这位尤世兄好呢？"尤麟笑道："小姐休要客气。"齐九如道："你就使一路降龙伏虎剑吧。"

春华答应了，走下庭阶，使开解数，恍如梨花飞舞，又似银龙腾空。尤麟和小翠凝神细瞧，觉得很有几路出奇制胜的剑法。看得小翠只是张开着嘴笑，觉得春华的剑术只在己之上，不在己之下了。

隔一回，春华将一路降龙伏虎剑舞毕，把宝剑交给侍婢拿去。尤麟便向齐九如说道："恭喜九哥，有此多才多艺的掌珠，沈云英不足专美于前了。"齐九如道："这一套降龙伏虎剑法，伊还是学会浅近的一部分，他日进步与否，还要伊自己勉励呢。不过伊有一个绝技，却还能一观。今夜承尤贤弟称赞，索性吩咐伊献丑吧。"尤麟喜道："这更好了。"齐九如遂又对春华说道："你可拿飞镖来一试。"

春华娇声答应，便叫侍婢去取出一个绣花的镖囊系在自己腰间。又有一个侍婢去点了三支香远远地向前面庭中走去。好在这庭院是十分宽大的，走到约有百步的距离便停住了。齐九如又吩咐左右下人暂时熄去灯烛，厅上便变得一团漆黑。大家立起身来看春华小姐献技。丑丫头也随着下人入内观看。永华等是看惯的，当然不以为奇。唯有尤麟和小翠格外注意，向庭心中望出去。他们都有夜眼，也只见隐隐地有个人影立着，一支香拿在侍婢手里，高高举起，只见到一点小小的火星。春华立在厅阶上，将手一抬，嗖的一镖飞出，香头立刻落到地上，侍婢毫无损伤。又将第二支香举起。春华连发三镖，都击中香头。尤麟大声叫起好来。堂上灯烛复明，众下人也逡巡退去。丑丫头不胜惊奇，自思这种镖法又比自己的翠小姐厉害了。

这里众人各返原座。春华至后面回去重换艳装，走将出来。齐九如倾了一杯酒，敬给小翠说道："尤世兄少年英雄，老夫敬你一杯。"小翠谢谢，接在手里喝下，立刻还敬一杯。尤麟也敬春华一杯，说道："春华小姐剑术既妙，镖法更强，求之闺阁，不可多得。"齐九如道："承尤兄弟谬赞，实不敢当。但我膝下三人最爱此女，善体人意，性质聪明，所以我更用心教伊。而伊的本领遂也比伊的两个哥哥高强得多了。"尤麟又道："可喜可贺。"

大家喝过一杯。下人送一大盘烧鸭来。齐九如道："这鸭子是我们在山中养着的。此间山野味，试看餐盘中无愧，兼唯有这鸭子尚是肥嫩，是我家厨役特制的，请尤兄弟多用一些吧。"于是大家饱啖鸭子。齐九如很爱重小翠，又向小翠问问家世。尤麟遂乘机进言道："我义子还有一位结义弟兄，姓李名仁，据说他们在鄱阳湖上曾被饶尚义等围攻，李仁被虏，而他们主仆俩落水遇救的。我义子常常想念他的义兄，欲代复仇，屡向小弟求助。无奈我自知力量寡薄，敌不过饶家父子，所以想起了九哥，特地带他来晋谒，要请求你相助一臂之力，同去鄱阳湖救出李仁，那么我义子感谢不尽了。"

齐九如听了尤麟的话，点点头道，"银髯翁饶尚义，我也素闻此人纵横在鄱阳湖上，十分厉害。我自愧没有什么胜人之处，恐不足以取胜吧。"他一边说，一边眼望着小翠。小翠也说道："请齐老伯不要客气，令爱和令郎的武术，我小侄已见过，十分钦佩，当然老伯的本领必有十百于此。倘蒙许以援助，小侄铭感心版，没齿不忘。"齐九如道："我这个人也很重信义的，倘然可以相助，必要帮忙，不肯落后。但饶氏父子威名远振，果非他人可比，不得不慎重考虑。今宵我们且欢饮寻乐，明天待我考虑后

227

再告诉你们贤乔梓，可好吗？"尤麟道："很好。"于是大家又开怀畅饮。

尤麟喝了不少酒，已有些陶然微醉。小翠只喝得少许，伊很敬爱春华，在座上不时用目去偷睐。而春华也常秋波斜盼，脉脉有情。等到酒阑席散，齐九如叫永华引导尤麟和小翠到客房去住，父子二人各据一榻。而丑丫头亦另有宿处。齐九如是一向好客的，尤麟又是老友，自然格外优待。

次日，尤麟专候齐九如的回音。早饭后，齐九如到客房里来邀尤麟到书房中去坐谈。小翠因为齐九如不唤伊去，未便相随，但有永华、英华弟兄俩约他出去游山，伊自然高兴，带着丑丫头同行。在山上可以远眺长江，风景瑰奇。游览至日中始返，见尤麟已在客室中坐待了。小翠便问尤麟，齐九如可能答应到鄱阳湖去走一遭。尤麟笑嘻嘻地说道："他允许是可以说允许了，但是有一交换条件，问你可肯答应。"小翠不由一怔道："什么条件？"尤麟道："齐九如对我说，他的女儿春华，年方十八，尚未许人，一向没有相当的青年，配做他家的坦腹东床。今番见了你，却十分欢喜，意欲将他的女儿许配与你。曾向春华小姐试探意思，春华小姐却说愿从父命。老太太也十分同意。方才他遂对我说明，倘然你肯答应他时，他愿意相助你去鄱阳湖找饶氏父子，一较雌雄，为李仁复仇。我因春华小姐容貌和技艺都佳，真是女中人杰，齐老英雄又是当世之英，难得他能垂青于你，恰好你也尚无家室，对于这位小姐，谅没有什么不赞成的地方，所以我已答应他了。现在告诉你一声，你该欢喜，不虚此一行了。"

小翠听了尤麟的话，又喜又忧。喜的是齐九如已允协助他们同去，不怕饶家父子猖狂；忧的是自己本是易钗而弁，图混世人耳目，现在人家忽然一团好意，要将他爱女许配与自己，这又叫自己怎样去对付呢？倘然答应了，我的秘密不久就要泄露；倘然不许时，不但齐九如要骂我不识抬举，而尤麟也要不欢了。又怎能希望他们助我去代仁霖复仇呢？

小翠这样想着，进退两难，期期艾艾的说不出话来。丑丫头听着，也代小翠发征。尤麟见小翠这个模样，便正色说道："人家允许了你的请求，你若不答应时，未免太辜负人家的美意了。我想以春华小姐这般才貌，他人求之不得。你竟一旦能够雀屏中选，还有什么犹豫呢？"小翠本想延宕，徐徐再行表明。今见尤麟的态度如此，大有不容许不允之理。自己若然说破前情，必将遭受他老人家的谴责了。只得点点头道："义父既如此说，我万万没有不允之理，只恐齐大非偶，自觉不伦罢了。"于是尤麟脸上始有笑容。

齐九如已遣仆人来请用午饭。尤麟便和小翠走到外面餐厅上去。丑丫头听小翠已答应了婚姻，不由又好笑，又担忧，也出去吃饭了。饭后，齐九如又和尤麟在书房中坐谈。小翠回至自己客室里，丑丫头悄悄地走来，看看四面无人，便对小翠说道："小姐，请你自己想想，你是不是真的男子身，怎样可以贸贸然答应人家把女儿许配与你？结婚的时候，你又怎样去对付新娘子呢？"小翠皱皱柳眉，说道："叫我没有办法啊。你看尤老头儿逼得我如此紧急，我正要齐九如相助，岂能拒绝人家呢？我只得姑且允诺了。"丑丫头笑笑道："以前我不是对小姐说过，你做了人家的义儿，还要做人家的女婿吗？果真有这种巧事，真令人可笑。"小翠摇摇头道："这真是不巧，你倒说巧。我已答应了人家，他日真不知如何对得住这位春华小姐呢？"晚上尤麟又对小翠说道："方才齐九如又同我说，他的意思即日就要使春华小姐和你成婚。婚后方同你去鄱阳湖找饶家父子。我要他早早相助，所以答应了。他已拣选大后天吉日良辰为你们二人成婚。好在新房可以在他庄中借用，一切布置，自有齐家代劳，不用我们费一些心力。将来春华小姐可以跟我们回去，住在我家。在我讲起来，十分简便，因人成事，何乐而不为？齐九如的好意真不可辜负，因此告诉你一声，准备做新郎吧。这是我万万料不到的事，有了义子，又有媳妇，真是天赐我也。"尤麟说着话，老颜生欢，只是嘻开了嘴笑。小翠没奈何只好由人摆布，做一回假新郎，到了洞房花烛夜，再想方法吧。

尤麟和小翠已答应了齐九如，当然齐家是十分忙碌的。好在齐九如既有资财，又多童仆，虽在山中，而不论什么东西，咄嗟之间，都可立办。三日后一切都已齐全。庄中悬灯结彩，气象一新。不过贺客却很少，因仓促之间，不及柬邀亲朋，只是山中十几家樵夫猎户，都欣欣然地来吃喜酒。

小翠打扮成新郎，更见丰姿俊丽。丑丫头瞧着他只是憨笑。齐九如和尤麟，一个做丈人峰，一个做舅大人，大家十分快活。永华、英华也很爱小翠少年英俊，堪称同志。等到新郎、新妇参拜天地时，鼓乐齐奏，送入洞房。丑丫头也跟着大家到新房里去参观，锦绣华丽，谁能想到山中有此福地洞天似的青庐呢？隔了一刻，又由傧相、乐人导引新夫妇拜见岳舅。齐九如夫妇取出四锭黄金，给小翠作见面礼。尤麟因在客中，没有什么可给新媳妇，甚是抱歉，只好待后补偿了。黄昏时又大排喜筵，众人快喝喜酒。到亥时过后，众人都已散去。小翠还归洞房，见华烛高烧，春华小姐艳服盛妆，端坐床头，真如瑶台仙姬一般。偶举凤目，向伊夫婿偷瞧，倒也并不十分害羞。这时候小翠只恨自己不是男子，徒然辜负了香衾。怎样去对付这位眼前如花如玉的新人呢？只窘得伊搔头摸耳，在室中往来踱蹰，想不出个计较来。

第二十二回

萍飘絮泊旅店聚踪
夫唱妇随孤舟脱险

　　此次小翠答应做齐家的赘婿，也是出于一时无奈，并非有心要和春华小姐戏弄。但是到了这个洞房花烛夜的时候，伊竟没法摆布了，反负着手在室中踱来踱去。春华见小翠这个模样，心中不免有些奇讶，暗想夫婿如此英俊，当然识得风流，值此良宵，何以踱踱不睡，难道是个傻子吗？再也忍耐不住了，站起身来，过去取了门闩，把门关上，回头对小翠说道："义哥辛苦了，口渴吗？可要喝茶？"遂去旁边几上茶壶里倒了一杯茶来，送到小翠面前。小翠听春华称伊义哥，又敬茶与伊喝，这样软绵绵的情绪，自己竟无福消受，不觉叹了一口气，双手接过茶杯，道谢一声。

　　春华听小翠叹气，心头更是一怔。今天是合卺良辰，新郎忽然叹起气来，这是什么道理呢？便又问道："义哥何以长叹？胸中有什么抑郁？莫非对于这桩亲事心中有些不满意吗？还请明告。"小翠听了，不由默然，立在妆台侧，呆如木鸡。春华此时也有些不悦了，相视着小翠之面，眉峰深锁，似有忧愁之事，蕴结在伊心里，遂又紧紧诘询。

小翠实在觉得没有什么很好的理由可以解释自己难言之隐，遂对春华说道："春华小姐，巾帼英雄，承蒙令尊不弃，招赘我为婿，这当然是我的荣幸，我还有什么不满意呢？只是我以前许过誓，非至父亲服阕时不娶妇。我父逝世只有一年，而我已做新郎，新郎虽勉为，而洞房则不可。若欲毁弃前誓，于心不安，所以我心里对于你很觉抱歉。"春华听了这话，不由脸一红，说道："原来你有这个缘故，这也是你的孝心，未可訾警。既然你有誓在先，断乎不可自毁其言。现在我们不妨做名义上的夫妇，待到你将来服阕时我们再……"说到这里，不由微微一笑。

　　小翠本惴惴然恐触春华之嗔，及闻春华说得很坦白而诚恳，便双手向伊深深一揖道："春华小姐，你真是一位贤德的好女子。我心里非常感激你，钦佩你，将来我永永不忘你，必有一天使你快活。"春华道："我也是敬爱你的本领，愿你精益求精，奋发不已。我父亲虽是隐者，他有技艺，可以传授于你。只要义哥精心学习便了。"小翠点点头道："春华妹妹，我愿意听你的话，此来我本要仰求令尊的。"于是二人彼此一笑，解去外衣，同入罗帏。春华小姐把一床鸳被重分作两个，虽和小翠并枕而睡，却不同衾，这一点会使小翠敬爱春华的美德了。二人在枕上喁喁地谈了一刻，各人方才闭目安睡。明月窥窗，锦帐低垂，多情的月姊尚以为一对新夫妇如鱼得水、同图好梦呢。

　　次日起身，大家若无其事，双双前去拜见齐九如夫妇和尤麟。众人观此一双俪影，无不欣喜。春华十分贤淑，也没有把此事去告诉伊的父母，尤麟当然更不明白，唯有丑丫头夜间很代小翠杞忧，现在瞧见二人十分爱好，并未破裂，不知小翠如何对付过去的，心头痒痒地急欲得知，凑个空向小翠偷偷问询。小翠把自己伪托的事告诉了伊。丑丫头不觉笑道："好小姐，真亏你情急智生，想得出这种说话。婢子宵来几乎代你急煞了。但这位春华小姐倒很贤淑的，伊能尊重你的意志，何等爱你，却不还上你的大当？"这"当"字说得响一些，旁边恰巧有一下人走来，小翠对丑丫头白了一眼，便走开去了。

永华、英华和小翠变成了郎舅，彼此更是亲密，大家在一起谈谈武艺。尤麟和齐九如也在一块儿喝酒谈天，从友谊而进为亲戚，老怀弥觉愉快。不知不觉已过了四五天，小翠一心要想为仁霖复仇，遂又向尤麟提起这事，要尤麟再去恳求丈人峰出而相助，同至鄱阳湖，歼灭饶家父子。尤麟当然去向齐九如要求。齐九如因有言在先，自然答应到那里去一遭。小翠知道了，十分欢喜。

一天晚上齐九如会合尤麟、小翠、永华、英华、春华等坐在一处，商量上鄱阳湖去的事。齐九如说道："饶尚义父子盘踞在鄱阳湖中历有多年，颇著声名，附近官军也奈何他们不得，所以我们前去也不能说有十二分的把握，但我已答应了尤老哥和董贤婿，无论那里是不是龙潭虎穴，我总要跑一趟。他们山寨里人众，我们六个人一起去对付，或者能够侥幸获胜。"尤麟道："全仗九哥大力，我们追随骥尾，一同努力。"小翠道："还有小婿的下人董贵，他年纪虽轻，也谙武术，可以带他同去。"齐九如道："很好，我们七人同往，合了梁山泊七星聚义，定获胜利。明天我们再在此间欢宴一天，后日便可动身。到得南昌之后，可以雇船入湖。白天不宜上山，只得于夜间入探，较为稳妥。"小翠道："我等谨随岳父之后，同杀狗盗。饶家父子虽然厉害，也只有饶尚义可忌惮一些，余子碌碌，也不在小婿心上呢。"春华对小翠说道："你倒说得好大口气。"小翠道："就是为了已交过手，所以敢如此说。不过我不谙水性，在水面上作战是很吃亏的。现在

233

义父精通水性，也足为我等的一助呢。"尤麟笑道："你岳父已允帮忙，义父我也愿拼这条老命去会会饶家父子的。好在九哥的武术我是一向佩服，有九哥前去，且有你们这辈勇敢的后生，还怕对付饶家父子不下吗？"于是商定之后，次日早晨齐九如和尤麟带同小翠、春华、永华、英华以及丑丫头，各个暗藏兵刃，束装登程，离了歧亭，到鄱阳湖去找饶家父子了。这一行总算被小翠达到一半目的，暗暗祝告上苍，但愿仁霖在盗窟中没有丧身，方能够把他救将出来，散而复聚，也不负了忠王之托。

他们众人一入赣境，尤麟本想邀众人先到他庄上去一叙，只因小翠急于前去报仇，所以要紧赶路，不欲迟滞其行。这一天赶到青龙镇，距离南昌城只有数十里了。他们因为贪赶路程，到镇上时天色已黑。过了晚餐时候，店家都关门打烊了。好容易找到一家旅店，是个悦宾客寓。但是齐九如打门进去时，店中已是客满。靠齐、尤二老和掌柜的再三商量，方在最后面设法腾出一间上房来，让他们住。他们本要借宿两个房间的，此时也只好将就一些了。

众人在灯下坐定后，点了几样菜，大家胡乱用晚餐。肚子真饿了，饱啖一餐。店小二搬去残肴，铺好临时添搭的床铺，众人解衣安寝。独有小翠和春华最后睡眠，尚坐在灯下闲谈，永华等已起鼾声了。忽听远远有马蹄之声，如飓风疾举，一会儿已到门前，跟着有一些人声。

小翠听了这声音，不觉有异，暗想：这是一个小小市镇，时已不早，居民十九都入睡乡，何来这些马蹄之声，十分蹊跷，莫非有什么盗匪纠伙来行劫吗？便叫春华倾听。春华也已听得，和小翠有同样的怙惚，对小翠说道："倘然真有盗匪来劫掠时，我们倒不肯轻易饶让他们的。"跟着便听呐喊之声，有许多人打门

234

进来了，小翠道："是了。"连忙跳起身来，去取出明月宝剑。春华也去取过青莲剑，又把镖囊系在腰际，听外面人声已杀进来了。店伙等一齐惊慌乱窜，纷纷望后面逃来。

春华又去推醒伊的父亲，一霎时齐九如、尤麟和永华、英华、丑丫头等都从睡梦中惊醒。永华摩挲睡眼说道："刚才睡得不多时候，怎么又有事情发生了？人声鼎沸，为了何事？"小翠道："永华兄，外边有寇盗行劫。"永华哈哈笑道："哪里来的寇盗，如此猖獗。今晚撞到我们手里来，包管他们飞蛾投火，自来送死。"各人都去取了武器，预备和盗匪决斗一下。

小翠先去开了房门，却见外面灯火照耀，如同白昼，又有许多人声，高呼："不要放走了太平天国的余孽。"大家又是一怔，难道不是寇盗，而是官兵来此捉拿太平天国的遗党吗？恰巧有一个店小二捧着头，急急慌慌地逃进来。小翠问道："外面来的究竟是盗匪还是官兵？为着何事？"店小二道："外面来了不少官兵，刀枪剑戟，密排如林冲入店中来，把掌柜的都捉去询问了。他们口口声说来搜捕太平军中人，外边房间里的客人都被他们围住，将要逐一搜查。你们这里当然也要来的。这些官兵凶得很，逢人即打，伙伴们已被打倒了二三人。却不知客人里面有没有他们要捕的人呢。"永华说道："原来是搜捕太平军，怪不得如此惊天动地。但我们中间好在没有什么太平天国的党羽，由他们去休。"小翠道："我们索性走到外面去一看情势，省得他们要到房间里来滋闹。"英华道："说得有理。"于是大家走将出去。见院子里站着许多官兵，手中都拿着明晃晃的刀枪铁尺，准备拿人。有几个都向屋上嚷着道："犯人逃到屋顶上去了，会上屋的快快上屋追捕吧。"小翠跟着向屋上一看，因为四面是灯光明亮，所以屋上也看得清清楚楚。对面厢房上有十几个官兵正包围着一男一女厮杀。那一男一女都是青年，手中各舞着宝剑，宛如两头猛虎，不可捉摸，官兵中早倒了数个。小翠再向那男子一看时，几乎失声而呼，剑眉星目，龙骧虎步，不是李仁霖还有谁呢？

仁霖一心对付官兵，并没留意下面旁观的人。他将宝剑使开，一个一个地把官兵劈倒，滚下房来的不计其数。唯有两个清将也很骁勇，舞动朴刀，紧紧跟着二人，不肯放松一步。接着官兵攀缘上房。春华指着那女子说道："你看这少女的一柄剑也不弱于我们呢。"小翠点点头。伊此时恨不得上房去和仁霖招呼，然又不敢孟浪。心中正在踌躇，只见那女子虚晃一剑，跳出圈子，和仁霖向后面房中退来，清将追去时，两颗弹子唰地飞来，清将先后滚跌下房，清兵惊呼。

这时候小翠顾不得什么，生恐仁霖逸去，不能见面，立刻将春华臂膊一拖指着屋上说道："咦！那屋上的少年正是我的义兄李仁，被鄱阳湖饶家父子掳去的，不知何以又在此地发现？我不得不去找他一见呢。"说着话，飞身一跃，已上屋檐。春华有些不放心，跟着跳上屋去。见那一对男女已向后面遁去。小翠正追上前，伊自然也跟在后面。

一霎时两人已从店后墙上飘身跃下，见仁霖正向西边小径中迅奔，小翠追赶上去。仁霖还以为官兵追至，恰巧前面有一丛树林，二人蹿将进去。小翠追到林外，眼前陡觉有一物飞至，连忙伸手一接，捞在手中，乃是一颗弹丸。小翠恐防跟进去要引起林中人的误会，自己未免吃亏。于是提高着喉咙，喊一声："仁霖世兄，小翠在此。"喊了这一声，只见林子里探出一个头来，向小翠看了一下，说一声："董贤弟，快请进来。"此时春华也已跑至小翠身边，小翠便和伊一同入林，会见着仁霖和那女子。运用夜眼，再一细看那女子时，乃是鄱阳湖上的饶家女匪，不由心里大大地一愣，当着伊的面倒不好诘问，只说："世兄，我们分散以后，却不想再在此间重逢。我正要来湖上找寻世兄，世兄怎样到此的？"仁霖虽当着饶志芳的面，不便多说什么，但也正要告诉一二。不防官兵已追到林子外来了，有两个官兵说，眼见有人逃入这林中去的，我们快入林搜索。接着火把大明，有数十官兵分头入林。这林子虽不大，他们无处可以隐藏，小翠已和仁霖在一起，官兵也当伊是太平军中的余孽了。此时为自卫计，不得不和仁霖等分头抵御。春华也是这样。所以官军入林搜索之时，四人立即动手。试想四人都是有好本领的人，区区官军岂是他们的敌手呢？剑光到处，血雨四溅，一会儿官军的尸骸已是纵横林中了。受伤的都狼狈退去。

这时已近四鼓，仁霖等杀退官军，但在官军后面飞来两条黑影，仁霖以为又是什么便衣捕役，正要拦截，小翠眼快，早上前喝住道："都是自己人，不要动手。"乃是永华、英华来了。当小翠和春华在店中跃登屋面之时，齐九如十分奇怪，既非盗匪行劫，不干自己的事，一任官军去拘捕犯人，尽可作壁上观，何必去相助他人？深怪小翠年轻好事。但小翠和春华已去了，遂命永华、英华弟兄俩到后面去一瞧究竟，劝小翠、春华回来，不要多管闲事。永华、英华奉着父亲之命，走至店后，正逢官军追赶，弟兄二人跟在官军后面，见官军入林搜寻，死伤无数，方知有人伏在林中。不见自己妹妹和小翠，他们也很担心。

等官军退出后，他们也冒险入林。彼此相见后，小翠便告诉永华弟兄，说仁霖就是伊要去营救的义兄李仁。二人都欣喜道："天下有这样巧事吗？但不知果是太平军中的羽党，为何官军要来捕拿？"小翠一皱眉头道："这事说来话长，少缓我再奉告吧。现在不知外边可有官军？"永华摇摇头道："他们都退去了，但说不定他们受创而去，报告了主将，再要增兵前来的。"仁霖道："事不宜迟，我们快快避至一处较为安稳之地，再可谈话，免得他们再来缠绕。我们究属人少，恐到底要吃亏的。"小翠道："不错，现在我们合在一起，官军也要以为我们是一党的"。这林子很小，不足掩蔽，况且岳父和义父尚在旅店内，也须去报告一声，以免意外。"仁霖不明白这些人和小翠有什么关系，不便说什么。永华道："待我弟兄回去请两位老人家来此相见吧。"小翠道："也好。"永华、英华遂回身出林去了。

小翠等四人守在林中，时常出来侦察外边动静，只见地上官军的尸骸，其余却黑暗不见。等了一刻，人影乱晃，永华、英华陪着齐九如、尤麟两位老人，以及丑丫头，带着行李一同来了。永华道："我们回至店内，店伙和客人们乱杂杂地惶骇着，因为走了犯人，死了官兵，大家都不知道究竟为了何事。我们暗暗告诉了父亲，遂带着行李，一同从后边越屋而出，以防耳目。听说死了一个游击将军，官兵回去调集人马再来掩捕了。"仁霖道："事不宜迟，我们快些离开此地再说吧。"于是众人鱼贯出林，其中要推尤麟比较熟悉途径，他当先引导，只拣僻静处走去。

走了十余里，前面有一个山谷，天空渐现鱼肚色，谷中树木荫翳。尤麟指着对众人说道："这谷中十分隐蔽，我们何不入内憩坐？若然官兵追来时，我们也可据住谷口，抵挡一阵。"众人听他说得有理，一齐随他跑入谷中去。

天色大明，红日已出，照着紫的山色煞是好看。于是大家席地而坐，小翠与仁霖互谈别后之事。原来仁霖在大牛山上，虽有志芳为伴，但他的心思不愿长住在温柔乡中，奄忽一生。何况这温柔乡又是盗窟呢？心中更惦念着小翠主仆，不知死活存亡，所以心中终觉不乐，要想离开这地方。志芳是个聪明的女子，如何不识得？有一天晚上，二人睡了，在枕上喁喁细语时，志芳即问仁霖道："近来我见你脸上常有不快之色，背着人叹气，不知你究竟为着何事？我们虽然待你不薄，而觉你的心终是不向我们，莫非你怀有去志吗？"仁霖被志芳一句话就问到心里，不由猛吃一惊，立刻说道："你真是个聪明人，我有去志怎样？没有去志又怎样？"志芳道："你若没有去志，住在我们山上，彼此是一家人，当然是很好的事。但有去志时也不妨，对我明白直说。古语说得好，夫唱妇随，我决对肯跟你走的。"

　　仁霖不防志芳说得这样坦白，惊喜参半，遂又说道："你料我要想离去这里吗？"志芳点点头道："是的，我们既然做了夫妻，彼此的心事不必隐瞒，祸福休戚，彼此共之。你老老实实地说吧。难道还要疑心我吗？我对你没有什么歹心肠的。"仁霖道："你这样说，使我更感激了。老实说，我是太平天国忠王李秀成的幼子，东飘西泊，一心要想兴复之计。无奈清军势大，不得不暂时蟠屈。以我王族遗胤，岂肯厕身绿林？但若告诉出来，恐又于我不利。此次我在山上是被俘而然的，所以常想离开此地去访寻我的义弟董义，一同别谋发展。当然我对于此地并无恋恋之意，唯有你一人系在我心上，不忍舍去。倘然你能相助我一同脱离，远走他方，这是我的大幸了。万一你要错怪我有异心，而欲告诉老祖宗时，我也愿束手就缚，引颈就戮的。"志芳道："我若要你死时，我早已不嫁与你了。你请放心，我决不在老祖宗面前泄露一句半句。你要远走，我当跟你同行。因你一个人要想独自下山渡过这鄱阳湖，恐怕是不可能之事。我若相助你一臂之力，也许此事有数分希望。且待稍缓数日，如有机会时，我再和你说吧。"仁霖大喜道："你能这样体贴我，相助我，足见你的爱心，使我非常感激了。"因此这一宵夫妇俩的绸缪深情，更是如漆如胶，一心一德。

　　过了十多天，一日，志芳忽然对仁霖说道："现在有一个机会来了。因为老祖宗在后天上午要坐船出去拜访老友，此行也许要去一游庐山，至迟有七八天光阴在外面耽搁，我父亲或将同行。那么山上空虚，我和你便可乘机他逸了。那时我可以向部下要一帆船，预泊山下，乘月明之夜和你同遁的。"仁霖欣喜，对志芳深深一揖道："我要谢谢你了。"

　　到得后天，果然饶尚义驾舟出外，访友游山，但饶天健父子都没有随去。仁霖对志芳说道："老祖宗虽然去了，可是岳父和志武兄都没有偕行，不知我们可能走得成功？"志芳道："你放心吧，我父亲和哥哥虽在此间，我知道他们本领的，万一有阻挡时，我和你两人尚可勉强对付。我只怕老祖宗，他的拐杖是任何人难敌的。你既有志远扬，我决定随你同行便了。并非我对于母家无良，一则我已嫁了你，生为李家人，死为李家鬼；二则你要达到的大志，我不敢贻误于你；三则我在此间也住得腻了，这种绿林式的生涯，也觉得太没有意思，凭着我二人之力出去奋斗一下，也未为不可。所以我情愿随你同行了。"仁霖听着这话，又向志芳称谢不已。便在这天夜里二人收拾一切，准备出走。

　　次日仁霖、志芳依然伴着饶志武一起玩，装作若无其事。下午志芳悄悄地踅出去，向部下一个头目要了一艘帆船，叮嘱他晚上泊在山下，预备要去月夜游湖的。晚餐后，二人佩上兵器，携着行箧，暗暗下山。明月如水，照得四下清澈，宛如一片琉璃。但是将至山下时，忽遇一队巡卒，照着火炬而来。月光下仁霖、志芳无处隐匿，巡卒们也已瞧见了二人，便拦住问讯，说："老祖宗有令，夜间任何人不得在山间上下。你们二位携了行装到哪里去？须让我们去山上天健寨主那里报告一声，倘然寨主肯许你们下山时，再请二位离去不迟。"志芳娇嗔道："老祖宗可以管束你们，但我却不受的。他已到庐山去了，吩咐我们二人也于今夜前往，你们不必多管。"一个巡卒道："我不信，老祖宗既要你们同游，为何不于昨日一起动身？况且此人本是外来之人，新与姑娘联姻，姑娘莫要信他巧语，放他逃遁，我们却脱不了干系的。"

志芳被这巡卒一句话道破秘密，立刻竖起蛾眉，骂道："放屁，放走不放走有我一人担当，干你们甚事？不要胡说八道。"巡卒依旧拦住，不肯放他们过去。仁霖急了，拔出龙泉宝剑，跳过去向小卒头上便砍，说道："多管闲事的吃我一剑。"巡卒连忙挥刃抵御。志芳知事情已僵，只得挥剑同斗。几个巡卒如何敌得住二人，早有三个拐倒在地，其余的逃上山去报告了。志芳皱着蛾眉说道："我们快快走吧，再迟时便要走不成了。"仁霖不敢怠慢，随着志芳，飞步跑至水滨。幸亏志芳约定的船早泊在那里，头目不知二人出走，迎接上船。志芳便叫快些开船。头目听令，立即将船驶向湖上而去。

仁霖和志芳坐在船舱里，静默无言。他瞧着湖上的泛光，映着月色，银光万顷，泱泱莽莽，不由想起前次被掳时，自己和小翠月下探胜石钟山的光景，心头又有些感伤。不知伊人现在何处，万一已葬鱼鳖之腹，那么伯仁为我而死，自己将如何以慰情呢？又恐适才的巡卒上山报告后，山寨里的人追来时，自己又难逃脱了。

志芳见仁霖悄然不悦，便安慰他道："你不要担忧，老祖宗不在山上，这事总便利得多。即使我父亲问讯追来，我也有法儿驱退他们的。你不必因此而忧虑。"仁霖听志芳说出这样诚挚的话，足见伊人对于自己真能热心相助，愿意跟从，心中稍觉安稳。

这时湖上除了风水声，其他一切静寂。忽听背后连吹数声呼哨。志芳连忙立起身来说道："背后有人追赶来了，这是叫我们停船的口号。"遂和仁霖一齐探身后舱，向船后望去时，只见月光下相隔五六丈之遥，有三艘大船挂足了帆，正向这边箭一般地追来。仁霖对志芳说道："大约你的父亲和哥哥追来了，我们怎样对付？"志芳道："我们既然逃了出来，事情已僵，还去也是个死，不如抵挡一阵。幸而老祖宗不在山上，否则我也没有这个胆量跟你同走呢。"

这时船上的头目也向志芳问道："小姐，我们要不要停船？后边有船追上来了。"志芳摇摇头道："你只管驶向前去，休要停船。"头目道："违抗了命令，回山去不得活。"志芳怒道："你听我的命令呢，还是听他们的命令？别的事你不要管，一切有我担当。你如不听我令，我手中的宝剑不认识人，先斩了你这厮再说。"

头目听志芳说得厉害，只好听伊的话，依旧向前行驶。但是背后的船越追越近了，高声大呼："前面的船快快停驶。志芳妹妹，休要听信外人之言，祖护姓李的。快随我们回山去，听候老祖宗发落吧。"志芳听出是志武的声音，却不答话，从行囊里取出弹弓和弹丸，走至后艄头，立定娇躯，抬起粉臂，向后面追来的第一艘大船张弓发弹。唰的一声，一弹飞去，正中那大船上桅杆上的绳索，绳子立刻被迸成两段，大帆直落下来，那船便横转在湖上了。接着又是一弹飞去，第二艘船上的篷也相继落下。第三弹飞出时也是这样。三艘大船上的帆一齐落下，船便减少了速力，不能前追。志芳方才娇声喝道："谁再追来时，我便请他吃我一弹。"

背后船上正是饶天健和志武率领二十多健儿。因为志芳杀了

242

巡卒，有几个逃上山寨，报告与天健知道。天健大怒，说道："这女孩子真是太没有良心，反了反了！伊知道老祖宗不在这里，胆敢跟着姓李的小子遁逃，必然是给那小子诱坏了。不知是哪里来的间谍，上了他的当。这婚事都是老祖宗做的主，我本不赞成的。现在务要把他们追回来才好。"于是他和志武一起坐了三艘大船，挂上了头号的帆，紧紧追来。今被志芳击落船帆，他更是怒上加怒，吩咐儿郎们快将绳子接起来，再张上去，一边撑篙行船。但等他们快将三道帆重行挂上时，志芳和仁霖坐的船早已远逸，湖水浩渺，不见一点影踪了。只得废然而还，等候老祖宗回来再作道理。

志芳和仁霖见三船停顿不追，暗暗庆幸，吩咐这船向南昌开驶。一夜过去，到黎明时已至南昌城下。二人上岸，吩咐头目回去。可是那头目和两个儿郎畏惧老祖宗的责问，怎敢重返牛山，驾舟他逸了。仁霖既出虎穴，又想乘便一游滕王阁，遂和志芳走上南昌城墙，一路问讯而行，来至滕王阁上，瀹茗小坐，凭槛望湖，各人心里都有说不出的一种感触。早晨的风景美妙极了，上下天光，一碧万顷，有许多渔舟正迎着晨曦而出，雪一样的水鸥野鹭，在浅渚边上下飞翔。二人又用了些点心，志芳见左右无人便向仁霖道："我虽随你逃出了山寨，幸而瞒过了老祖宗，父亲追赶的船也被我挡住，侥幸出险，总算如了你的心愿。可是大地茫茫，今后你想往哪里去栖止？怎样干起你的事业来呢？"

仁霖给志芳这么一问，心中暗想，我本来要和小翠投奔白云上人的，不幸中途分散，小翠的生死至今还是个谜，这都是饶家害得我如此的。我要寻找小翠，然而小翠在什么地方呢？恐怕参商难见，萍水难逢，一时不容易找得到伊呢。那么我不如和志芳径往白云上人那边去吧。倘然小翠尚在人间，也许伊自会寻找到那边去的。这样一想，遂对志芳说道："我自觉技艺尚是平常，不能和上乘的人为敌，惭愧之至。本来我是要和同伴到四川鸡足山白云上人那边去托足而学艺的。现在同伴已失，不如我与你走往那边去吧。四川地较偏僻，闻说翼王的部下散开在那里的尚多，我到那边去，将来也许可以容易聚义。"志芳点点头道，"你要往四川，我很赞成。蜀中山水名天下，剑阁之险，峨眉之雄，巫峡之奇，都是我梦寐求之的。我和你顺便一游，也足以荡涤尘襟，宽豁耳目。"仁霖欣喜道："你能如此，我自然宽慰得多了。"所以两人在南昌客寓住了一夜，不敢逗留，便望九江进发。他们想到了武昌，再行雇舟往长江上游去。不想在青龙镇旅店内打尖时，恰遇见一个姓胡名桂山的，以前在谭绍洸麾下做偏将，识得仁霖。此刻他已投降了清军，在九江金游击部下，充当把总之职。此番也是衔命出去鄂省公干而归。他在店中遇见了仁霖，假作不识，没有招呼。仁霖也已瞧见了他，以为胡桂山不向自己招呼，也许他已不认得自己了，不虞有他。谁知胡桂山一心要想告发，把仁霖捕住，因此可以得一功劳，有升官发财的希望。所以他悄悄地离了客寓，加鞭纵马，向南昌去报信。

金游击的两营兵驻在离城三十里的郊外，所以路途较近，得报后，贪得大功，立即点齐三百人马，迅速出发，要想包围旅店，生擒仁霖。怎知道仁霖和志芳虽是两个人，然而都有高强的本领，等到官兵闯进来大呼捉拿太平天国的余孽时，仁霖和志芳已知事机危迫，间不容发，各取宝剑，跳到屋上去。金游击和胡桂山跟着上屋。仁霖一见胡桂山，心里明白，立刻挥剑迎战。胡桂山被仁霖一剑刺在心窝，倒毙屋上。金游击也被志芳发弹击伤脑门，跌下屋去，二人乘机兔脱。又谁知因此一场恶斗，又遇见了小翠了。

当仁霖把自己逃出牛山的情形告诉小翠时，小翠知道仁霖已和志芳结婚，认贼为妇，心中很不以为然。但是当着众人的面，也不便说什么，反而装出欢喜的样子，对尤麟、齐九如说道："我本想仰仗二位大人之力，前去鄱阳湖援救义兄，今幸在此相逢，真是天助我们了。"遂介绍仁霖、志芳和众人相见，且将自己落水遇救，旅店患病，尤麟相救，拜尤麟为义父，在齐家成婚等事，也约略告知仁霖。

仁霖听小翠已和春华结婚，心中不由骇疑，不知小翠本是女儿身，如何为人家坦腹东床？这假凤凰怎样敷衍过去的呢？碍着众人之面，也不便详询。唯有丑丫头在一边尽对仁霖瞅了数眼，深恨他不该弃了小翠小姐，和贼人之女去结成夫妇呢。尤麟因为小翠和伊的义兄业已相逢，可以不必再往鄱阳湖去会饶家父子了，遂邀齐九如等同去他家里小聚。齐九如也要自己女儿去拜见义姑，当然答应。仁霖和志芳遂亦随往。幸喜官军没有追至，行了数十里至午后已到尤麟庄上。

尤麟把众人招接至里面，竭诚款待。夫人汤氏听说义子在外边娶了媳妇，心里更是欢喜。当小翠引春华拜见时，汤氏双手扶起，满面笑容，把自己手上戴的一副金镯赐给伊，作为见面礼。小翠又引仁霖、志芳拜见。汤氏知道仁霖是小翠的结义弟兄，丰神俊秀，而志芳也是貌美质丽，不由啧啧称赞，取出一只金钗赐给志芳。见过礼后，晚上尤麟大摆筵席，宴请众人。大家举杯欢饮，直饮至酒阑灯灺，方才散席。尤麟引导各人至客房安寝，好在他的庄院大，下人多，足以下榻，优待嘉宾。

次日又设宴款待众人，当然各人心里都很快活。独有小翠心里一则以喜，一则以恚。喜的是自己能和仁霖重逢，恚的是仁霖不该贸贸然便和盗女成婚。自己的终身本来徇着亡父之意，要想归宿在仁霖身上的，现在事情已是变幻，以前的希望顿成粉碎，而且春华面前也无以交代，所以伊反觉闷闷然无以自解。

　　下午志芳和春华在里面楼上讲话，众人都在书房里饮茗闲谈，伊却独在庭中徘徊。忽然仁霖悄悄地从背后走来，低声说道："世妹一人在此吗？我尚有几句话要向世妹剖白呢。"小翠点点头道："很好，我也要问问你哩。"遂和仁霖走到后面一个小轩里去。前后幽篁丛深，较为邃密，不愁旁人窃听。二人到小轩里坐定后，小翠忍不住先向仁霖说道："世兄娶了志芳，果是很好的姻缘，可是志芳究属是个盗女，我要怪你，不该认贼为妻，有渎你天潢贵胄了。"小翠这话说得较为严厉，加着叹了一口气，竟使仁霖不好回答。

第二十三回

小轩陈苦志儿女琴心
秘谷屯雄师桃源剑气

仁霖低倒了头，听受小翠的谴责，他的内心实在觉得万分对不起小翠，然而铁一般的事实放在眼前，叫自己如何可以图赖呢？隔了一歇，他方才对小翠说道："世妹请原谅，此次我娶盗女为妇，当然是不应该的，自知罪无可逭，不容申辩。但圣人处事虽贵守经，有时亦宜达权。我虽不是圣贤，然而偷生于世，亦为了我亡父的遗嘱，不敢忽忘，终想建立一番功业。且于世妹的生死存亡也是萦诸心头，欲知究竟，所以不得不虚与委蛇，隐忍苟活。因为我被掳上山，初拟一死，立志不屈。后来转念及此，方才改变我的本衷。盗魁饶尚义父子也欲置我于死地，都是志芳一人救我于不死。他们遂要招赘我，我权宜应付，降志相从。其后遂说动志芳之心，借着伊的力量，一同逃下牛山，想访寻世妹消息，且入蜀拜见白云上人，以为世妹若在人世，也许先到那边的。不料在旅店中重逢，这真是天意使我们复合了。世妹为了援救我的缘故，竟延请齐老英雄等远道前来，如此热情，使我更是铭感无穷的。但望世妹能够鉴谅我的苦衷而加以曲宥，使我的负您得以减轻，这是我今天所要求于世妹的。"仁霖说到这里，微

247

微叹一口气，表示无可奈何的样子。

小翠听仁霖如此说，也就不再加以斥责，点点头说道："这当然也难怪世兄的，总之对付尴尬的事情确是很不容易。现在木已成舟，我也无须严责前情。倘然志芳能和你有一样的志向，同舟共济，勠力天国，那也是很好的事呢。我们主仆俩若荷不弃，仍当追随骥尾，共立非常之功。"

仁霖听小翠说话虽然很是坦白，自己总觉十二分的对不起她们主仆，面上红了一红，遂说道："以前我在翠云村受董老英雄的骈嵝和栽培，我亡父亦以为付托得人，堪慰身后。初不料老英雄偶撄疾病，弃我而逝，而奸人兴风作浪，思欲加以危害，以致我们不得不出亡到外边来。又谁知鄱阳之游，变生一旦，竟使我们生生地分散。现在又幸劫后重逢，一则以喜，一则以愧。辱蒙世妹予以曲谅，且愿一同勠力，这样的高谊和义气，真使我佩服至于极点了。以后我们仍当一起同行，生死不渝。"小翠道："很好，我等协力去开辟我们的前途吧。"

二人丢开这问题又谈些其他事情。仁霖忍不住向小翠问道："我还有一件事有些不甚明白，不揣冒昧，要向世妹一问。就是世妹是个女子身，怎样也会入赘齐家，和春华小姐结成伉俪的呢？"小翠微笑道："这真如世兄所言权宜之计了。我因要救世兄，必须齐老英雄出马，所以挽我义父同去岐亭恳求齐九如出山相助。而齐九如忽然谬加青眼，赏识我的薄技，要把爱女嫁我。我正要得他一臂之助，岂能拂逆他的美意，于是乎勉强答应了。新婚之夕，我用话哄骗了春华小姐，至今假凤虚凰空做夫妇，将来我也不知怎样安慰伊呢？"仁霖叹道："世间人类的遇合竟有这样奇奇怪怪的事，大概那造化小儿在那里戏弄人家呢。"

二人说了良久的话，忽听轩外足声杂沓，窗子外有人向里面探望一下，接着说道："好，我们找寻不见，原来你们俩却躲在这里讲话吗？"二人回头一看，原来是永华和英华，背后还跟着丑丫头一齐步入轩中。小翠道："我们在这里讲起饶尚义父子呢。"永华、英华相信小翠的说话，唯有丑丫头却明白仁霖正和小翠叙述别后的事，不知小翠可曾责问他何以和盗女成婚。瞧瞧二人的脸色，也不觉有异。英华开口道："我们此事本要往鄱阳湖会会饶家父子的，只因在旅店内巧遇李兄，于是此行作罢而回到这里来了。我很可惜稳稳的一场厮杀却未能实现。好久没有唱真戏了，筋骨尽驰，怎得有一天给我们弟兄俩机会出去虎斗龙争一回呢？"仁霖闻言，大有感触，遂和齐氏弟兄一同坐着，谈谈太平天国的佚事。齐氏弟兄对于太平军的失败也深为扼腕。

晚上尤麟因为今宵有明月，便叫家人盛设一桌酒菜，在园中桂花厅上赏月。尤麟夫妇陪着齐九如、永华、英华、仁霖、饶志芳以及小翠和春华团团坐着，丑丫头却站在一边伺候。月色皎洁，园中花木亭榭恍如浸在银色的水中一般。大家举杯畅饮，唯有小翠和仁霖心头各饶感慨。仁霖本来酒量素豪，今夕举杯狂吸。小翠不会喝酒的，不知怎样的心头异常不悦，故欲以酒浇愁，遂也举着杯喝。仁霖知道伊不会喝酒的，恰和伊坐在一处，见小翠一连喝了三杯，两颜已酡，便轻轻地对伊说道："你是不会喝酒的，千万不要多喝，少停……"话犹未毕，小翠狂笑说："我为了不会喝酒所以今夜偏要多喝数杯，若是我会喝酒的，今夜却不喝了，这叫作心理的变态。譬如有些人本来不肯做这种事的，现在也会做了，这真是从哪里说起呢？"

仁霖听小翠的话，暗暗带些讽刺，便知自己和志芳成婚，伊人心里终是不赞成的，无怪伊要发牢骚了。一时无话可答，眼瞧着小翠喝酒。倒是春华坐在对面连连用凤目注视小翠，向伊示意，劝伊不要多喝。小翠又对春华说道："多谢夫人的美意，只是今宵我却要拼个一醉。"又对尤麟和齐九如说道："义父和泰山恕我无礼。"尤麟微笑道："你今天兴致这样好吗？不妨多喝数杯。横竖在自己家里，醉倒了扶你入睡。"小翠哈哈笑了一声，斟满了一杯，咕嘟嘟地喝了下去。仁霖见小翠的神情益发有异，他的心里也益发不安。

尤麟和齐九如见仁霖酒量很好，便和他照起杯。饶志芳坐在春华旁边，秋波斜盼，瞧着仁霖微笑，并不劝他少喝，脸上露出很得意的样子。小翠瞧见了，提起酒壶，在饶志芳面前斟满了一杯，回转头来对仁霖说道："恭喜义兄得此美妇，我要敬嫂嫂喝一杯酒呢。"仁霖连说"不敢，不敢"。小翠又向饶志芳作了一揖，饶志芳不明其中缘由，向小翠谢了一声，把一杯酒喝了，也还敬小翠一杯。小翠举起杯子，喝得一半，此时伊实在勉强不下了，胸口一阵涌起，顿时小口一张，要想呕吐，侧转身体去，恰巧呕在仁霖身上，身子也倾斜了。仁霖不顾自己身上肮脏，要紧去扶住小翠。丑丫头也过来扶持。尤麟道："果然醉了，还是扶去睡吧。"小翠口里还说不醉。春华早立起来去扶小翠，小翠兀自要坐着喝酒，可是身已旋转不停，跟着呕吐不绝，遂被春华和丑丫头扶去房中睡了。这里众人依然饮酒谈笑。

仁霖因见小翠适才的情态有异，心坎中觉得非常歉疚，又和尤、齐二老对饮，不免酒过其量，也就玉山颓倒。志芳便扶他回客房去了。尤麟和齐九如酒也喝得够了，于是散席。

次日仁霖见了小翠，谈起夜间醉状，小翠也不说什么。仁霖便问小翠："我们既已遇合，是否要继续前志，同去四川鸡足山拜投白云上人？"小翠道："先父遗言自然要遵办的。我们技艺尚不及人，不可不再求深造。世兄倘然没有变更初志，我们主仆俩自当一起同行。"仁霖道："当然我是始终愿和世妹贯彻意旨的。我一时的改变，自觉惶愧，请世妹原谅。"小翠笑了一笑道："原谅什么呢？父亲的遗言，忠王的嘱托，我是永永不会忘记的。"仁霖听了这话，心中方才稍安。

因为午后大家约定要去浔阳江边游玩，所以大家早用午餐。餐后永华、英华、春华、仁霖、小翠、志芳携着丑丫头出去江边游览，待到渔舟唱晚，方才回去。但当他们走到书房来，见尤麟和齐九如二老时，忽见书房中多了一位客人在那里谈话。那客人正当壮年，面色微黑，满面风尘，身上穿着蓝布袍子，很是朴素，像是常走江湖的人，不知他从哪儿来的。那客人见众人步入，也有些惊愕。尤麟代他们一一介绍，且说这位客人姓方名沛然，是尤麟的友人，才从赣州前来，少停还有奇事相告呢。小翠、仁霖听说有奇事，不由精神一振，颇欲得知。尤麟已吩咐下人在厅上摆起筵席来，为方沛然洗尘。春华、志芳要听奇事，所以也坐在一起陪客。尤麟仍请齐九如坐了首位，方沛然为次，其余挨次坐定。

今晚小翠、仁霖一则要闻奇事，二则惩于昨宵饮酒太多而醉倒，所以今夕都不敢贪杯中物了。酒过三巡，小翠忍不住开口说道："义父，这位客人从赣州来吗？那边山岭很多，地方想尚太平，不知有何奇事？想已同二位大人谈过了。但我们没有听得，很想畅聆其事，请客人可能在此时不吝见告。"

尤麟笑道："我知道你急欲明白了。"遂对方沛然说道："方贤弟请你再说一遍吧，让他们快活快活。"方沛然道："小弟在江湖上东飘西泊，漫无定踪。以前一度曾随太平天国北王韦昌辉出征，后因韦昌辉被戮，我遂逃亡外出，贪玩山水，把一颗雄心熄灭了。

"三年前走出九江，得遇尤老英雄，承蒙尤老英雄不弃，殷勤下榻，盛情优渥，使我感谢不胜的。后来曾往山陕，此次从鄂入赣，要到赣州去访问一位姓林的朋友。谁知那位朋友已于去年溘然物化了，我遂感到人琴之痛，无事可为，遂到赣州之南山岭间去游览。当地人民劝我不宜单身深入，因那边山峦重叠，虎狼嚣张，入山稍深，常易被噬。况且有许多山谷，人迹罕至，外边人岂可冒险进去呢？我自恃尚有一些防身本领，凭着我的一柄单刀，虎豹豺狼，完全不在我的心上呢。于是我不听他们的话，带了兵器和糇粮入山去。起初游玩的风景甚佳，尚有人迹，并未遇到什么危险。

　　"过了二三天，入山稍深，草木塞道，山壁峭拔，不知所穷。见一团瓢有一老僧和一小沙弥卓锡其中。他见我来，颇为奇讶，问我何往。我说要一穷诸山之胜。他劝我不要再向前，前进终必无幸，且有野人亦将攫人而食。但闻有悬珠峰，其上可探云穴，内有珠泉，饮了泉水，可以长寿。我听了更要一探究竟了。遂不从老僧之言，寻到悬珠峰去。"

　　方沛然说到这里，略停一停，喝了一口酒，举起筷子来，夹取盆内的鸡块，送到口里大嚼。小翠正听到紧要的当儿，便说："方君以后又怎样？可曾一尝珠泉清水？"方沛然道："总算喝到的。我那时又走了一天，夜间没有住宿，便效上古时代人的穴居，巢栖生活，宿在大树上。恐怕夜来酣睡时要翻跌下树，所以将一根带子把自己缚在树枝上，以防方一。夜间虎啸狼嗥，果然有许多野兽在附近出没。但我却侥幸尚没有受到它们的侵袭。只有一次我坐在树下休息，取出干粮充饥时，背后忽有一头狼来袭击。幸我发觉得早，已抽出刀来防备。待它扑至时，我就跳起身来，一刀刺中狼的咽喉，那狼便仆毙在草际了。

"我走了数天，方才到得悬珠峰，完全没有人迹。峰上只有一座小小石屋，蛛网尘封，满地鸟粪，且有一堆骷髅，我也没有走进去。找到那个珠泉，果然一泓清水，可鉴人影，上有高大的松树遮荫。看这泉水还很清洁，所以我用双手掬水而饮，喝了不少。那水在池中时时打转，形如珍珠，故得此名。至于水源是在悬崖间迂回急流而下，所以跳珠溅玉，也很好看。

　　"一会儿有许多白云自峰后岩穴内涌出，恍如一团团的白棉絮，顷刻间把我这个人裹在云中，什么都看不见了。我那时也不敢走动，只得席地而坐，守了一歇，白云方始向东方推去，眼前立刻清明。望到东方山峰都被白云掩蔽，只露出许多山尖，好似大盘凝脂中有笋脯矗现状。白茫茫一片掩至山腰，景色煞是好看。"

　　方沛然说了，又喝两口酒，再说道："我既得饮珠泉，不自以为满足，据在千仞处，纵目四顾。忽见西面隔开两重山峰那里有一个山谷，很是幽深，开得绚烂的花，引人入胜。所以我就离了悬珠峰，向西边去探寻那山谷。谁知虽走过了两重山峰，却找不到地方了。前面石壁摩天，又似不通的样子。我再爬到高的树上去搜寻，却也瞧不见，心里不由狐疑。但自信我的目力不错，方才在悬珠峰上决不会看错的。在此丛山中一定有那好地方，不过真像桃花源可望而不可即，使我心头痒痒的终欲寻着那地方，可以一扩眼界。因此再缘着崖壁走去。前边有一条山涧，本来有一条木桥凌空盖在上面，以便两端交通。可是年久月深，那条木桥已是朽断了，像没有人往来过。俯视绝壑千寻，杳不知其幽深，倘然一失足，必将糜碎无疑。睖视桥的那边，树木荫翳，正有许多楠树，其下似有人迹可循的小径，暗想不入虎穴，焉得虎子，若欲得到世人不见的地方，非冒一下子险不可。"

小翠在旁拊掌称快道："对啊！到了此际，岂可半途中止错过机会呢？"方沛然又吃了些菜肴，继续讲道："那时我决定要想法渡过桥去，自恃有些本领，必要克服这个困难。相度形势，恰巧有一株老榆树，生在涧旁，斜伸出半个树身，像人倾坦的样子。我就爬到榆树上，缘枝而前，到了一枝的尽头，错不多已临绝涧之半。离开对岸不远了，我就攀着数根枝条，将身子宕空。此时我也危险极了，觑准着对岸可以落脚之处，徐徐将身子向前晃动数下，枝条便如宕秋千一般，临风摇曳。这么一来我就趁着势向对岸一跳，果然轻轻落到草际，安然无恙。我既达到了彼岸，镇定心神向楠木林中走去。约莫走了一里多路，穿过了林子，山势便望下泻。我就从一个峰上向下而走去，又被我瞧见锦绣一般的花，和在悬珠峰上瞥见的相同。于是我就决定有这人间仙境了。"方沛然说到这里，又端起酒杯来喝酒。仁霖忙代他斟一个满。众人都张开着嘴静听他讲。尤麟和齐九如也徐徐举杯，听得悠然神往。

　　小翠又问道："那么方君究竟可否寻着那地方呢？"方沛然道："我往下走了二百尺光景，回视山峰都高高地矗立在上面，四周好似列着许多苍翠的屏风。走到一处石壁之下，见地上有一顶人戴的旧帽子，我心里一喜，果有人迹了。又循着山壁走去，在长林丰草之间，忽见一块大石张口如巨鳌。我一时好奇心生，向鳌口中走了进去，便见一个山洞，足容一人出入。有几头巨大的蝙蝠从洞中拍着翅膀飞出来。

　　"我拔出佩刀，警戒着，一步步走进去。走了数十步，前面已是石壁，似乎无路可通。但是从左边漏进来一线微光，我就知道希望未绝，遂折转身子向左边走。起初很狭，后来渐广，走了二十多步，豁然开朗，已穿过了山洞。前面却是一片平原，桑麻，田禾，阡陌纵横，又有许多屋舍，都筑成壁垒之形。我远远地望着，十分奇怪，不信在这万山坳中竟有这么一处地方，可称别有世界，迥非人间。但不知其中住的是什么人，真如《桃花源记》中所谓不知有汉无论魏晋的世外遗民吗？惝恍间几疑是梦是幻。既到此间，必要一访此中人了。所以大踏步向前走去。

"初时也不见有什么人，夕阳衔山，天色快要黑了。又向前走近堡垒式的房屋，那边忽然唰的一声有一支箭从屋中飞出，向自己面上射来。这也是出于我意料之外的，幸亏我避得快，将头一偏，那箭恰从我颊旁拂过。我吃了一惊，知道有人在那边暗算我了，我当怎样办呢？遂立定身子不走，等候对方的动静。一会儿从最先的一座屋子里奔出三四个人来。都在壮年，服装都是穿着戎衣。手里各拿着兵刃，完全不是什么黄发垂髫之人。我顿时感到失望，且充满着骇异之心。他们口里不知吆喝些什么，向我扑来。我为自卫计，只得挥刃迎敌。他们见我凶狠，一齐动手，却被我搠伤了二人。他们立刻退去，接着一阵锣响，又从各处屋子里纷纷跑出数十个壮丁来，各执很长的红缨钩连枪，大呼'快捉奸细，别放走了奸细！'我方知道他们对于我起了误会而以恶意对待我了。

"那时候我既有口难辩，又觉进退狼狈，不知所可。一刹那间已被谷中人把我包围住，众钩并进，向我上中下三路进攻。我只得舞动佩刀，用尽平生本领和他们厮杀。起初我把他们逐走，后来越杀越多，有几个披发戴冠的将士，高持长矛，指挥众人，和我力战。那几个将士本领很好，我战得力乏了，腿上着了一钩枪，顿时跌倒在地，被他们擒去。那时我已拼一死了，他们押着我向西边田岸上走去。

"走了一二里光景，看的人愈聚愈众，都很奇讶地问从哪捉到的奸细。前面有一座较大的屋宇，门前有荷戈守卫的士卒，点着明灯，气象庄严。他们把我押解入屋，到得一座堂上，见中间踞坐着一个虬髯大汉，穿着王侯的服装，是太平天国中的制服。旁坐二壮士都是蓄发的。押解的人把我推至阶下，将缘由禀告一过。虬髯大汉便亲自审问我是何人，是否奉清廷之命来此做奸细的。我遂说游玩山水，误入此间，并无他种恶意。他就说既无恶意，为什么带着佩刀，刺伤山谷中人。我说这是为自卫计，一时讲不明白，现已被擒，死生听之。

"虬髯大汉听了我的说话便叫一个壮士带我去，当作俘虏看待，叫我做工。那壮士便带我去，到一个堡垒式的屋子里，问明我的姓名年岁，记在一本册子上。他又吩咐两个少年监视着我去造屋子，代他们搬运木石，我要保全我的性命，又要明白谷中情形，所以俯首下心，去做他们的奴隶。幸亏那壮士待我尚不苛酷。

"过了十多天，我和他们熟了。渐渐向他们探听，始知那壮士姓毕名雄，是虬髯大汉麾下的偏将。那虬髯大汉姓秦名大旺，本在太平天国陈玉成麾下，屡立战功，进封洪王。其后陈玉成战死，秦大旺带领数千残卒到江西来，占据九江以南各地。直到太平天国崩溃，清军完全克复赣省，秦大旺不堪清军压迫，不得已退至赣州。清军追袭不已，他们遂遁入山中，恰巧发现了这个葫芦谷。这葫芦谷隐藏在万山之中，外面狭小，里面广大，形如葫芦，故取此名。谷中本有二三百农民聚族隐居于此，以避世乱。谷中良田很多，河沼亦有，尚可自给。唯有些东西不免要取给于外的。

"秦大旺既发现了这个好地方，和谷中人谈妥了，方才将他的军队驻屯在谷内，以避清军耳目。但是那时秦大旺部下尚有千

256

余人，虽然谷中地方很大可以容身，可是粮食和其他用品不免发生问题。于是一面在谷中开垦荒田，从事制造各种用品，一面时时派人出去，暗暗购备，很秘密地运回谷中。因在谷后山壁里尚有一条秘径可通外面的，谷中人常从那处出入。秦大旺遂在秘径上设立陷阱多处，以防外面有人闯入。又将谷内的房屋改建成堡垒形式，预备倘有外人进来时，也可据堡而守，不致仓促无御。唯有这前洞因险阻难通，所以没有设防。恰巧我从那边进去，没有障碍，否则我恐怕早要堕身陷阱中了。"

　　方沛然说了一大篇话，至此众人方才明白他所说的地方了。想不到太平天国虽已覆灭，却还有一支部队隐藏在山谷中呢。小翠和仁霖听了，各人心里暗暗欢喜。永华问道："方君既已被他们俘获，却如何又来此间的呢？"方沛然笑笑道："我在谷中住了二个月，和毕雄等已是很熟。恰巧秦大旺差毕雄到南昌来购置用品，毕雄因闻我说起南昌情形颇称熟悉，他遂带我出来了。我因疏散已惯，不愿老死在那岩穴之中，所以到了南昌，遂背地里悄悄一走，只得有负人家了。途中想念尤大哥，所以特时到这里来拜访，兼告自己所遇的奇事。"方沛然说毕，尤麟笑道："那地方堪称世外桃源，惜乎驻有雄师，笳声剑气，将来或是个义师起义所在，金田第二，也未可知咧。"仁霖听了尤麟的话，心里又不由一动。大家听罢奇闻，各个饮酒大嚼，直至夜半方才散席。

　　尤麟留方沛然在此下榻数天，和众人叙叙。方沛然自然一诺无辞。次日仁霖和小翠见面，永华等不在一边，仁霖又和小翠走到那边小轩里去谈话。仁霖对小翠说道："世妹，我昨晚听了方沛然的说话，心中不由一动，因为那边尚有我们太平天国的一旅人马驻扎着，而且听说那葫芦谷形势十分幽邃，正好暂时韬晦着养精蓄锐，待时而动，所以我倒很想和世妹到那边去一探究竟。

那边倘然可以做根据地的，那么四川也不必去了。不知世妹意下如何？"小翠点点头道："很好，我也是这样想。但是那地方十分秘密，非有熟人做向导，不易到达的。除非去和那方沛然商量，请他领着我们，方可前去。"仁霖道："我想不如把自己的来历告诉与他，他也许肯引导我去的。那个秦大旺我虽然不认得他，只要把我父亲的姓名告诉出来，他也许可以和我们合作的。"仁霖刚才说到这里，忽听轩外有人哈哈笑道："合作合作，我们也肯合作的。"二人听着不由一愣。

第二十四回

飞来恶战侠女孤魂
天赐奇缘英雄艳福

　　小翠和仁霖正在互述私衷，不料轩外有人窃听，大嚷"合作，合作"，跟着便跳进两个人来，正是永华和英华。小翠道："我以为是谁和我们开玩笑，原来是两位内兄。我和李兄说的话，你们都在外边听得吗？"永华摇摇头道："我们没有听得清楚。刚才我们要找你，却又不见你们二人，料你们又在此间谈话了，我们遂寻来，果然料着。听你们说要到葫芦谷去一游，要烦方沛然引导，和他合作，我们兄弟二人恰巧也有此志，所以我们何不一同前去？"小翠道："这是再好也没有的事了。但恐岳父不会允许的。"英华道："我们不妨尝试尝试，业已到了外边来，就此回去，似乎交代不下，也许他老人家肯答应的。"仁霖道："假使他老人家不去时，我们可以去吗？"小翠道："就是这一点，我们须加谨慎。我料他老人家未必肯老远地跑到那地方去。我们不一定要请他同行，最好要求他允许我们前去一游便得了。"永华道："我自会和他说的，明天我给你们好音。"小翠道："很好，徜然我岳父能够应诺时，我义父也能允许的。"永华道："大约叔父也许自己愿意同去的呢。"小翠道："我们若有他老人家一同指导，那是最好的事了。所虑的我岳父不肯允许罢了。"永华笑道："妹婿，你不必多虑。万一我父亲不答应时，我可和我妹妹一同去向他要求。他珍爱我妹妹的，妹妹的说话，他有十九肯听的。"小翠道："很好，我们希望此事能够实现。"四人又谈了一刻，方才走出轩来。

午后小翠见了春华，便将此事告诉了伊。春华欣然说道："我同哥哥去说，一定要使我父亲允诺。"小翠将手拍着伊的香肩说道："全仗你们兄妹之力了。"春华怀着一团高兴，便去见伊的哥哥要和永华、英华一同去见父亲，要求达到目的，可以一探奇地，扩充眼界。

黄昏时，晚餐早已用毕，春华去见伊父亲了。小翠独坐室中，专候佳音。只见春华噘着嘴走了回来，脸上露出非常不高兴的样子，便料这事有些尴尬了。立刻起身问道："你们和岳父说了，岳父可能允许吗?"春华摇摇头道："这次竟不能成功，出于我意料之外。他说此次出外，因徇你和尤叔父之请，方才勉强出行，多事一遭。至于赣州那边，相隔尚遥，大可不必前往，多生事端。况且那里有太平天国的余众盘踞在内，究非桃源。方沛然遇险而脱，也是天幸。若去窥探，反易引起谷中人猜疑，必有残杀之祸。胜之无益，败则徒殒其生，究有何裨呢? 所以他不但不许我们前去，反而吩咐哥哥等将于日内动身回黄州呢。我们向他再三恳求，他总是不肯许诺。我们不得已废然而退了。我已在你面前说得很有把握，现在被我父亲拒绝，我也觉得无颜见你了。"春华说罢，盈盈欲泪。

小翠听了，心中很是殷忧，但不得不劝慰春华道："这是我和李兄的不是，好奇心生，多此一事。岳父不答应，那也是无可奈何的，我们只好再想别法了。你心里切不可因此难过。"春华虽听小翠安慰之语，可是心里终究不快。小翠也是充满失望。二人坐在灯下，黯然无语了良久，方才谈些别的话。不觉已过二更，怅然而寝。

　　次日小翠把这事告诉仁霖，且说此事有些进退狼狈，去既不可，不去亦有不甘。仁霖为着他的前途，蓄意要去走一遭。他遂悄悄对小翠说道："我的意思，即使齐九如不肯允许，我也要离开齐氏弟兄等众人，私自前往。不知世妹之意如何？"小翠道："世兄决志愿往，我也自愿追随，不过一个人来去，须要分明。我不欲效法世兄在鄱阳湖上秘密下山。即使我们要去，也须说个明白。我想齐九如只好不许他的子女前去，至于世兄和我，他都不能强加干涉了。"仁霖道："世妹之言不错。我想他不许我们前去，无非不欲多事而已。他还没有明白我们的真相呢。我之所以要到那地方去，无非听了方沛然说起谷中有我们太平天国残余的军队，所以要去会合，否则我又何必多此一举呢？我想我们的事不必再隐瞒了，索性告诉出来，也没有什么危险。他们都是义重如山的人，岂肯出卖他人呢？也许齐九如矜怜我是忠王的后裔，反肯让我前去了。"小翠点点头道："世兄的话说得不错。那么我乔装的事要吐实呢？我怎样对得住春华小姐呢？"仁霖沉吟片刻，又说道："你乔装的事不妨暂缓吐露，因为……"仁霖说到这里，立刻顿住，好像不便说下去的样子。小翠也明白他的意思，遂说："很好，我们几时同齐九如去讲？"仁霖道："齐九如和你义父在午后必在一块儿闲谈的，我们不妨就在那个时候去见他们倾吐实情。若至黄昏，恐怕他们要喝酒，吃得醉醺醺的，便不好讲什么话了。"小翠深以为然。

　　二人挨到午后，见齐九如和尤麟正坐在书室里谈话，永华等都不在内，便走将进去。齐九如和尤麟见了二人，便说："你们不出去游玩，来此可有甚事？"小翠便对二老说道："我正有一件要事欲向岳父和义父启禀。"齐九如微笑道："贤婿有什么事？"小翠道："昨天永华兄等不是曾向岳父要求准许我们一同到葫芦谷去探险吗？这是我们十分盼望的事，无奈岳父不肯允许，未能成功。但小婿和这位义兄无论如何，必要前去一探的。"齐九如露出很奇怪的状态，向二人正色说道："我所以不许你们同去，无非是一团好意，因那边既非桃源清静之地，又有太平天国的人马屯驻，你们倘然前去，势必引起一场恶战，没有什么益处，不如不去为妙。何以你们二人必要前去呢？"尤麟也说道："九如兄说的话不错，你们何必去冒这种险。"

小翠微微一笑道："二位大人尚未知道我们二人的真相呢，以前隐瞒着，今日不妨直告，请二位大人见谅。"尤麟更是惊奇道："怎么？你们的真相究竟如何？以前说的话不是真实么？我们本来是萍水相逢的，我也难以知道你们的底细。"小翠道："义父请你原谅，以前我尚不便明言，现在只得直说了。"齐九如道："很好，别的话且不要讲，你快说吧。"小翠便指着仁霖，对二老说道："这位义兄李仁，他的真姓名还有一个霖字，他本是太平天国忠王李秀成的幼子。"小翠说到这里，尤麟和齐九如更是惊奇，都向仁霖脸上紧瞧了一下。尤麟说道："原来是忠王后裔。"小翠接着说道："先父董祥，略有薄技，隐居太湖之畔。后因邂逅忠王，承蒙忠王不弃葑菲，结世外之交。又在他离开苏州的时候，不顾成败利钝，要助天王死守金陵，尽忠报国，所以将仁霖世兄留下，寄托于先父，教授武艺，蛰居湖滨，欲为忠王后嗣留一线命脉，以备将来遇有机会，可以效一旅兴复，三户亡秦，把天国复兴起来。不料先父染疾身故，我们又被奸臣告发，安身不得，方才离开吴下，要到四川去寄踪方外。而半途在鄱阳湖，夜游石钟山，猝逢剧盗饶尚义父子，以致分散。现在侥幸散而复合，且闻方沛然谈起赣州葫芦谷的事。既然有太平天国的军队在内，这是很好的消息。因此仁霖世兄和我商量之后，决定要往那边去。二位内兄虽不知其情，也很赞成此举。但因岳父不许，未能成行。然而仁霖世兄渴欲前往，所以我同他来见二位大人，据情直告。谅二位大人都是好义之士，一定不以为忤的。"

仁霖也在旁说道："亡国之徒，无处托足，尚乞二位老英雄指教一切。倘然以为太平余孽，罪无可逭，那么请缚小子以献。"齐九如连忙说道："王子说哪里话来？我们虽与太平天国无甚渊源，然也非倾心清廷之辈。且闻忠王行仁好义，足智多谋，是太平军中的贤王。出师未捷身先死，长使英雄泪满襟，太平天国的失败，自有种种因果，非忠王之咎。古语说得好，大厦将倾，一木难支。忠王一身难顾内外四方，志决身歼，使人太息无已的。现在幸有一脉留传，我们当然也要爱护，岂肯做不义的事呢？请王子放心。我本不赞成你们往那里，但现在听了你们的说话，我也不便阻止了。老夫遁迹山林，久已不问世事，当然我是不去的。小儿辈倘要和你们同往一探，我也不妨听便吧。愿你们好自为之，复兴有日。否则也可像虬髯王海外扶余，独居一地，终身为不食周粟之人，以遂其志，也是很好的。"

二人闻言大喜，忙向二老拜谢。小翠又向尤麟说道："岳父已许我们前往，感谢不尽。可是我们都是少年无知，缺少经验，所以我要恳求义父能够伴我们同走一遭，更是大幸了。"尤麟哈哈笑道："你要老朽同往吗？九如兄是不去的了。好，我左右无事，鄱阳湖上没有去冒险，再跟你们同到葫芦谷一行，也无不可。"小翠听尤麟业已允许，更是欢喜。又对尤麟说道："那么方沛然方面请义父和他一说吧，我们此去断不能少他一人的。"尤麟点点头道："这个自然，待我同他去说吧，不怕他不答应，明天给你们回音便了。"说到这里，小翠和仁霖因为目的已达，一齐退出。

才至外面，恰逢永华、英华二人走来，背后还跟着丑丫头。永华向二人说道："你们在哪里谈话？我们却找你不到。"小翠对二人说道："好了！好了！葫芦谷去得成功了。"永华问道："此话怎讲？"小翠遂将自己和仁霖同见二老，说明真相，方得二老准许的事，告诉一遍。永华、英华一齐大喜，且知仁霖是忠王后裔，更是敬爱。丑丫头在旁边听着，也是喜欢。小翠又跑到里面去告诉了春华，仁霖也去告知饶志芳，众人无不快活。

次日尤麟告诉小翠说方沛然已肯做领导，只要日期一定，大家便可动身了。当众人商议动身的日子时，仁霖和小翠都是主张越早越好。齐九如因在九江业已盘桓了好多天，也要早回家乡，遂让他们早日动身，所以日期定在大后天。

次日齐九如先动身回岐亭，尤麟设筵饯行，尽一日之欢。齐九如临别时，叮嘱他的子女在路上往返一切，须要小心，不要好勇斗狠，无端和人家起衅。永华等自然谨遵父命。尤麟送齐九如去后，他们遂预备行装，各带随身兵刃，一齐出发。尤麟、方沛然、仁霖、小翠、永华、英华、春华、志芳以及丑丫头共八人，离了九江，到那第二桃源去探访异境。

不料方离九江五六十里来到鹿头坪。那地方比较荒凉一些，两旁都是山地，中间一条窄道，树林丛杂，萑苻不靖。好在他们都是有本领之人，不怕什么剪径盗贼，放心赶着路程。时方近暮，烟光微凝，长林古木，被风吹动着，好似一片波涛之声，落日冲山，如车轮般大。他们没有坐马，只是步行，不免迟缓一些。忽见对面窄道上尘土起处，有三骑飞奔而来。近身时瞧见马上坐着一个长髯老者，一个中年壮士，以及一个瘦小的少年。尤麟没有注意。但是仁霖、小翠和饶志芳等一见这三骑，脸上都不由变色。原来那老者正是鄱阳湖上的银髯翁饶尚义。他回山以后，得知他孙女跟着仁霖私自逃走，震怒不已，急忙带了儿子饶天健、孙儿饶志武，下山外出去找寻志芳，决不让志芳随人逃亡，以沾饶家名声。他们到南昌去寻了一遭，不见影踪，方至九江来。正在途中相逢，再巧也没有了。此时饶尚义等也已瞧见这一行人，见自己的孙女和仁霖等都在其中。于是饶尚义猛喝一声："小贱人，你私自跟着人家出亡，是何道理？快跟我回山去，将家法治你之罪。"饶志芳一见这位祖宗到临，不由心中虚怯。仁霖却先安慰伊道："不要畏惧。老祖宗虽勇武不可敌，但今日我们人多，且有尤麟老前辈在此，一定不会输与他们的。我和你且先出去对话。"饶志芳听仁霖这样一说，顿时增加不少勇气，遂上前去先向老祖宗拜倒道："前天老祖宗不在山上，我们不别而行，自知罪戾。但我因丈夫别有大志，所以跟他出外，恐怕讲明了，老祖宗和父亲或要不许的，没奈何只得私奔了。现在既遇老祖宗，请老祖宗暂息雷霆之怒，待我详细告禀。"饶尚义说道："呸！你不要在我面前说什么鬼话。姓李的小子有什么大志？你真是女心外向，跟着人家逃走，目无尊长，家中人也都不要了。我山上的规矩，不得我命令，任何人不准下山。你擅敢破坏山上的规矩，我的颜面何在？如今不必多辩，快快跟我回去。"饶志芳又道："老祖宗请见谅，我们有不得已的苦衷……"刚才说到这里，伊的父亲饶天健早在旁吆喝道："不必多说废话，快快束手就缚。还有那个姓李的小子，我们也不能饶他的。"小翠在后听着，忍不住也说道："寇盗，前番鄱阳湖上任你们猖獗，今天却不用你们耀武扬威了。"饶天健一见小翠，更是大怒，跳下马来，舞动手中铁棍，上前直取小翠。小翠早拔出宝剑，和他交手。

他们一动手，饶尚义也挺起手中铁拐，下马径奔志芳。志芳虽知老祖宗厉害，只有硬着头皮挥剑迎住。仁霖恐防志芳有失，忙一齐上前敌住饶尚义。丑丫头也舞起双锤，过来相助。饶尚义一支铁杖施展开来，呼呼然有风雨之声，有如一条虬龙，怒而攫人。小猿猴饶志武挥动手中双刀，跳下马，杀奔过来。永华、英华弟兄二人上前迎住。唯有老英雄尤麟和齐春华、方沛然站在一旁观战，尚未动手。尤麟见饶尚义果然骁勇非常，此人的本领只在自己之上。仁霖、志芳、丑丫头三人合力尚难对付，让这一支铁杖纵横扫荡，若不可御，便对春华说道："媳妇，这饶尚义，果然名不虚传，久战下去，他们要吃亏的。我与你快去相助吧。"春华却注意着小翠和饶天健的狠斗，心中本想前去帮助伊的，现给尤麟一说，伊只得去和饶尚义力搏了。

这时候只听饶尚义猛喝一声，铁杖着处，饶志芳早惨呼一声，倒下地去。尤麟大惊，忙挺起手中金背刀，上前拦住饶尚义的铁拐，春华过去扶起志芳。但是志芳腰际已中了铁杖，奄奄欲毙，已不能动弹了。春华既要照顾志芳，就不能加入作战，伊从腰袋里摸出二支镖来，想用暗器取胜。见小翠和饶天健斗得难分难解，很要发出一镖去伤害天健。然因二人杀作一团，诚恐有失，尚在踌躇。小翠一边和饶天健交战，一边瞧见志芳受伤，心想饶尚义十分厉害，仁霖恐也要吃他的亏，所以伊想抛下了饶天健，而去战饶尚义。便向饶天健虚晃一剑，跳出圈子，回身便走。饶天健以为小翠胆怯战败，便说一声"不要走"，飞步追上。这时候春华的机会来了，立刻把掌一抬，一镖飞出，直奔饶天健咽喉，疾若流星。饶天健出其不意，急忙将头颈一偏，要想让过这镖，但是右肩头已着，手臂酸麻，提不起铜棍来。饶志武见父亲受伤，连忙抛了永华弟兄，上前扶救，但是春华手中的第二镖发出，正中饶志武的左手腕，铛啷啷一声响，左手握着的一柄刀已坠在地上。此时饶尚义见儿子和孙子都受了镖伤，心中也有些着慌，大吼一声，将铁杖向下一扫。尤麟等急让时，饶尚义已跃出圈外，对天健、志武二人说道："今天便宜了他们，我们走吧。"二人已受了伤，自知不能再战，唯有听老祖宗的吩咐，回身就走。尤麟和仁霖等都不肯放松，各举兵刃，一齐赶上，仍想把饶尚义等三人围住，不放他们逃走。可是饶尚义独施威力，将铁杖上下左右紧舞一阵，挡住众人的刀剑，让天健和志武坐上了雕鞍。他又虎吼一声，把铁杖四下一挥，叮叮当当地把众人的兵器裹开一边，跳上自己的马鞍，独自殿后，三匹马便泼剌剌地向官道上飞奔而去。仁霖和小翠等虽要追赶，却是望尘莫及。且因饶家父子虽败，而饶尚义力气未衰，依然凌厉无双，所以也不追踪了。

仁霖和小翠走过去，瞧志芳倒在地上，面色惨白，双目无神，伤势十分沉重，便问伊觉得怎样。饶志芳已开不出口，微有呻吟。春华道："伊腰里中着饶尚义的铁杖，恐怕很重的，不然绝不会有这个样子。"仁霖听说，便俯身解开志芳的衣服，向腰际察看，腰骨已断，肚子已破，流出许多血来。这一杖正中在要害，恐怕志芳的性命难保了。心里却不胜惨然。要想问问志芳，而志芳已入于半昏迷状态，不能说话。和尤麟商议之下，遂由仁霖和小翠舁着志芳走路，赶到前面一个村庄，向一个庄子上投宿。

其时天色已黑，方将志芳睡到榻上时，志芳口里流出血来，一缕香魂，已归离恨之天了。仁霖和伊虽然做得不多几时的夫妻，然而眼见伊惨死，心中也非常悲伤，掌不住流下泪来。小翠、丑丫头等因为志芳是绿林女子，况又死于伊自己祖父手里，恐怕这也是天数，所以微觉惨然。春华却代伊十分悼惜。尤麟见志芳这样地死于非命也不胜惋叹。只得陈尸榻上，等到天明时再说。这天晚上，大家谈谈饶家的事，都不能安眠。而仁霖更是悼亡情深，觉得自己很对不住志芳，将来必要再到鄱阳湖去为志芳复仇。

到了明天，尤麟拿出钱来，托主人相伴自己和仁霖同至镇上去购办棺木衣衾等物，雇了数名漆做人役，就把志芳草草安殓，大家拜祭一过，便将灵柩抬到荒地上去掘土安葬。仁霖在墓上做了一个标志，预备他日重来，好好地为志芳造墓。洒了几点眼泪，然后跟众人回去。永华等都向他劝慰数言，唯有小翠却不说什么。忙了一天，结束了一个饶志芳。

次日大家依旧赶路，在途中仁霖瞧着青山绿水，都觉得万恨千愁。小翠知道他的心理，却和他谈到葫芦谷将来应做的事业，要想振起仁霖的雄心，免除他的哀怀。这一天已到赣州，离葫芦谷不远了，大家精神十分兴奋。方沛然导引众人入山，从这条小径悄悄地到了葫芦谷里面。

小翠等初入异境，游目四顾，如入山阴道上，目不暇接。只见一处处碉堡式的人家屋上都插着一面红旗，好似营房一般，充满着杀气，哪里有什么桃源气象？早有几个太平军中的健儿巡逻到此，遇见了小翠等一伙人，不由大惊，时候隔得不多，他们对方沛然是都认识的，以为他果然是奸细，引人入谷来捣乱了。连忙鸣起锣来，立刻便见从各处碉堡里拥出许多人马，分成队伍，刀枪旗帜，森然成列，向这边杀奔过来。方沛然对众人说道："他们疑心我做奸细，所以前来围杀，我们要不要同他们抵抗，还是去向他们表明?"仁霖不及说话,拔出龙泉宝剑,和尤麟首起迎上前去。方沛然和小翠等各挺兵刃,紧跟在后面。有五六个太平军挺起长枪,向仁霖攒刺。仁霖舞开宝剑,左右劈剁,早有几个太平军受伤倒地。尤麟也将金背刀使开。太平军哪里敌得过众人,纷纷倒退。仁霖高声大呼:"快叫他们那个姓秦的出来见我。"

这时候碉堡里红旗影中又有一簇人马拥出,杀奔这里来接应。为首两匹马上正坐着秦大旺和毕雄。仁霖一见对面来的是个虬髯大汉,身穿黄衣服装,手提大刀,料是秦大旺了。便喊道:"你就是太平天国洪王秦大旺么?"秦大旺听仁霖提起太平天国,又见方沛然在内,疑心这次方沛然果是引导清廷一方面的人来捉拿自己的。便向方沛然叱骂道:"你这狗贼,前番闯到我谷里来,我听了你的花言巧语,没有把你杀却。谁知你跟着毕雄出外,私自逃走,泄露本谷的秘密。早防你要有什么暗算的。今日果然领了人来,真是可恶万分。这次若被我们捉住,定要把你碎尸万段,以泄我恨。"毕雄也在旁边辱骂,且抽弓搭矢正要射他。方沛然早上前摇摇手道:"请你们休要误会。此次我再到贵处,正有重大的事情要告诉你们。"一边说,一边指着仁霖,又说道:"你们可知这位就是太平天国忠王的幼子仁霖。因避清兵耳目,流亡在外,屡图重起义师,兴复王室。和我中途邂逅,谈起了此间的事。所以特地赶到这里来相会的,休要将好人认作坏人。倘然我要领清兵到此,那么必有大队清兵来包围山谷,为什么只带这一些人马?"秦大旺听了方沛然的话,对仁霖上下凝视了一会儿,说道:"此话果真么?来的若是忠王后裔,有何凭证?"仁霖微微一笑道:"这个须要和你长谈之后,方知真假。还有一样东西也可给你看看。"说着话,将手中龙泉宝剑向上一扬,说道:

"此剑是先父留传与我的，剑柄上镌有'龙泉'两字，是先父笔迹刻在上面的。二字之下还有先父的图章'李秀成印'四个篆字，请你仔细一看，便知道了。"说罢，把宝剑递过去，秦大旺接在手中一看，果然不错。他虽只见过忠王一面，然而忠王的为人是自己素所敬爱的，不幸为国捐躯，异常悲悼。仁霖既是忠王幼子，自然欢迎。便将宝剑递还仁霖，喝退部下，招待众人到他堡中去坐谈，一场惊风骇浪旋告平息。

仁霖等到秦大旺府中大厅上坐定，仁霖即将自己以前的情形详细陈述一遍，且述来此之意，是要待时而动，重起雄师。秦大旺慨然说道："忠王忠心为国，杀身成仁，其身虽死，功不可忘。我等都是太平军中的义士，誓不帝秦，所以隐藏在此。不过小子的资望太浅，不够领导同志。难得王子到此，这是天与良机，我们情愿推戴王子为主，领导我们去进行一切事业，望王子勿却。"毕雄等也这样说。仁霖尚在犹豫。尤麟对仁霖说道："当仁不让，义无却顾，既然秦君热诚推戴，王子也不再有谦辞了。即请王子领导谷中人马，乘时而动，有机则进取，无隙则保守。倘然苍天有意要使天国复兴，舍却王子又有谁呢？"仁霖闻言，遂慨然许诺，众人无不大喜。秦大旺便设宴代仁霖等洗尘，彼此欢饮一番。秦大旺便将自己这座堡屋让给仁霖等一伙人居住。

次日秦大旺在谷中举行检阅，请仁霖等出场，当众报告详情。全部下一致服从王子李仁霖的指挥。众人听说仁霖是忠王幼子，一齐欢呼万岁。仁霖遂也亲自向众人演讲数语，告诫他们要尽忠天国。检点谷中太平军共有一千二百余人，悉照原来编制，并无更动，检阅既毕，秦大旺又陪着仁霖、小翠在谷中四处游览，详察形势及屯兵聚粮的利便，然后回堡休息，又复欢饮。

从此李仁霖便在葫芦谷中练习义兵，待时而动。他秉着一股朝气，自有一番兴革。小翠见仁霖大有设施，心中暗暗喜欢。永华、英华弟兄俩在谷内住了多日，又去游过附近各山名胜，兴致已尽，恐老父在故乡有倚闾之思，所以要想告辞回去。仁霖却坚留他们再盘桓数天。他心里正盘算着另外一件事情，因为他自志芳惨死以后，顿有失侣之痛，对于小翠不免重飏情丝。起初本觉对于小翠很有些惭愧，现在志芳已死，好似老天故意再给他一个良好的机会，以求一偿素志。所以有一天他和小翠假着出去视察地势为名，走到深山之中，左右无人，坐在石上憩息一会儿。小翠把手支着香腮，仰首看天上白云，偶然遐思。仁霖对伊说道："人在世间，遭遇各异，有时竟是出乎意料。譬如我和世妹本要到四川去拜见白云上人的，不料夜游鄱阳湖，忽遇饶家父子，以致被掳而和世妹分散。后因为一时权宜计，遂与饶志芳成婚。但觉得这是不义的事，曾遭世妹斥责。我也自觉惭愧，无词可解。后来忽然又在途中遇见饶家父子，一场恶斗，志芳竟捐躯于伊的祖父手里，这也是出于意料之外的。回想前尘，恍如一梦，不知世妹也能原谅我的不义之举、狂悖之行吗？"小翠道："这也不能深怪世兄的。所以你前次解释之后，我也没有什么别的话可说了。"仁霖道："世妹能够原谅，在我心里比较安慰多了。但是以后一切之事，全仗世妹鼓励我，赞助我。我等二人是始终同患难，共甘苦的。"小翠道："世兄的事如同我自己的事，我遵亡父遗嘱所以追随世兄之后，共图大业，今后当然仍在一起，以效微力。"仁霖点点头道："世妹的美意，使我真是感激。但是还有一件事情我要代你杞忧的，就是你和齐春华小姐假凤虚凰做到几时方止呢？"

小翠听了，格勒一笑，继又皱着双眉，说道："我和春华结为伉俪，本是一时权宜之计，同伊说了假话。满想暂时敷衍过去的，不料伊十分贤德，竟使我摆脱不得了，如之奈何？"仁霖道："我想这件事早些说破为妙，不要耽误人家的青春。况且世妹的乔装是一时之计，断不能一辈子这样过去的呀。"小翠微笑道："在这种时代，我们正要从事戎马生涯，那么我就永远扮男子，也无不可。像从前花木兰乔装从戎，也有十二年的历史呢。"仁霖道："这也不可一概而论的。"他说了这句话，顿了一歇，向小翠脸上相视了一下，又说道："我有几句冒犯的话，要向世妹渎陈，不知世妹可能见谅我的愚衷？"小翠一怔道："什么话？"仁霖道："我承蒙你父亲教授武艺，爱我如子，如同一家人一般，十分感激。又幸有世妹一起盘桓，解我寂寞。不料你父亲早谢人世，我和你失却指导，倍觉彷徨，不得不出外来东飘西泊，努力奋斗。现在侥幸被我们找得一个立足之地，预备将来的起义。我的心里也可稍得一些安宁。但世妹既是患难相共的人，而你父亲易篑之时，又曾叮嘱我们要终身在一起。他老人家的心里不言可喻。所以我今日敢斗胆向世妹恳求，许为终身伴侣，永结好逑，不知世妹可要鄙弃我这个人吗？至于以前我和志芳的事是不得已而为之，也要请你格外原谅的。"小翠听了，不觉颊上有些红晕，俯首无言。

仁霖又向伊一再请求，显出十二分诚恳的样子。小翠的心里本也敬爱仁霖少年英俊，相交莫逆，亡父之意也要他们始终在一起，那么当然天生佳偶。无如后来仁霖在鄱阳湖中和盗女结为夫妇，顿使伊意冷心灰，不再有这个念头。可是现在志芳又死了，仁霖向伊提起这件事来，芳心也不能无动。沉吟了一会儿，方才说道："蒲柳之质，葑菲之体，承蒙世兄这样见爱，这是万不敢当的。我既许你终身追随左右，共图大业，那么世兄的话敢不唯命是听。"

仁霖听小翠这样回答，当然是千金一诺了，好不欢喜。握着小翠的柔荑说道："世妹肯许婚，此乐虽南面王不与易了。"小翠说道："世兄说什么话？我希望你将来要为天国建立伟业，岂可以儿女之情有误大事？"仁霖笑笑道："世妹说得不错，前言戏之耳，敢不拜受良箴，完成大业。"小翠又对仁霖说道："我既答应了你，但是还有一件事情不得解决，就是那春华小姐，叫我怎样对付伊呢？"仁霖道："好在日子还不久，你和伊说明之后，可以送伊回去另行择配。"小翠摇摇头道："我骗了伊一回，而抛弃了伊去和别人成婚，这是何等使伊伤心的事！我想古时娥皇、女英同嫁一夫。春华既嫁了我，而我又嫁了你，那么你就无异于我，何妨将伊也嫁给了你呢？我和春华可以姊妹称呼，仍旧在一起，岂不是好？"仁霖道："春华小姐也是女中豪杰，能够照你的说法，这又是我的侥幸了。此事由世妹做主，我也唯命是听的。"小翠笑笑道："不过太便宜你了。"仁霖也笑道："望你们帮助我共成大业，将来也许在青史上多留一页佳话，不让娥皇、女英专美于前了。"二人谈了许多话，心里要说的话彼此都讲过了，然后携手同归。商定在后天午时请大众吃酒，当众宣布，择吉成婚。

　　隔夜小翠便和春华说明此事的一切经过。春华大为惊异，对小翠说道："我们只知道仁霖是忠王的后裔，谁知我的丈夫又是女子改扮的？真是奇之又奇了！你既不是男子，那么哄骗我作甚？现在你去嫁给仁霖便了，让我一人去休，何劳你越俎代庖呢？"小翠道："这是我的苦心，你竟不能原谅我么？你既嫁了我，我又要和仁霖成婚，那么，你跟我嫁了仁霖，无异嫁给我了。"春华笑道："你是你，仁霖是仁霖，究竟是两个人啊。"小翠又向春华作个揖道："一切请你原谅，答应了我的要求吧。否

273

则我更对不起仁霖。"春华笑道:"你们的事情真是奇怪!你和仁霖既是伴侣,仁霖为何又要同饶志芳结为夫妇?现在幸亏饶志芳死了,否则恐怕你也不能和仁霖成婚,而我却要一生上你的当了。"小翠点点头道:"真是奇怪!我们自己也料不到的啊。"二人既是这样讲定了,春华自然也是很愿意的,别无闲言。

到后天午时,仁霖宴请众人。小翠换了闺装而出,回伊本来的面目,众人无不惊异,连丑丫头也觉得突兀。永华、英华见小翠和他们的妹妹并立在一起,好似江东二乔一样媚丽,更是十分惊异。小翠和春华脸上都堆满着笑容,只不说话。仁霖遂对大众把这个事情前因后果公布出来,众人方才恍然大悟。且闻小翠和春华将要联袂嫁与仁霖,更是快活。永华、英华因仁霖一则是忠王后裔,二则是英俊少年,自然心中也没有什么不愿意了。众人都向仁霖、小翠、春华三人道贺。吉期既定,大家预备热闹一番,大喝喜酒,为这个岑寂的葫芦谷添上一重喜气。新房就设在这座大堡屋内,东西相对,稍事装饰。

到了吉日,仁霖和小翠、春华一同举行结婚佳礼,部下儿郎一齐入贺。这时丑丫头也已回复了女子的装束,高高兴兴地做伴新娘。众人见两位新娘那样美丽,而伴娘却又是这般丑陋,一齐好笑。至于新婚中的旖旎风光,不必细表,自在读者意料之中。仁霖左右逢源,其乐陶陶,真所谓南面王不与易了。唯尤麟好容易认了一个义子,又有一个义媳,心中初时一腔欢喜,不料这义子却是个英雌,这样一来,不但义子没有,义媳也没有了,未免扫兴。不过小翠仍愿做尤麟的义女,仁霖就做了尤麟的义婿了。

永华、英华又住了半个月,不得不回乡了,遂向仁霖夫妇告辞。春华苦留不得,只得托他们在父母面前代为请安。尤麟也要回九江去了。方沛然要和尤麟一起走。仁霖挽留不住,只得设宴饯行。由方沛然引导出谷。临岐之时未免各自黯然。尤麟又对仁霖、小翠、春华三人勖勉数语，然后别去。

仁霖自尤麟、永华昆仲等去后，和秦大旺、毕雄等太平军诸将领悉心擘画，整顿军务，积草囤粮，把葫芦谷作为根据之地。留心防备赣州的清军，探得消息，要来剿灭，派出探子到赣州去刺探消息。又闻四川云南方面尚有太平军余下的义士，有数百人一伙的，有数十人一起的，都隐匿在深山大泽之间，可惜没有人代他们沟通声气。所以仁霖就派毕雄和几位伙伴前往那里联络一切，互通消息。自和小翠、春华，天天练习剑术。部下常见三道剑光，如腾跤飞龙，直射牛斗，都是非常佩服。仁霖得此二侠女，如左右手臂，将来要助他大事，不但闺房之内，鱼水之乐而已。他们抱着大志，暂时怀藏着一腔雄心，真欲上冲霄汉。儿女英雄，更为世间多留一奇迹。至于事之成否，却自有天命，非但不在本书范围之内，著者写到这里，便要作一结束，却不胜神往于此桃源一片土呢。正是：

黛痕剑影，秘谷藏身，志复天国，义不帝秦。

图书在版编目（CIP）数据

剑气箫声／顾明道著. — 北京：中国文史
出版社，2018.3

（民国武侠小说典藏文库·顾明道卷）

ISBN 978-7-5034-9918-0

Ⅰ.①剑… Ⅱ.①顾… Ⅲ.①侠义小说-中国-现代

Ⅳ.①I246.5

中国版本图书馆 CIP 数据核字（2017）第 330950 号

点　　校：澎　湃

责任编辑：薛媛媛

出版发行：**中国文史出版社**

网　　址：http：//www.chinawenshi.net

社　　址：北京市西城区太平桥大街 23 号　邮编：100811

电　　话：010-66173572　66168268　66192736（发行部）

传　　真：010-66192703

印　　装：廊坊市海涛印刷有限公司

经　　销：全国新华书店

开　　本：720×1020　1/16

印　　张：18.25　　字数：201 千字

版　　次：2018 年 3 月第 1 版

印　　次：2018 年 3 月第 1 次印刷

定　　价：56.00 元